INGENIUMAN

Gaëtan VANDROMME

INGENIUMAN

Tome I : Les Évols

Roman

Libre 2 Lire

Cet ouvrage a été composé en France par Libre 2 Lire

www.libre2lire.fr – contact@libre2lire.fr
9, Rue du Calvaire – 11600 ARAGON

ISBN papier : 978-2-490522-43-9
ISBN Numérique : 978-2-490522-44-6
Dépôt légal : Novembre 2019

Si vous connaissiez véritablement ce monde, diriez-vous qu'il a besoin d'être sauvé ? Qu'il peut être sauvé ? Qu'il mérite d'être sauvé ? Hein ? Dites-moi, que diriez-vous si vous saviez tout de ce monde ?

Note aux lecteurs : Vous trouverez en début de chaque chapitre des citations. Celles-ci sont issues du monde réel et écrites par différentes personnes (journal officiel, blogueur, journaliste indépendant, etc.). Ces citations ont pour objectif de vous plonger dans ce que peut ressentir Ingeniuman quotidiennement. L'histoire se déroulant sur plusieurs années, elles vous aideront également à mieux vous situer dans la temporalité du récit (si la citation se réfère à l'année ***<u>2005</u>****, l'histoire se déroule à ce moment). Il m'arrive d'ajouter à ces citations des commentaires personnels. Ceux-ci sont en* ***<u>gras et souligné</u>****. Je vous souhaite une bonne lecture.*

Chapitre 1 : Londres

Leur voiture de location les attendait directement à la sortie de l'aéroport de Biggin Hill à Londres. Il s'agissait du dernier modèle en date d'une Mercedes-Benz SLR McLaren. Comme toujours, les dispositions avaient été prises durant le vol afin qu'il en soit ainsi. Dès qu'ils eurent mis pied à terre, les deux partenaires, et amis, se précipitèrent vers le parking où un employé de l'agence possédant le bien leur remit directement les clés. Sans perdre une seconde, ils s'engouffrèrent dans le véhicule qui démarra en trombe.

— Je vois que tu n'as pas loué n'importe quelle voiture de sport.

— Eh bien, de toutes celles disponibles parmi les différentes agences, ce modèle dispose du meilleur compromis entre vitesse et contrôle. Celle-ci est du début de l'année, une autre agence proposait le dernier modèle en quasi neuf. Seulement, je… je n'aimais pas la couleur.

— Arf. Je n'aime pas quand tu me piques mes blagues comme ça.

— Il fallait le dire plus vite. En réalité, je préférais la couleur de la McLaren neuve… Non, si j'ai pris celle-là c'est tout simplement que, contrairement à l'autre, celle-ci a eu le temps d'avoir beaucoup plus de conducteurs. Donc, grâce à toutes leurs expériences de pilotage combinées, je connais parfaitement ce bolide.

Au moment même où l'homme terminait sa phrase, le véhicule qui venait juste de quitter le parking accéléra puissamment, collant au siège ses deux passagers.

— Et je déteste quand tu conduis.

— Ferme les yeux.

Lancée à une vitesse folle, la voiture de course remonta vers le Nord par l'A233. Poussé à plein régime dans ses derniers retranchements, le véhicule frôlait les obstacles tout en évitant *in extremis*, et de façon presque miraculeuse, d'autres usagers ainsi que certains piétons peu attentifs. Le copilote ne ferma pas ses yeux. La première fois, il n'avait pas pu s'en empêcher, mais aujourd'hui, avec la force de l'habitude, les choses avaient changé. Il avait toute confiance en les capacités de son ami et il savait que, malgré les apparences, il ne risquait rien.

— Nous arriverons bientôt à l'intersection, indiqua le conducteur.

L'homme assis sur le siège passager savait très bien ce que cela signifiait, il récupéra la tablette numérique qui se trouvait dans la poche intérieure de sa veste et cliqua sur le bouton « fin du premier segment ». Tous les feux de circulation qui se trouvaient sur l'A233 reprirent leur fonctionnement normal. En effet, alors qu'ils étaient montés dans la voiture, un programme de piratage avait été lancé afin de leur dégager au maximum la voie. Ce logiciel, le conducteur l'avait élaboré durant le vol. Arrivée à une nouvelle intersection, la McLaren tourna vers la gauche sur la B265 afin de se rendre le plus rapidement possible sur la Croydon road. Bien entendu, le programme, qui venait de relâcher le contrôle des feux de l'A233, bloqua ceux de la B265, afin que la Mercedes passe au vert, et ce jusqu'à ce qu'ils aient quitté cette nouvelle portion de route. Arrivés sur la Croydon Road, ils prirent à gauche en direction de la ville du même nom. Il fallait faire vite : c'était là que se trouvait leur premier objectif.

— Où se trouve notre premier poseur ?

— Il se déplace. On arrivera à temps pour l'intercepter au niveau de la gare de Croydon.

— J'espère qu'on arrivera également à temps pour les autres.

— On va faire notre maximum. Je n'ai rien pu faire pour les attentats du 7 juillet 2005. Je ne vais pas laisser ça se reproduire.
— On en a déjà discuté : tu ne le savais pas. C'est le problème avec ces actions terroristes, tu ne peux pas vraiment suivre de « liens ». Pareil pour Madrid en 2004, relativisa le passager en saisissant fortement la poignée intérieure de l'habitacle après un virage très sec.
— Je sais, je sais. Mais cette fois, j'ai eu l'information ! Et même si je l'ai eue un peu tard, nous avons encore le temps.

La Croydon road étant bien plus large que les précédentes routes, le conducteur poussa le régime moteur de sa McLaren au maximum, ce qui permit à nos amis de parcourir les dix kilomètres de cette portion en tout juste deux minutes.
— Je vais quitter la route, nous sommes presque à Fairfield Halls. Allume ton oreillette. Contrôle son.
— Cinq sur cinq.

Arrivé à l'intersection avec l'A212, le véhicule prit directement à droite sans se soucier du sens normal de circulation à adopter dans un rond-point britannique. Au croisement avec la George Street, le pilote stoppa sa course et le second homme descendit.
— La gare de Croydon Est se trouve à deux cents mètres dans cette direction, lui affirma le conducteur en tendant le bras à travers la vitre. Le poseur arrivera dans à peu près cinq minutes. Tu as le temps de te mettre en position, je te guiderai.
— Très bien. Je m'en occupe, on se retrouve plus tard.

La McLaren redémarra en trombe, exécuta un demi-tour et repartit aussi vite qu'elle était arrivée. Le conducteur retourna sur l'A232 puis remonta sur l'A23 avant de s'engager sur l'A214 pour finalement abandonner son véhicule au niveau de la gare de métro de Tooting Bec.

— Je viens d'arriver à la gare, ma cible se trouve dans le second métro qui va passer en direction de Londres.
— *Le second ? Tu es en avance, tu aurais pu aller moins vite.*
— Oui, j'aurais pu… Le tien arrive bientôt. Avance encore un peu, OK, tu vois le photomaton ? Place-toi à côté. Ton gars arrivera par la gauche, tu n'as plus qu'à attendre.

« … »
— Là, c'est lui, avec le sac à dos.
— *OK.*
— À toi de jouer. La rame du métro vient d'arriver, je monte à l'intérieur pour intercepter le mien.

Alors que le terroriste passait à côté du photomaton, un homme le bouscula et il sentit comme une légère piqûre derrière son épaule. Tout juste se retourna-t-il pour voir qui lui était ainsi rentré dedans, qu'il tomba dans les pommes. Le copilote récupéra le sac et quitta les lieux.
— *C'est bon. J'ai la bombe. Je vais aux toilettes pour la désamorcer. Une fois terminé, je laisserai le sac dans les toilettes comme convenu, et je verrouillerai la cabine en question.*

De la même manière, le conducteur qui se trouvait lui, dans la rame de métro, se dirigea tranquillement vers sa cible et, à l'aide d'un somnifère, procéda comme son partenaire. Le terroriste s'écroula dans ses bras et il le plaça comme si de rien n'était à la place libre la plus proche.
— Ne vous inquiétez pas, s'adressa-t-il à la foule. Mon ami a beaucoup trop bu, il n'a pas arrêté depuis hier soir. Il vaut mieux le laisser dormir un peu, je m'en occupe.

À l'arrêt suivant, une partie de la rame se vida et de nouveaux voyageurs montèrent. Alors que le ballet des voyageurs se poursuivit à la seconde halte, plus personne ne fit attention à l'homme qui dormait, affalé sur son siège, et aucun usager ne remarqua qu'un inconnu lui volait son sac. Descendu au

troisième arrêt, il se rendit à son tour dans les toilettes publiques, baissa le siège des w.c., ouvrit le sac et posa la bombe sur le couvercle du cabinet.
— Très bien, je suis également en place. Il s'agit de bombes artisanales, il ne sera pas compliqué de les désamorcer. Une fois le détonateur enlevé, il n'y aura plus rien à craindre. Comme tu peux le voir sur la minuterie, les bombes sont censées exploser dans treize minutes, à neuf heures précises. On doit se dépêcher, il reste encore deux poseurs à intercepter. On commence par le boîtier de la minuterie, une vis à chaque angle. C'est parti [...]. Très bien, maintenant, tu vois quatre fils qui partent de la minuterie. Tu vas couper le vert et le rouge et le compte à rebours va s'accélérer. Une fois les fils coupés, tu vas les relier ensemble avant que la minuterie n'affiche zéro.
— *Je m'en serais douté.*
— Quand tu les auras reliés, tu pourras couper les deux autres et retirer complètement le minuteur. Sous celui-ci se trouve le détonateur. Tu pourras l'enlever en le dévissant. Pour ma part, j'ai terminé. Je pars sur Londres.
— *Et, en plus, il me met la pression... Tout le monde n'est pas aussi rapide que lui.*
— J'ai entendu.
— *Je sais.*

L'homme quitta la station de métro en courant si vite que même le meilleur sprinteur ne serait pas parvenu à le suivre. C'est ainsi qu'il parcourut les six cents mètres qui le séparaient du Lambeth Hospital, afin d'aller à l'encontre du troisième terroriste qui ciblait le centre de soins. Celui-ci arrivait par la gare de Brixton, à quatre cents mètres au Sud-Est de l'hôpital. Le poseur de bombe venait de quitter le métro et il arrivait tranquillement à pied le long de la Pulross Road. Une fois dans le champ de vision du terroriste, le sprinteur ne se

donna pas la peine de ralentir pour passer inaperçu : il n'avait plus le temps pour ça. Il se jeta dessus à pleine vitesse et lui asséna un puissant uppercut qui lui fit directement perdre connaissance.
— **Police !!!** affirma-t-il aux gens présents. Je suis de la police, il y a une bombe dans ce sac, dit-il en l'ouvrant afin de leur prouver.

Rapidement, il désamorça l'engin, récupéra le détonateur et administra le sédatif au terroriste afin d'être sûr qu'il ne se réveille pas de sitôt.
— Vous ! Oui, vous. Je vous confie ce sac. Les autorités seront bientôt présentes, il n'y a plus rien à craindre.

Pendant ce temps, son ami quitta la gare routière et s'assit sur un banc public. Via sa tablette, il envoya un message aux autorités dans lequel il précisait les différents emplacements des bombes, ainsi que ceux des terroristes. À chaque fois, il y joignit un fichier contenant une photo ainsi que diverses preuves que son ami avait collectées durant le vol. De son côté, le coureur repartit à toute allure. Il ne lui restait plus que huit minutes pour trouver la dernière bombe. Le poseur en question venait de la placer derrière une poubelle en plein milieu du centre commercial de Covent Garden Market. Cela ne lui faisait pas moins de sept kilomètres à parcourir et, bien qu'il soit rapide, il savait très bien qu'il n'y arriverait pas à pied. C'était faisable en dix minutes peut-être, mais pas en huit. Il se précipita alors au café du coin, car il savait qu'un motard venait de s'y arrêter pour prendre son petit-déjeuner avant d'aller au travail, chose qu'il faisait tous les jours afin de commencer sa journée au mieux. Le motard en question était assis sur la terrasse, ses clés négligemment posées sur la table. Il eut tout juste le temps de réagir au vol de celles-ci que l'homme était déjà en train de démarrer.
— **HEY !!! HEY, REVENEZ !!! C'EST MA MOTO !!!**

Plus que sept minutes, la course était jouable. Au guidon de cette 1000 SV/S, le pilote fit à nouveau preuve d'une dextérité incroyable. Afin d'aller au plus vite, il coupa par différents passages, empruntant parfois même le trottoir ou bien encore usant de la bande cyclable. Arrivé au niveau du centre commercial, il se rendit jusqu'à la grande porte et la franchit en restant sur la moto sous le regard médusé des gens présents. Il accéléra en direction des escaliers, plaça ses deux pieds sur la selle et, au moment où la roue avant venait frapper la première marche, il prit une puissante impulsion. Cette action lui permit de sauter toutes les marches et de se retrouver directement sur le premier palier. Il stoppa son élan à l'aide de la barrière et repartit dans l'autre sens pour arriver sur le second palier qui correspondait au premier étage. De là, il se précipita vers le centre du complexe où beaucoup de bancs étaient à la disposition du public avec, tout autour, divers stands et boutiques. Rapidement, il repéra la poubelle en question, mais le terroriste était déjà loin. Il récupéra le sac et commença à désamorcer la bombe. Il ne lui restait plus que deux minutes au compteur. Il fallait qu'il fasse très vite pour relier les fils ensemble une fois qu'il les aurait sectionnés. Il coupa, le compteur s'affola, il dénuda, relia et l'horloge afficha alors dix-huit secondes. La bombe était désamorcée. Il démonta le détonateur et s'en alla en direction du dernier poseur de bombes. Celui-ci se trouvait à l'extérieur du centre commercial. Il attendait sur un parking que l'explosion ait lieu. Alors qu'il regardait sa montre en se demandant pourquoi elle n'avait pas encore explosé, il sentit comme une piqûre derrière sa nuque. Alors qu'il leva son bras par réflexe pour chasser le « moustique » il tomba dans les pommes.

— C'est bon. On en a terminé, avertit-il son ami par l'oreillette. Je prends un taxi et on se retrouve à l'aéroport. On y déposera les détonateurs dans un casier.
— *Bien joué, à tout de suite.*

Arrivés au point de rendez-vous, les détonateurs furent rassemblés à l'intérieur d'un seul sac et celui-ci placé dans une consigne. Puis, nos amis se rendirent à leur jet.
— C'était juste.
— Très. À quelques secondes près, je n'aurais pas pu tenter le désamorçage.
— Tu serais allé sur le toit.
— Oui, je l'aurais laissée exploser. Et il y aurait certainement eu quelques victimes malgré tout. Je sais ce que tu penses et tu as raison.
— C'est toi qui as trouvé cette équipe, c'est même toi qui les as mis sur la piste de l'informaticien. Je crois qu'il est temps. Je sais que tu te sens toujours coupable et que tu ne te débarrasseras jamais de cette culpabilité. Cependant, travailler avec nous ne les mettra pas plus en danger qu'ils ne le sont déjà, n'est-ce pas ?
— Non, ils savent très bien le faire seuls.
— Ils ont choisi cette vie. Qu'aurait-on fait si, aujourd'hui, il y avait eu un cinquième objectif ?
— C'est plus fort que toi, tu te sens obligé de me psychanalyser. J'ai dit que tu avais raison. D'autant plus qu'il s'est passé quelque chose.
— Une nouvelle affaire ?
— Oui. Alors que j'allais monter dans le taxi, un individu est entré dans mon radar. Il s'agit d'un mercenaire qui vient d'être engagé pour une opération en Russie.
— En quoi consiste cette opération ?

— Un vol d'ogive nucléaire. Ça m'inquiète, je ne sais absolument rien des commanditaires. Il est temps que j'entre en contact avec eux, je vais leur apporter une lettre.
— Je suis convaincu qu'ensemble nous formerons une formidable équipe.
— Tes parents souhaiteraient te voir, tu n'as qu'à prendre un avion pour le Canada. Je prendrais seul le jet en direction de la France.
— Très bien. Je leur passerai le bonjour de ta part. Et la fille ?
— Elle va bien. Elle est actuellement en classe, elle va fêter son anniversaire ce soir.
— Onze ans, c'est bien ça ?
— Oui. Bon je te laisse, j'ai une lettre à déposer.

Chapitre 2 : Une mystérieuse lettre

*Le 10 février **2005**, la Corée du Nord annonce officiellement posséder des armes nucléaires.*

Après une longue journée au collège à se demander ce qui avait bien pu passer par la tête d'un certain Pythagore pour les faire ainsi travailler sur son théorème qui, manifestement, ne rimait à rien, Malaïka monta dans le bus. $AB^2 = AC^2+CB^2$, tout ça était bien joli, pensait-elle, mais quelle perte de temps alors que, en soi, il suffit de prendre sa règle et de mesurer. Cette fois-ci, contrairement à son habitude, elle ne prit pas le bus qui la conduisait directement à son arrêt situé à une centaine de mètres de sa maison. Non, pour cette fin d'après midi et comme il lui arrivait parfois, elle opta pour un autre car qui, lui, partait dans la direction du lieu de travail de ses parents. Ceux-ci rentraient tout juste d'un voyage d'affaires. Elle devait donc les rejoindre là-bas pour qu'ensemble ils fêtent les onze ans qu'elle venait d'atteindre deux jours auparavant. Malgré son lourd passé, avec l'aide de ses parents adoptifs Malaïka avait su démarrer une nouvelle vie. Arrivée en France, elle parvint à rattraper son retard et sauta même deux classes.

Une fois descendue à son arrêt, la jeune Africaine marcha pendant dix bonnes minutes avant d'apercevoir sa destination. Il s'agissait d'un grand entrepôt employé pour la gestion de stock. Malaïka s'approcha de l'entrée et composa le code qui lui ouvrit la porte. Elle traversa tout le bâtiment dans lequel s'entassaient des centaines et des centaines de cartons sur plusieurs rayonnages pour se retrouver finalement face à une cloison. D'un geste sûr, elle déplaça un des emballages et dévoila un second digicode. Elle tapa une nouvelle combinaison et une partie du mur s'enfonça, laissant deviner une ouverture.

Une fois qu'elle l'eut franchie, la cloison se referma automatiquement. Dès que la jeune Africaine se retrouva de l'autre côté, elle se baissa pour ramasser une enveloppe qu'elle regarda un instant avant de la fourrer dans sa poche, puis elle descendit l'escalier en colimaçon qui la mena droit dans le sous-sol. Arrivée là, elle poussa une autre porte et se retrouva dans une grande pièce, très bien éclairée avec plusieurs ordinateurs allumés. Au centre de ce sous-sol trônait une table circulaire sur laquelle Malaïka avait l'habitude de voir différents dossiers et quelques armes à feu. Aujourd'hui la décoration était bien différente. Cette fois-ci, des guirlandes traversaient la pièce et à la place des dossiers se trouvaient diverses boissons, ainsi qu'un gâteau qui semblait être au chocolat. Parfum dont la collégienne raffolait. Devant cette table se tenaient six adultes qui lui souriaient.

— Bonjour à tout le monde, s'écria-t-elle.

— Salut Malaïka, répondirent-ils, joyeux anniversaire !!!

La jeune fille s'avança et fit la bise à tout le monde en commençant par ses deux parents qui se trouvaient sur la gauche et termina par Andréass.

— Alors ? Votre mission en Afrique s'est-elle bien passée ? demanda Malaïka, plus par politesse que par intérêt, car dans l'immédiat seul son gâteau l'intéressait. L'odeur qui s'en dégageait accaparant toute sa concentration.

— Oui plutôt, lui répondit Adrienne. Nous avons réussi à empêcher le réapprovisionnement en munitions de la milice dont nous t'avions déjà parlé. Nous devons, maintenant que nous avons récolté suffisamment d'informations sur place, mettre fin aux activités du marchand d'armes dont nous venons de détruire le convoi de munitions. Mais on verra ça plus tard, attaquons d'abord ce gâteau.

Chose dite, chose faite. Tout le monde se plaça autour de la table et les festivités commencèrent. Entre deux morceaux de gâteau, les convives se levèrent et allèrent chercher les cadeaux. On ne peut pas dire que Malaïka vivait dans un cercle familial « normal ». Certains pourraient trouver étrange, voire même déplacé, le fait que l'on parle si librement de trafic d'armes à une enfant de 11 ans. Mais depuis ses 8 ans, ses parents avaient décidé de ne plus lui mentir, sans bien sûr, lui raconter non plus tout dans le détail. D'une part ils ne se voyaient pas mentir ainsi à leur fille et d'autre part il fallait pour sa propre sécurité que Malaïka apprenne certains protocoles.

En effet, ses parents adoptifs se trouvaient être des espions freelances. Ce fut Adrienne qui entra en contact avec eux pour leur proposer ce poste. Il se trouvait qu'elle avait eu vent de leur histoire : Nadjib et Bleuenn, les parents de Malaïka, étaient autrefois militaires, engagés au 3e Régiment de Parachutistes d'Infanterie de Marine de Carcassonne. Nadjib en avait été radié pour avoir désobéi à un ordre direct. En Afrique équatoriale, alors qu'il était chef d'un groupe de dix soldats partis à la recherche d'un village dans lequel auraient été retenus des otages français, il croisa sur sa route, pendant son infiltration, un tout autre village. Manifestement, celui-ci avait été pris d'assaut par une bande armée et, d'après ce qu'avait pu observer la troupe de Nadjib, un génocide se préparait. Des atrocités avaient déjà été perpétrées, on pouvait apercevoir des femmes au corps déchiqueté ainsi que des hommes subissant des actes de torture gratuite. Sans parler des enfants se faisant lapider uniquement pour le plaisir des assaillants. Nadjib ne pouvait laisser faire cela ; il contacta son état-major pour l'avertir. Il ne s'attendait pas à ce que celui-ci lui ordonne de continuer sa mission et de ne surtout pas s'occuper de ça. « Les conflits locaux entre belligérants ne les concernaient pas », disaient-ils.

Sur ces belles paroles, Nadjib avait coupé la radio et s'était retourné vers ses hommes.
— Nous avons ordre de ne rien faire. Peu m'importe, en ce qui me concerne je vais y aller quand même, je me suis engagé pour protéger mon pays, certes. Mais également pour protéger les droits de l'Homme. Je ne vous oblige à rien, vous pouvez rester là.
— Bien sûr que nous venons, chef, annoncèrent-ils en chœur.
— Très bien, je vous couvrirai auprès des supérieurs. Allez ! On se déploie autour du village. Dans deux minutes, on lance l'assaut, je m'occupe de la diversion. Il faut agir vite. Regardez, ils commencent déjà à aligner les survivants pour les fusiller. **Exécution !!!**

Les « Para du 3 » se placèrent tout autour du village et Nadjib lança une grenade en arrière de sa position. Au moment de l'explosion, la bande armée cessa toute activité et se dirigea en courant vers le lieu de la détonation. À cet instant, les soldats lancèrent l'assaut et ouvrirent le feu. Les belligérants cessèrent immédiatement leur course et firent demi-tour. La bataille commença. Alertés par les détonations, d'autres autochtones sortirent des maisons et vinrent grandir les rangs adverses qui se retrouvèrent ainsi en plus grand nombre que prévu. Les balles sifflaient, les grenades explosaient, mais la troupe de fantassins parvint à prendre le dessus et le village fut libéré. Malheureusement, durant l'affrontement, Nadjib perdu quatre de ses hommes. Lui-même fut touché à l'épaule. Heureusement pour lui, la balle s'était contentée de traverser. À cause de son choix, quatre soldats français venaient de trouver la mort. Dans le feu de l'action, il ne prit pas trop le temps d'y penser. Bien que les coups de feu aient cessé, ses hommes fouillaient encore les maisons à la recherche d'autres combattants armés, car dans l'immédiat la priorité consistait à sécuriser le camp. À mesure qu'ils progressaient dans le village, les soldats libéraient les captifs. Lorsque lui-même entra dans une des maisons, il vit une petite Africaine qui se tenait assise près de deux cadavres ensanglantés. La pauvre avait déjà expulsé toutes les larmes de son corps : incapable de pleurer davantage, elle ne bougeait plus. Complètement tétanisée, elle ne réagit pas non plus lorsque Nadjib lui adressa la parole. L'enfant restait là, assise dans une flaque de sang à contempler le corps de ses parents qui, manifestement, avaient été torturés et tués sous ses yeux. Nadjib la souleva, la prit dans ses bras et l'emmena à l'extérieur. Une fois toutes les cabanes fouillées, il reprit contact pour demander des renforts et des secours pour les blessés. La troupe aida les villageois à s'occuper de leurs morts en attendant l'arrivée des renforts. Durant tout ce temps, la jeune fille ne lui lâcha pas la main.

Parmi les soldats qui avaient survécu se trouvait Bleuenn. Au moment des faits, elle sortait déjà depuis plus de trois mois avec Nadjib. À l'arrivée des renforts, alors qu'il avait déjà pansé son épaule avec l'aide de la jeune femme, arrêtant ainsi le saignement, il souleva la petite fille qui s'était présentée à un traducteur sous le nom de Malaïka et la mit sur son dos. Il s'en alla en direction du camp ne faisant nullement attention aux remarques l'incitant à la laisser sur place. Une fois au camp, dans la tente de l'infirmerie, alors qu'on lui avait immobilisé le bras, la balle n'ayant fait que traverser sans faire de gros dégâts, il attendit patiemment en compagnie de Malaïka et Bleuenn qu'arrive sa sanction. Le plus haut gradé du camp était déjà venu lui chauffer les oreilles en lui annonçant pour finir qu'il était dès à présent définitivement radié de l'Armée française. Alors que plusieurs heures s'étaient déjà écoulées et que la nuit avait fait son apparition, une jeune femme entra dans la tente et vint briser le lourd silence qui avait fini par s'installer. Celle-ci leur adressa un sourire et se présenta :

— Bonjour à vous, je m'appelle Adrienne Margio. Avant de dire quoi que ce soit, écoutez-moi. J'ai une proposition à vous faire, je recherche des gens comme vous. Je sais tout de ce qu'il s'est passé et je sais ce qu'il va se passer. Vous allez avoir droit à la cour martiale, quelqu'un va bientôt venir vous l'annoncer et Malaïka devra retourner dans son village. Si vous venez avec moi, je vous ferai disparaître de la circulation. Je vous donnerai une nouvelle identité et vous serez libre d'élever Malaïka en France.

— En échange de quoi ? s'enquit Nadjib suspicieux.

— Il vous faudra travailler avec moi. Vous continuerez votre métier de soldat, mais vous ne serez plus sous les ordres de stupides supérieurs et, surtout, vous défendrez la justice et non pas un quelconque intérêt personnel. Je possède une petite agence de renseignements et d'actions freelance. Nous ne dépendons de personne et nous agissons sur tous les continents. Alors que décidez-vous ? Bien entendu, Bleuenn, vous n'avez pas été radiée, mais ma proposition vous concerne aussi, le choix est vôtre. Il n'y a pas de durée de contrat, vous serez libre d'arrêter quand vous le voudrez.

Tous deux se regardèrent un instant et sans vraiment prendre le temps de la réflexion, ils acceptèrent sans sourciller.

— Très bien, je vous donnerai tous les détails plus tard. Nous devons d'abord quitter ces lieux. Puis Adrienne sembla s'adresser au vide : « Vous avez entendu, rejoignez-nous, il est temps de partir !!! ».

Trente secondes plus tard, on entendit un véhicule s'arrêter devant l'infirmerie. Adrienne leur demanda de la suivre ; ensemble, ils sortirent de la tente et passèrent devant les deux gardes qui, comme par miracle, semblaient s'être endormis. Ils montèrent dans le véhicule de transport où ils firent la connaissance de Nikolaï et Konstantin qui se trouvaient à l'avant.

Malaïka avait grandi avec ces gens : Adrienne, Nikolaï, Konstantin et Andréass qui, par la suite, avait rejoint l'équipe. À ses yeux et dans son cœur, chacun d'eux représentait pour elle un membre à part entière de sa famille, ce qui lui faisait trois oncles et une tante. Quant à ses parents, ils s'étaient mariés, pour le meilleur et pour le pire, un an après les faits.

Pour changer, Andréass, qui était le spécialiste de l'équipe en la matière, lui avait offert un nouvel ordinateur à la pointe de la technologie avec plein de nouveaux jeux. Konstantin, de son côté, lui avait pris un nouveau vélo. Nikolaï, pour sa part, s'était contenté d'une simple boîte de bonbons en murmurant toutefois à l'oreille de la jeune Africaine de ne pas manger les rouges. En effet, ceux-ci contenaient en réalité un somnifère très puissant qu'elle pouvait donner par exemple aux garçons qui l'embêtaient. Bleuenn, sachant très bien à qui elle avait affaire, regarda d'un air soupçonneux cette boîte de bonbons, mais laissa faire et ne posa pas de question. Adrienne lui offrit de nouveaux livres à lire : la saga complète du Plurivers qui recouvrait Le Plurivers, le sommet du tétraèdre, les planètes mères et les gardiens. Quant à ses parents, ils lui promirent d'aller passer trois jours et deux nuits dans un grand parc d'attractions lors des prochaines vacances. Autant vous dire que Malaïka était une enfant plutôt gâtée.

Alors que le gâteau commençait dangereusement à diminuer de volume, la jeune fille mit sa main dans sa poche et sentit l'enveloppe dont elle avait complètement oublié la présence.

— Ah oui ! J'ai trouvé cette enveloppe devant l'escalier, elle est adressée à une certaine Lilianne.

— Quoi !? s'écria Adrienne en saisissant l'enveloppe. Où était-elle ? Tu as dit devant l'escalier ? Dans le bâtiment, après la porte blindée ?

— Euh… oui. Que se passe-t-il ?

Tous les adultes se regardèrent et Adrienne lança :
— Vous savez ce qu'il nous reste à faire. Quelqu'un sait que nous sommes ici, on déménage le QG. Récupérez les données et détruisez tout.
— Mais, qui est cette Lilianne ? questionna Nadjib.
— C'est mon véritable prénom, celui que mes parents m'ont donné à la naissance.

Andréass se précipita vers un ordinateur, rassembla toutes les dernières données qu'il plaça sur un disque de sauvegarde. Une fois le téléchargement terminé, il lança le compte à rebours pour l'autodestruction.
— C'est bon, annonça-t-il.

Tout le monde sortit l'arme au poing et monta dans les voitures sans plus attendre. Une fois à bord, ils entendirent une explosion et le bâtiment prit feu.
— Mais qu'est-ce qu'il se passe ? demanda Malaïka à son père qui conduisait une des deux voitures.
— Nous t'avions expliqué que cela pouvait arriver ma chérie, lui répondit sa mère. Nous avons été découverts, il nous faut déménager. Notre cellule de secours pour la France se trouve vers Dijon, c'est là-bas que nous nous rendons.
— Et mes amis !?
— Nous sommes désolés, mais nous n'avons pas le choix et je sais que tu le comprendras, rétorqua Nadjib. Il faut d'ailleurs que tu donnes ton téléphone à maman, pour qu'elle le détruise. Sache que, pour tes amis, nous sommes morts dans cet incendie.
— Mais…

Et la jeune fille se tut et se mit la tête dans ses mains. À ses côtés, sur la banquette, Adrienne, ou plutôt Lilianne, ouvrit l'enveloppe après l'avoir contrôlée via un scanner qui se trouvait dans la voiture et se mit à la lire :

Bonjour Lilianne, cette lettre a pour but de vous informer d'un vol d'ogive nucléaire prévu en Russie, votre pays natal. Une filière noire des partisans de l'ex-URSS n'apprécie guère que leurs politiques se soient alliés avec les « bouffeurs de hamburgers » comme ils les appellent. Ils prévoient de se servir de cette ogive contre la capitale. Eh oui, il y aura toujours des cons qui s'ennuient. Bref, si votre équipe empêche ce vol, il n'y aura pas d'explosion et nous pourrons continuer à nous balader dans ces belles rues de Moscou. Je sais que votre père n'aurait jamais accepté de laisser Moscou se faire rayer de la carte, surtout que c'est là-bas qu'il a rencontré votre mère, n'est-ce pas ? L'attaque du convoi transportant l'ogive se déroulera le dix Mars. Autrement dit, il ne vous reste plus que huit jours, ça se passera à Saint-Pétersbourg dans l'avenue Dimitriov entre les rues Bieloz et Quarliz. Et vous n'oublierez pas de souhaiter un bon anniversaire à Malaïka de ma part.

— Alors ? l'interrogea Nadjib lorsqu'elle releva la tête après sa lecture.
— L'auteur de cette lettre en sait beaucoup, il en sait même trop. Mets-moi le contact radio avec l'autre voiture, s'il te plaît.
— Oui, voilà qui est fait.
— OK voiture numéro 2, vous m'entendez ?
— Oui, s'écrièrent des voix à travers les haut-parleurs.
— Cette lettre nous prévient d'une attaque terroriste qui va se passer dans huit jours en Russie. C'est peut-être un piège, je ne sais pas. En tout cas, moi, je vais la prendre au sérieux. Nous discuterons de la marche à suivre une fois arrivés à notre nouveau QG. Rendez-vous là-bas et bonne route.
— OK patronne, on s'arrêtera prendre les pizzas, conclut Konstantin.

— Bonne idée. Et je t'ai déjà dit de ne pas m'appeler ainsi. D'ailleurs, je crois que je vais reprendre mon véritable prénom. Oui, à présent, je redeviens Lilianne.

Les voitures continuèrent tranquillement. Elles s'étaient séparées en quittant l'entrepôt, chacune prenant un chemin différent en suivant le protocole, les rendant ainsi plus difficile à suivre. Le conducteur devait, par ailleurs, avoir constamment un œil dans le rétroviseur. Après plus de huit heures de trajet, alors que Malaïka avait fini par s'endormir, ils entrèrent dans le petit village de Corcelles-les-Monts. Ils longèrent les champs cultivés et finirent par arriver dans une propriété. La jeune fille se réveilla et, en observant par la fenêtre, elle se rendit compte qu'il s'agissait d'une grande ferme. Ils se garèrent devant un entrepôt dans lequel se trouvaient diverses machines agricoles et pénétrèrent à l'intérieur. Bleuenn expliqua à sa fille que des paysans travaillaient pour eux et se chargeaient d'entretenir et de cultiver les champs. Bien entendu, ils ne savaient pas vraiment pour qui ils travaillaient. Une petite maison se trouvait également sur les lieux et une femme de ménage passait une fois toutes les deux semaines pour l'entretenir et faire la poussière. Une fois arrivée dans le fond de l'entrepôt, Lilianne sortit une télécommande de sa poche et l'actionna, ce qui enclencha le mécanisme d'ouverture. Une partie du sol se souleva grâce à de puissants vérins hydrauliques. Le groupe descendit les escaliers qui venaient d'apparaître, franchit une porte et se retrouva dans la plus totale obscurité. Lilianne appuya de nouveau sur la télécommande et tout s'illumina. Le nouveau QG ressemblait singulièrement à celui qu'ils venaient de quitter. L'architecture était manifestement la même et l'on se trouvait encore en sous-sol.

— Bon ! Andréass, intègre les données manquantes et, vous, les gars, allez garer les voitures, je vous ouvre le garage, intervint Lilianne.

— Excuse-nous une minute. Nous allons installer Malaïka dans sa nouvelle chambre, dit Nadjib.
— Oui, bien sûr. Vous connaissez le chemin, je vous active l'autre entrée.

Nikolaï et Konstantin sortirent par où ils étaient entrés et se rendirent aux voitures pour les cacher. En revanche, Malaïka et ses deux parents partirent dans l'autre direction, car il y avait là un accès direct à la maison. Ils montèrent à l'étage et donnèrent à Malaïka la première chambre. La femme de ménage avait très bien fait son travail : la maison très accueillante, respirait la propreté. La jeune Africaine, incapable de se faire à l'idée que le lendemain matin ses amis apprendraient sa mort, restait muette depuis le départ.
— Je sais ce que tu ressens, lui dit sa mère en la bordant. C'est très dur de quitter ses proches sans même pouvoir leur dire au revoir, mais pour leur sécurité, il ne peut pas en être autrement. Tu n'es pas une fille comme les autres, et nous ne sommes pas non plus une famille comme les autres. Ton père et moi aimons ce que nous faisons et on ne compte pas arrêter pour le moment. On essaye de t'élever normalement, mais ce n'est pas simple. Nous préfèrerions te laisser en dehors de tout ça mais nous ne voulions surtout pas te mentir sur nos vies et sur ton histoire. Il a donc fallu faire un choix.
— Ta mère a raison Malaïka. Nous sommes des espions, ce qui pour toi représente surtout des inconvénients, mais c'est comme ça. Sache qu'on t'aime et qu'on fait tout notre possible pour toi.
— Je sais Papa et je vous aime. Je suis fière du travail que vous faites et je savais que cela pouvait arriver, mais je ne m'y étais pas vraiment préparée et... non rien.
— Bon, eh bien, bonne nuit ma chérie, lui dit sa mère en l'embrassant.
— Bonne nuit Maman, bonne nuit Papa.

— Bonne nuit Malaïka.

Une fois retournés au sous-sol, les deux parents s'installèrent sur les deux chaises restées libres autour de la table qui, à l'image dans l'ancien QG, se trouvait au centre de la pièce.

— Comment a-t-elle pris la chose ? leur demanda Lilianne.

— Plutôt bien vu les circonstances, répondit Nadjib.

— J'espère que nous n'aurons plus à le refaire ! Nous allons, pour le moment, mettre l'affaire sur le trafiquant d'armes de côté. Voilà comment je vois les choses. Nikolaï, Konstantin, Andréass et moi, nous allons prendre le jet à destination de Moscou. Arrivés là-bas, on se rendra à notre cellule, on y prendra tout le matériel nécessaire puis on se rendra illico presto à Saint-Pétersbourg. Vous deux, vous resterez ici, vous pourrez ainsi vous occuper de Malaïka. Je ne vais pas vous demander de venir avec nous. De plus, vous serez notre assurance. Si jamais c'est un piège, au moins deux personnes de notre unité ne seront pas prises. Il vous appartiendra de venir nous aider ou pas si jamais nous étions déjà morts. Pour ça, vous aurez de nos nouvelles toutes les vingt-quatre heures, si je ne vous en communique pas dans les temps, c'est qu'il y a un problème. Vous êtes d'accord avec moi ? Il y a des questions ?

— Euh… Oui ! Moi, intervint Andréass.

— Oh là là ! Il a toujours des questions lui, remarqua Konstantin.

— C'est vrai. Lui, le soi-disant génie de l'informatique, ajouta Nikolaï.

— Bon ! C'est bon là… les réprimanda Andréass.

— Vas-y. Je t'écoute Andréass, lui dit Lilianne le sourire aux lèvres.

— Bon ! Eh bien, c'est vrai que j'ai un peu de mal avec tous vos trucs d'espions, mais à propos du jet, euh… pourquoi a-t-on laissé l'autre là-bas et pourquoi est-on venus en voiture ?

— C'est simple. C'est pour ne pas avoir deux avions sur les bras au même endroit, ça serait un peu suspect, n'est-ce pas ? Nous mènerons le jet qui se trouve à La Rochelle à proximité de notre prochain QG de secours. Seulement, cela prendra un peu de temps, car nous n'en avons pas d'autres pour le moment sur la France. En ce qui me concerne, j'aime bien les croissants, donc il va falloir en rebâtir un autre pour ne pas avoir à changer de pays si, de nouveau, on venait à nous repérer. Et, comme tu le sais (Lilianne appuya bien sûr le « tu le sais »), si nous possédons deux jets, c'est parce qu'il n'est pas rare que notre équipe soit coupée en deux pour réaliser différentes missions à différents endroits. D'autres questions ? demanda-t-elle en regardant avec insistance Andréass, qui fit non de la tête. Eh bien, bon appétit.

Après avoir englouti les pizzas, alors que Konstantin avait émis deux ou trois remarques sur le fait qu'il était temps qu'Andréass enregistre les protocoles dans son disque dur, tout le monde se leva de table. Bleuenn et Nadjib se rendirent dans la maison alors que les autres allèrent au garage pour prendre une voiture. L'équipe ainsi constituée roula en direction d'un petit aérodrome privé se trouvant à proximité de Dijon. Une société se chargeait d'entretenir le Falcon 2 000 pour eux. Elle croyait s'occuper d'un jet appartenant à une riche héritière à qui il arrivait parfois de prêter son avion. Une chose est sûre, c'est qu'elle n'avait pas besoin d'en savoir plus. Ils ouvrirent le hangar, sortirent l'avion, montèrent dedans et décollèrent.

Chapitre 3 : Saint-Pétersbourg

*Le 13 mai **2005**, dans la ville ouzbèke d'Andijan, les troupes gouvernementales ouvraient le feu sur des manifestants pacifiques. Plus de 500 personnes y trouvèrent la mort, mais les autorités n'ont fait état que de 187 décès. Menacées, les familles des victimes ont été contraintes de garder le silence et une violente répression s'est abattue sur tous ceux qui ont tenté de dénoncer ce massacre : harcèlements, menaces, incarcérations, torture.*

Selon des témoins, le massacre avait été tellement violent que non seulement du sang avait été répandu dans les rues sur un rayon de plusieurs centaines de mètres autour de la place, parfois sur une épaisseur supérieure à un centimètre, mais comble de l'horreur, on trouvait encore des membres arrachés et des morceaux de viscères, le lendemain, dans la même zone.

Et le monde ignora les faits et fit comme si rien ne s'était passé malgré le combat de certains pour rapporter la vérité : « Quand j'ai voulu porter l'affaire devant la Cour Suprême d'Ouzbékistan et présenter le dossier de deux cents pages que j'avais constitué, j'ai été arrêtée et violée. La police m'a torturée et m'a dit de me mêler de mes affaires », témoigne Mutabar Tadjibaeva, journaliste indépendante et présidente d'une association de défense des droits de l'Homme en Ouzbékistan.

Une fois arrivé à Moscou, Nikolaï se posa et resta aux commandes alors que le reste de l'équipe descendait du jet. La tour de contrôle était avertie que nos amis ne faisaient qu'une simple escale. Ils prirent un taxi et se rendirent dans leurs locaux. Lilianne connaissait bien cette capitale, c'est là qu'elle était née et qu'elle avait vécu jusqu'à ses dix-neuf ans. C'est à cette époque que son père a été assassiné et que tout a changé pour elle. En réalité, ces locaux appartenaient à son père. Arrivé à destination, Andréass alluma les ordinateurs et mit les serveurs à jour.

— Très bien, s'exclama Lilianne, nous pouvons retourner à l'aéroport. Andréass, tu restes ici et tu commences à collecter toutes les informations qui nous seront utiles.
— Prépare aussi le piratage des vidéos de surveillance ainsi que des feux tricolores de la ville, ajouta Konstantin.
— En m'y mettant de suite, tout sera prêt à votre arrivée là-bas. Mais bon à part ça, qu'est-ce que je vais bien pouvoir faire tout seul pendant ces six jours ?
— Tu n'as qu'à visiter Moscou. Avec un peu de chance, tu t'y perdras, suggéra Konstantin.
— Bonne idée ! J'en profiterai pour faire un petit tour et voir les services secrets russes pour prévenir tes anciens amis que, malgré ta mort, tu te sers toujours de leurs ressources, répondit calmement Andréass.
— Mais comme tu dis, moi, j'ai des amis et j'ai su en garder en qui j'ai toute confiance. Toi, à part tes claviers…
— Bon ça suffit, les interrompit Lilianne, on dirait des gamins. J'ai mieux à te proposer Andréass, tu vas commencer par faire des recherches sur l'auteur de la lettre.
— Mais il n'a pas laissé de nom.
— Eh bien, justement, ça t'occupera, ajouta-t-elle. Et gardez bien tous en tête qu'il s'agit certainement d'un piège, nous devons en permanence rester sur nos gardes, aussi bien l'auteur de la lettre nous a suivis jusqu'ici, aussi bien il nous surveille en ce moment même. Donc, NON ! Pas de « visite » ni de « petit tour ».

Sur ce, les deux agents s'en allèrent, montèrent dans le taxi qui les attendait et se rendirent au jet. Une bonne heure plus tard, ils se posèrent et réservèrent un hangar dans lequel ils pouvaient entreposer l'avion le temps de la mission. Ils emportèrent avec eux le matériel nécessaire à la bonne conduite des opérations. Puis, à l'aide des transports en commun, ils se rendirent à l'avenue indiquée par la lettre et prirent une

chambre entre les deux rues énoncées. Tous s'installèrent et déballèrent leurs affaires.
— C'est moi qui prends la chambre du fond, c'est la plus grande, annonça Nikolaï.
— Et moi celle d'à côté, elle a une jolie vue, affirma Lilianne.
— Merde, j'ai compris, le canapé, c'est pour moi.
— Eh oui, tu n'es pas assez rapide, mon vieux, le taquina Nikolaï.
— Bon, la nuit tombe. On commencera le repérage demain, je compte sur vous pour l'armement.
— Pas de problème Adrienne, enfin Lilianne, assura Konstantin.
— Non aucun, ajouta Nikolaï, nous avons déjà établi une liaison avec nos contacts et on nous livrera certainement au petit matin. Les espions russes sont très efficaces.
— Ouais ! Vive la Russie ! Vive la vodka et…
— Vive Anna Kournikova, coupa Lilianne. C'est bon, Konstantin, on connaît ta chanson, tu commences à nous casser les… hein. Allez, bonne nuit les garçons.
— Bonne nuit.

Lilianne quitta ainsi le salon pour se rendre dans sa chambre.
— Oh ben ça alors, elle devrait avoir honte de couper ainsi ton chant patriotique, taquina Nikolaï.
— Ça va, n'en rajoute pas. Surtout que tu es autant Russe et patriote que moi, se défendit Konstantin, et en plus elle n'en a même pas.
— Ouais, mais je ne suis pas fan de tennis.
— Qu'est-ce que tu veux, personne n'est parfait. Mais bon, pour ta culture, je veux bien t'informer qu'ils ne vont pas en quarante points lorsqu'ils font un jeu ; pour le reste, je t'en dirai plus une fois que tu auras déjà traité cette information, ce qui va sans doute te demander du temps.

— Ah, ah, ah, mort de rire, ironisa Nikolaï. Va donc te coucher dans ton canapé et évite de t'étouffer avec ta connerie.
— Ah non, pas tout de suite. Je vais d'abord aller voir la réceptionniste, la belle et jeune réceptionniste devrais-je dire, qui doit être en train de m'attendre, car je l'ai invitée à boire un verre au bar.
— Là, je reconnais ton patriotisme, tu vas aller combler cette pauvre Russe. Passe une bonne soirée et tâche d'être en forme demain. Et attention, nous sommes certainement surveillés…
— Bien sûr.

Dès l'aube, le portable de Konstantin retentit ; un de ses vieux amis, un agent russe avec qui Nikolaï et lui travaillaient autrefois, l'avertit que le colis était déposé. Le livreur venait d'arriver et celui-ci attendait devant l'hôtel. Via le téléphone, son contact lui donna la description du livreur ainsi que le code convenu pour leur remettre les sacs. Tous trois descendirent et chacun remonta dans la chambre avec un bagage. Une fois dans l'appartement, ils les ouvrirent et en sortirent divers explosifs ainsi que diverses armes à feu allant du fusil à lunette au petit pistolet à cacher au niveau des chevilles. En ce qui concernait le matériel électronique, nos amis l'avaient emporté avec eux dans l'avion. Avec cette livraison, ils disposaient donc dès à présent de tout ce qu'il leur fallait pour la bonne exécution de leur mission. Après un bon petit-déjeuner, nos trois agents prirent leur équipement, sortirent de l'immeuble, se séparèrent et commencèrent le repérage de l'avenue Dimitriov. En début d'après-midi, après plus de six heures passées à étudier et à photographier le terrain sous tous les angles, tous se rejoignirent dans l'appartement. Les photos furent envoyées à Andréass afin que toutes soient traitées numériquement et regroupées pour reconstituer une image 3D des lieux. Ce modèle servirait à étudier au mieux les possibilités d'attaque offertes aux terroristes avec les positions idéales pour divers observateurs et/ou tireurs.

De son côté, Andréass, grâce à ses recherches, leur confirma le passage d'un convoi militaire dans cette rue le 10 mars. En revanche, il ne savait pas ce que contenait réellement ce camion. Il avait d'ores et déjà piraté la vidéosurveillance de Saint-Pétersbourg.

— C'est bien. Et où en es-tu du piratage des feux tricolores ?

— J'aurais bientôt fini. Sinon, pour en revenir à la vidéosurveillance, ce n'est pas pour faire ma balance, mais par hasard, j'ai aperçu l'ami Konstantin. Je l'ai donc un peu suivi à l'aide des caméras et, au lieu de faire son travail, Monsieur mangeait des sortes de petites crêpes.

— Pff ! Tous des balances ces Américains, réagit Nikolaï.

— Des petites crêpes… c'étaient des blinis. Une spécialité russe, non, mais oh ! s'écria Konstantin.

Lilianne le regarda.

— Ben quoi ? J'avais une petite faim.

— Mais je n'ai rien dit. En ce qui te concerne Andréass, tu le surveillais dans le but d'assurer sa protection, n'est-ce pas ? Et tu n'as vu personne qui semblait le suivre ou le surveiller ?

— Euh… oui, bien sûr. Et non je n'ai vu personne.

— Bon, mais ne t'avais-je pas donné une autre tâche ?

— Si, mais je ne trouve rien, absolument rien.

— Eh bien, continue à chercher, mais traite en priorité les photos qu'on t'a envoyées. Je veux voir la modélisation 3D avec les différentes possibilités d'attaques le plus tôt possible.

— Mouais, je sais. Je vous rappelle dès que j'ai fini.

Et ainsi s'acheva la communication. Le sourire aux lèvres, Lilianne enchaîna :

— Bon ! Reprenons. Nikolaï, tu as visité l'immeuble d'en face, qu'est-ce que tu peux nous en dire ?

— La chambre, située complètement à l'Est au dernier étage, ainsi que celle du dessous, sont parfaites pour un sniper. Elles offrent une vue complète sur l'avenue et se trouvent tout près d'un escalier de service qui donne sur la rue. Le tireur, si tireur il y a, pourrait rapidement se mêler à la foule et ainsi fuir en toute discrétion. Ces deux chambres sont occupées pour le moment. J'ai fait des recherches sur les noms, mais comme on pouvait s'y attendre, ça n'a rien donné d'intéressant.
— En ce qui me concerne, intervint Konstantin, le premier bâtiment se trouvant au Nord après la rue Quarliz possède un angle idéal du toit, de même pour l'immeuble qui lui fait face ; en réalité, il y a beaucoup d'endroits possibles. De toute façon, comme on en a déjà parlé dans l'avion, le convoi sera blindé, donc les snipers pourront tout juste l'emmerder en tirant dans les pneus. Mais bon, ils ne l'immobiliseront pas. Après, c'est vrai que l'on ne connaît pas leurs moyens, s'ils viennent avec des lance-roquettes, le blindage fera pâle figure.
— Raison pour laquelle il nous faut connaître toutes les positions exploitables par les terroristes. De toute manière, notre plan ne consiste pas à combattre directement les assaillants, il faut juste contrarier leur projet, affirma Lilianne.
— Une mission facile quoi, ajouta Nikolaï.

Dans les jours qui suivirent, les trois agents étudièrent la reconstitution en 3D et tous les coins stratégiques furent ainsi repérés. En plus de surveiller les airs, il fallait également surveiller les sous-sols, car les terroristes pouvaient avoir envie de placer une bombe qui, en explosant, bloquerait toute la circulation. Nos amis avaient donc placé des mini caméras équipées de capteurs sensitifs qu'ils avaient disposées à chacune des entrées conduisant aux égouts se trouvant entre les rues Bieloz et Quarliz. Ainsi, dès que quelqu'un passait, la caméra se mettait en route et envoyait l'image à leur appartement.

Le jour J arriva et Andréass les avertit qu'un cargo militaire arrivait au port. Un camion blindé en sortit et une escorte de véhicules le précéda.
— Très bien Andréass, suis-le bien. Quant à nous, nous allons voir s'il y a des observateurs. Tous trois prirent des jumelles électroniques, montèrent sur le toit de leur immeuble, vérifièrent que personne ne s'y trouvait et commencèrent à passer en revue le plus discrètement possible tous les points stratégiques.
— J'en tiens un, annonça Konstantin.
— Moi, de même, signala Lilianne. Il faut voir s'il y en a d'autres.

Cinq minutes plus tard, Nikolaï intervint :
— Manifestement non.
— Le convoi n'est plus qu'à dix rues, avertit Andréass.
— Bien reçu, répondit Lilianne. Infiltre maintenant le réseau de leurs feux tricolores et ralentis le convoi. Fais en sorte qu'il se prenne tous les rouges.
— OK.
— Je m'occupe de l'homme placé sur l'immeuble Est, affirma Konstantin qui partit en trombe. Nikolaï, tu prends l'autre.
— Il est impératif d'en laisser au moins un des deux en vie, prévint Lilianne dans l'oreillette. Je veux savoir qui ils sont réellement.
— Merde, s'écria Andréass. Il y a quelqu'un d'autre sur le réseau et… ah, putain ! Il a réussi à me virer l'enfoiré.
— **Quoi !!!** s'alarma Lilianne. Tu ne peux pas ralentir le convoi ? Konstantin, Nikolaï, dépêchez-vous, le convoi sera bientôt là. Je vais devoir intervenir plus tôt que prévu. J'arme le fusil, le convoi n'est plus qu'à quatre rues. Dès qu'il aura franchi la troisième, je fais feu, que vous ayez mis la main sur un des deux ou pas.

— Je suis désolé, Lilianne, celui qui a fait ça est manifestement très fort, il m'a éjecté dès son arrivée sur le système. J'ai eu tout juste le temps de me rendre compte qu'il était là.
— Est-ce qu'il t'a repéré ?
— Certainement, mais il n'a pas cherché à me trouver. Il s'est contenté de me déconnecter, je ne devais pas l'intéresser. Il doit être avec les terroristes.
— Mais bien sûr, ils souhaitent simplement se servir des feux rouges pour bloquer le convoi.

À cet instant, Nikolaï arriva sur le toit. Sa cible se retourna alertée par le bruit qu'avait fait la porte en claquant contre le mur. Nikolaï, pressé, n'avait pas fait dans la discrétion. Il fut le premier à tirer une flèche tranquillisante et l'ennemi s'endormit aussitôt.
— Lilianne, c'est bon tu peux y aller, l'informa-t-il.

La jeune femme qui, depuis le début, gardait le camion blindé dans son viseur ouvrit le feu à plusieurs reprises en visant le pare-brise. Le camion étant blindé, les balles ne firent aucun dégât, mais elles obtinrent le résultat escompté. Le camion pila, les voitures composant l'escorte s'arrêtèrent également, des soldats s'en extirpèrent et entourèrent le camion l'arme au poing. Les renforts furent immédiatement contactés. Konstantin n'étant pas encore arrivé sur le second observateur et celui-ci ayant vu la scène, prévint par radio les commanditaires et chercha à joindre la cible de Nikolaï. N'obtenant aucune réponse, il s'arma d'un fusil de précision et le pointa sur le toit de l'immeuble pour voir ce qu'il s'y passait. Nikolaï était en train de mettre le terroriste sur son dos. L'observateur tira une première fois et tua l'homme endormi. Puis il visa Nikolaï et… il tomba raide mort sur le sol. Au moment où il s'apprêtait à presser la détente, il reçut deux balles. L'une d'elles venait du pistolet de Konstantin qui, averti par Lilianne de ce qu'il se passait, était entré en trombe dans la chambre

pour sauver son ami. La seconde venait de Lilianne qui avait juste eu le temps de viser.
— Au rapport, annonça Lilianne.
— Le mien est mort, rétorqua Nikolaï.
— Pareil pour celui-là, ajouta Konstantin.
— Les renforts arrivent, nous avons empêché l'attaque, c'est le principal. On quitte les lieux, on se retrouve à l'aéroport. Andréass, actionne les mini charges et détruis notre chambre.

Andréass s'exécuta, le matériel informatique implosa et la chambre se mit à brûler. Le convoi n'étant pas arrivé entre les deux rues, l'attaque n'eut pas lieu. Une fois de retour à Moscou, Andréass qui avait visualisé en boucle toutes les vidéos de surveillance du quartier et des environs au moment de l'attaque, leur montra sa trouvaille. Huit 4x4 noirs étaient arrivés au même instant de part et d'autre de l'avenue Dimitriov en utilisant les rues Bieloz et Quarliz, encerclant ainsi la zone supposée de l'attaque. Tous avaient redémarré au même instant, à savoir peu de temps après que Lilianne repéra l'observateur qui parlait par radio. Après s'être dispersés à travers la ville, les véhicules disparurent.
— Eh merde, nous ne saurons pas qui ils étaient, s'agace Konstantin.
— Surtout que c'était le but de la manœuvre. Sinon, il nous aurait suffi simplement d'alerter le gouvernement russe et le convoi ne serait jamais passé dans cette avenue, ajouta Nikolaï.
— De plus, rien n'empêche les terroristes de recommencer, affirma Lilianne. Il faut qu'on trouve cet informateur.
— Ça ne va pas être facile. Il n'a laissé aucune empreinte sur la lettre. Le papier utilisé est banal, l'encre est banale et pas la moindre trace de postillons. Rien, je n'ai rien pu trouver.
— Cet informateur devient notre priorité. Nikolaï, Konstantin, vous allez rester ici et mener votre enquête, vos contacts nous

seront utiles. Tâchez de répondre à ces questions : « Qui donc était l'auteur de l'attaque d'aujourd'hui, qui désirait voler ces ogives et Bon Dieu, qui donc pouvait être au courant que le convoi passerait par là ce 10 mars ? » Il est probable que notre informateur soit lié aux terroristes. Et nous autres, rentrons en France, je prends le jet. Toujours pareil, on se contacte toutes les vingt-quatre heures.

Chapitre 4 : L'informateur

*Trois attentats-suicides perpétrés par des kamikazes équipés de ceintures explosives ont eu lieu le 9 novembre **2005** vers 21 h dans trois hôtels de la ville d'Amman, en Jordanie, faisant 60 morts et plus de 300 blessés. Deux hôtels cinq étoiles et un trois étoiles, des chaînes Grand Hyatt, Radisson et Days Inn, ont été leurs cibles.*

Une fois de retour à Corcelles-les-Monts, Lilianne et Andréass rejoignirent Nadjib et Bleuenn qui les attendaient dans le QG. Malaïka, quant à elle, se trouvait dans sa nouvelle école et, selon ses parents, elle avait retrouvé le sourire. Surtout que les vacances de Pâques arrivaient bientôt et que cela signifiait « beaucoup de chocolat », mais aussi un séjour dans un grand parc d'attractions. Andréass, dès son arrivée, se mit à l'ouvrage devant les ordinateurs. Il devait essayer de retrouver, entre autres, la trace du pirate qui l'avait devancé. Les trois autres agents s'efforcèrent de communiquer avec tous leurs contacts à travers la planète. Les jours passèrent, puis les semaines et les recherches n'avançaient toujours pas. Malaïka s'était très bien intégrée dans son nouvel environnement. Malgré cela, elle ne put retenir ses larmes quand, un jour, après son départ précipité, elle entendit aux informations qu'une famille entière venait de disparaître, brûlée vive. Les informations précisaient que cet incendie était survenu dans un entrepôt servant de local à l'entreprise familiale et qu'aucun corps n'avait pu être retrouvé. Ce fut surtout quand elle entendit son prénom que Malaïka se mit à pleurer, car elle savait très bien qu'à cet instant ses copines, avec qui elle avait grandi, apprenaient la nouvelle de sa mort.

Après deux semaines et demie de néant, Nikolaï et Konstantin prirent contact. Ils racontèrent que, lors d'une discussion avec un de leurs vieux amis (un agent secret russe), celui-

ci réagit vivement dès lors qu'ils évoquèrent la mystérieuse lettre :
— Quoi ? Vous avez reçu une lettre vous informant de cette attaque et cette lettre contenait des informations personnelles sur l'un d'entre vous ? Notre agence a déjà reçu ce genre de lettres ; moi-même, j'en ai reçu une. L'auteur dévoilait des choses sur moi que personne ne pouvait connaître. Autant vous dire qu'il a attiré mon attention, j'ai donc pris au sérieux cette lettre et j'ai plutôt bien fait.
— Très bien, annonça Lilianne. Pour le moment, on va laisser la piste des terroristes de côté. Si c'est le même auteur, il n'est finalement peut-être pas lié à eux. On va s'intéresser uniquement à ces lettres, tâchons de voir s'il en existe d'autres.

C'est ainsi que le manège des recherches continua. Seulement, cette fois, cela prit un meilleur tour. En effet, il s'avéra au final que chaque cellule de protection de chaque pays défendant les droits de l'homme avait reçu au moins une fois une de ces lettres. Mais comme il fallait s'y attendre, l'informateur prenait bien soin de changer à chaque fois de cellule et de pays, certainement pour éviter que l'on fasse le lien entre toutes ces informations. On avait manifestement affaire à quelqu'un de très intelligent.

Peu de temps après cette découverte alors que Lilianne se rendait à la boulangerie, car c'était à son tour d'aller chercher les croissants, un homme vint à sa rencontre et lui adressa la parole :
— Bonjour Lilianne.
— Pardon ? C'est à moi que vous parlez ?
— Oui.
— Vous devez vous tromper de personne, je m'appelle Sophie.
— Je ne me trompe jamais ou du moins, pas souvent. Je suis l'homme que vous recherchez.

— Je ne recherche personne, veuillez me laisser tranquille, monsieur.
— Tranquille… Je voulais que tu aies une vie tranquille…
— Quoi, qu'est-ce que…
— Est-ce que ce ne sont pas les mots que votre père vous a laissés dans une vidéo pour justifier le fait qu'il ne vous ait jamais rien dit ?
— C'est bien vous. Comment savez-vous toutes ces choses ? Qui êtes-vous ?
— Qui suis-je ? Peu importe, je suis simplement un homme qui aime se tenir au courant. Sachez que je ne suis pas un ennemi, alors pourquoi me poursuivez-vous donc ainsi ?
— Ça, c'est vous qui le dites. Aujourd'hui vous représentez une menace pour nous. Je dois savoir, je ne vous lâcherai pas.
— C'est bien ce sur quoi je comptais. Nous sommes donc appelés à nous revoir. Alors, à bientôt, Lilianne ; c'est un joli prénom, celui de votre grand-mère, n'est-ce pas ? Dommage que vous ayez dû en changer. Et dommage également qu'il y ait tant de monde sur cette place, sinon vous auriez essayé de me maîtriser. N'est-ce pas ce à quoi vous pensiez ?
— Mais… Comm…
— Ce fut un plaisir.

L'homme se retourna et s'en alla en courant. Lilianne tenta vainement de le suivre, mais cet individu courait bien plus vite qu'elle.

Alors que tous continuaient les recherches, Nikolaï et Konstantin étant rentrés de Russie trois jours plus tôt. Lilianne de retour au QG, fit son apparition sans les croissants, ce qui ne passa pas inaperçu :
— Ben alors, tu les as perdus en route ? se moqua Konstantin.
— Je viens de le rencontrer.
— Qui ? questionna Nadjib.
— L'informateur.

— Quoi !? s'exclamèrent-ils en chœur.
— Il est venu me parler sur la place, devant la boulangerie. Je ne sais pas pourquoi.
— Il t'a menacée ? demanda Nikolaï.
— Non, bien au contraire. Il a été poli, il m'a paru sympathique. Il sait vraiment beaucoup de choses. Il m'a parlé de mon père, il a dit mot pour mot une des phrases qu'il a prononcées dans sa vidéo et je suis la seule à l'avoir vue. Konstantin, Nikolaï, vous ne l'avez pas visionnée ?
— Bien sûr que non, affirma Konstantin.
— Non, mais pour qui tu nous prends ? fit Nikolaï.
— C'est vrai, je suis désolée. Mais comment a-t-il pu savoir ?
— Euh… Excusez-moi, mais de quoi parlez-vous ? interrogea Bleuenn.
— Ouais ! On est perdus là, ajouta Nadjib.
— Vous n'êtes pas les seuls, compléta Andréass, pareil pour moi je ne suis plus du tout.
— C'est vrai que je ne vous en ai jamais parlé. Nous sommes amis, je vais donc le faire, vous avez le droit de savoir.

« J'avais dix-neuf ans quand des policiers sont venus m'annoncer que mon père s'était fait assassiner et qu'on avait retrouvé son corps dans une des rues de Moscou. Dans la nuit suivant ce drame, on vint frapper à ma porte ; deux hommes se tenaient sur le seuil. Ils connaissaient mon père, ils présentèrent leurs condoléances et me remirent une vidéo. Les deux hommes en question, si vous n'avez pas encore compris, s'étaient présentés sous le nom de Konstantin et Nikolaï. C'était la première fois que je les voyais. Avec la vidéo, ils me laissèrent un numéro de téléphone pour que je puisse les joindre si j'avais besoin de quoi que ce soit, puis ils partirent. Cette vidéo se trouvait être le testament de mon père, il l'avait enregistré à mon intention. » Lilianne avala sa salive et reprit.

« Dans ce film, il me dévoilait toute la vérité sur sa vie et son métier. À l'époque, je n'étais qu'une simple étudiante qui pensait que son père était un homme d'affaires qui voyageait beaucoup. Cette nuit-là, j'ai appris que mon père était un ancien agent secret russe, qu'il avait pris sa retraite à la mort de ma mère, car contrairement à ce que je croyais, elle n'était pas morte dans un accident de voiture à l'époque de mes quatre ans. Non, après sa fuite de l'agence russe, un ennemi de mon père avait trouvé son adresse. Mon père étant en mission, c'est ma mère qui se fit assassiner ce jour-là. » Avec cette phrase, la jeune femme détourna le regard.

« Mon père ne pardonna jamais à son gouvernement, il démissionna… ou plutôt, il partit et disparut de la circulation pour se mettre à son compte et, ainsi, mettre la main sur le meurtrier de sa femme. Il a ainsi continué à faire son métier, ce qui a généré beaucoup d'argent. Le vol des mafieux et autres trafiquants rapporte beaucoup, comme pour nous. De temps en temps, il était épaulé par nos deux amis russes ici présents. Il m'a dit que je pouvais avoir toute confiance en eux. » Un sourire triste apparut sur son visage.

« Dans la vidéo, il m'a indiqué les numéros de compte ainsi que les codes et j'ai repris le flambeau dans un premier temps pour trouver ceux qui l'avaient assassiné. Il m'a fallu plus de cinq ans pour y arriver et j'ai fait tomber une grande organisation criminelle à l'origine du contrat sur mon père. Après ça, j'ai voulu continuer, j'ai demandé à Konstantin et à Nikolaï de tout laisser tomber et de me rejoindre pour de bon. Ils ont accepté, nous avons quitté la Russie pour nous faire plus discrets, car quand deux agents se font passer pour morts, il n'est pas très sage de rester dans le pays en question et de se promener à droite et à gauche. Nous sommes donc venus nous installer en France. Ma mère étant française, mon père m'a poussé à apprendre la langue. Nikolaï et Konstantin, par leur formation, l'avaient également apprise. Nous avons donc choisi ce pays pour notre exil. »

« Et vous connaissez le reste de l'histoire : souhaitant que notre agence devienne plus active à travers le monde, il me fallait d'autres agents. Nous étions installés depuis tout juste trois mois. Alors que nous pirations les communications du gouvernement français, nous sommes tombés sur une transmission qui annonçait qu'un sous-officier venait de désobéir aux ordres pour libérer un petit village africain. Ni une ni deux, on a pris le jet et on est venus aussi vite que possible. Puis plus tard, ce fut le tour d'Andréass. Et voilà, nous sommes tous là. »

— Et on te remercie d'être venue nous chercher, conclut Nadjib.

— Oui. Sans toi, jamais je n'aurais échappé au gouvernement américain. On te doit beaucoup, affirma Andréass.

— Vous ne me devez rien, vous m'avez beaucoup aidée. Je ne sais pas trop pourquoi il est venu me voir, mais au moins, on avance. Je vais pouvoir aller dresser son portrait-robot, peut-être arriverons-nous à l'identifier. Nous allons rester ici, il sait où on se trouve, c'est vrai, mais j'ai le sentiment qu'il est de notre côté. De plus, si l'on changeait d'endroit, il nous retrouverait à tous les coups. Peut-être que je me trompe, peut-être faudrait-il partir. Je m'en remets à vous.

— Je te fais confiance et je ne veux pas faire revivre un déménagement brutal à Malaïka, avisa Bleuenn.

— Je rejoins l'avis de ma femme.

— S'il voulait nous attaquer, il l'aurait déjà fait. Je suis d'accord pour rester ici, ajouta Konstantin.

— En ce qui me concerne, je m'en fous, répliqua Andréass.

— La majorité l'emporte malgré ce que je pense, déclara à contrecœur Nikolaï. Mais sachez que je ne suis pas d'accord. Pour moi, on devrait carrément changer de pays.

Le groupe continua ses recherches sur ce mystérieux informateur. Petit à petit, ils en apprenaient plus sur les lettres et leur contenu. Ils se rendirent compte que certaines de ses mises en garde n'avaient pas été prises au sérieux. Cependant, certains faits dans ces lettres ne s'étaient manifestement pas produits. Notre groupe se dispersa à travers le globe, pour se rendre dans les coins correspondants aux méfaits annoncés par ces lettres non prises au sérieux. Jusqu'à présent, le portrait-robot n'avait rien donné, mais dans ces lieux, certaines personnes pensaient avoir aperçu cet homme. Enfin, Bleuenn finit par se rendre dans une banque en Suisse et s'adressa au directeur qui reconnut immédiatement le portrait-robot.
— Oui je le reconnais. Je ne sais pas qui c'est, mais il m'a évité un casse. Il se trouvait dans le hall d'entrée quand un groupe de cinq hommes armés jusqu'aux dents pénétra dans ma banque. D'un geste rapide, il sortit une sorte de grenade de sa poche, un gaz en jaillit et tout le monde s'endormit. Il a alors attaché les voleurs, est venu derrière le comptoir, a enclenché l'alarme et s'en est allé. Bien sûr, moi je n'ai rien vu de tout ça. Quand je me suis réveillé, il y avait la police et les secours un peu partout dans la banque. Je vous raconte ce que la caméra a enregistré.

Bleuenn, montrant une fausse plaque de police, demanda si elle pouvait emporter la vidéo en question. Le directeur lui répondit qu'il ne l'avait plus, d'autres policiers étaient déjà venus la prendre. Elle sortit de la banque, prévint les autres, alla prendre une chambre et attendit leur arrivée. Les membres de l'équipe étant dispersés de par le monde, le groupe se rassembla petit à petit, chacun arrivant aussi vite que possible. Nikolaï et Andréass arrivèrent avec le matériel et tous, à la nuit tombée, se rendirent au commissariat du coin pour subtiliser la cassette. Andréass coupa les vidéos de surveillance, Konstantin se chargea du seul gardien en l'endormant avec un tranquillisant. Nadjib et lui restèrent sur place pour surveiller l'entrée pendant que les autres fouillaient la salle des archives pour mettre la main sur l'objet désiré. Une fois cela fait, ils rentrèrent à l'appartement pour la visionner.

Nadjib fut le premier à l'apercevoir et annonça :
— Regardez, il arrive tout juste deux minutes avant l'arrivée des braqueurs.
— Oui, il sait exactement à quel moment ils vont arriver, remarqua Lilianne. Regardez-le, il se place à l'entrée comme si de rien n'était et attends.
— Cet homme est fort, très fort, ajouta Konstantin. Il n'est absolument pas tendu quand les braqueurs rentrent en trombe ; il les regarde, sort les mains de ses poches et libère le gaz sans broncher.
— Et lui, pourquoi il ne tombe pas ? s'interrogea Bleuenn. Il doit sûrement retenir sa respiration. Il ne porte pas de masque ni quoi que ce soit d'ailleurs.
— Il est vraiment tranquille, analysa Nikolaï. Pour retenir ainsi sa respiration, il faut rester calme, mais à ce point-là, on ne peut pas dire qu'il se presse pour les attacher, il doit avoir un très bon souffle. Regardez ! Il marche ! Il marche pour traverser le hall, il va sûrement aller déclencher l'alarme.
— Non, il vient vers la caméra, il sourit, il nous sourit, affirma Lilianne impressionnée. Mais que fait-il ? On dirait le…
— Le langage des signes, coupa Bleuenn, et… il… il s'adresse à moi.
— Mais non ??? réagit Konstantin. Cet homme est un joueur, il s'amuse avec nous.
— Tu comprends le langage des signes ? adressa Nikolaï à Bleuenn.
— Ses parents sont sourds-muets, répondit simplement Nadjib.

Bleuenn acquiesça d'un hochement de tête et enchaîna :

— Andréass, tu pourrais revenir un petit peu en arrière, je vais essayer de vous faire la traduction en direct.
— Oui bien sûr. Attends, voilà.

Tous se tournèrent vers la maman de Malaïka, impatient de savoir ce que l'homme souhaitait leur dire. Certains, comme Nadjib, s'inquiétaient sur le fait que cet informateur semblait connaître le passé familial de Bleuenn.
— Bon ! Voilà ce qu'il dit, fit la jeune femme en brisant le petit silence qui venait de s'installer : « Bonjour Bleuenn, je sais que tu peux me comprendre. La Suisse vous plaît-elle ? À moi, oui. J'adore leur chocolat. Vous devriez d'ailleurs en rapporter pour Malaïka, après tout Pâques n'est pas si loin. Sinon je voulais juste saluer votre petit groupe. Ah oui, Konstantin, j'oubliais. Je me dois de te dire qu'Anna Kournikova vient de perdre au premier tour, peut-être le sais-tu déjà, après tout je ne sais pas trop quand vous regarderez cette vidéo. Allez, à bientôt.
— Mets pause ! ordonna Lilianne
— Tout de suite. répondit Andréass
— Pourquoi se comporte-t-il de cette façon ? questionna Nadjib. Nous narguerait-il ? Je n'aime pas trop ça.
— Non, je ne pense pas, conclut Lilianne. Et je crois même que j'ai compris. Il sait qu'on le cherche, il a même toujours su où nous en étions dans notre enquête. Il est venu à ma rencontre afin que nous n'ayons plus de doutes quant à son existence. Il voulait que nous sachions, il voulait que nous soyons sûrs que toutes ces lettres n'étaient l'œuvre que d'un seul homme. Car rappelez-vous ce qu'on disait : pour nous il ne pouvait pas s'agir d'une seule personne, il devait y avoir toute une organisation derrière ces lettres. Il est venu me voir pour ôter nos doutes. Quand le casse a-t-il eu lieu ?
— Il y a trois semaines, renseigna Bleuenn.

— Autrement dit, deux semaines après notre rencontre, ajouta Lilianne. Avec cette vidéo, il veut nous faire comprendre qu'il n'est pas qu'un informateur, il passe aussi à l'action. Il est prêt à intervenir dès qu'il le faut.
— C'est bien ce que je disais, cet homme est très fort, répéta Konstantin impressionné. Il a fait exprès de se faire filmer pour qu'on le voie à l'œuvre. Je n'en reviens pas de ce qu'il a dit à mon propos. Il avait un ton ironique, comme s'il avait été présent la fois où tu m'as bouclé le bec.
— Vous vous rendez compte !!! fit Lilianne en tapant sur l'épaule d'Andréass. Ça veut dire que cet homme est intervenu dans beaucoup d'endroits, vu qu'un grand nombre de lettres n'ont pas été prises au sérieux.
— Mais nous savons malgré tout que certains méfaits se sont tout de même passés, relativisa Nadjib.
— Mais bien sûr, il ne peut pas être partout à la fois, affirma Lilianne.
— S'il a tant voyagé, ça doit être un génie. Car hormis cette cassette qu'il a bien voulu nous laisser, nous n'avons trouvé aucune trace de ses passages, si ce n'est quelques personnes qui pensent l'avoir entraperçu. Moi, je dis qu'il faut se méfier de lui. Vraiment !!! insista Nikolaï à toute l'assemblée. Peut-être cherche-t-il à nous manipuler pour accomplir je ne sais quoi. Il faut faire attention.
— Tu es trop méfiant, assura Bleuenn le sourire aux lèvres.
— C'est le métier qui veut ça, se défendit Nikolaï. Et toi la première ça devrait t'inquiéter qu'il soit au courant pour toi et tes parents alors que nous, nous ne le savions pas.
— Je suis de son avis, ajouta Nadjib.
— C'est vrai, acquiesça Lilianne. Nous ne savons rien ou du moins pas grand-chose de lui, mais là tu peux être sûr que tu as affaire à un homme bien. Je le sens. Andréass, reprends la lecture !

— Très bien. C'est curieux, il sait exactement où se trouve le bouton d'alarme. Il s'y rend directement et a appuie dessus sans même tâtonner. Ça y est, il s'en va tranquillement.
— Combien de temps est-il resté dans la banque après la libération du gaz ? questionna Nadjib.
— Attends, je vais te dire ça. Il quitte la banque à 10 heures 23 minutes et 44 secondes. Je reviens en arrière : voilà, il libère le gaz, hop, maintenant à 10 heures 14 minutes et 32 secondes. Ce qui nous fait 9 minutes et 12 secondes, calcula Andréass.
— C'est impossible, affirma Nadjib. Le record en apnée fixe est de 9 minutes et des brouettes il me semble. Lui, il bouge et a l'air serein, très bien dans sa peau. Vu son attitude, on pourrait croire qu'il n'a pas besoin de respirer.
— Un vrai guerrier, s'en amusa Konstantin.
— Nous rentrons en France, on continuera là-bas, termina Lilianne.

Lorsqu'ils arrivèrent en France, Malaïka ainsi que la nourrice étaient couchées depuis un petit moment. Tous souhaitaient en faire autant et chacun rentra chez soi pour aller dormir. Les parents restèrent avec leur fille dans la ferme. Quant aux autres, tous louaient un appartement dans les environs.

Le lendemain, reposée, l'équipe entière se retrouva au QG pour reprendre les recherches. Bleuenn et Nadjib n'ayant pas vu leur fille depuis un petit moment, ils l'emmenèrent à l'école pour discuter un peu avec elle durant le trajet. Ils lui promirent d'être là le week-end qui arrivait. Chose promise, chose due, en réalité tout le monde profita de ce week-end pour se ressourcer un peu. Ce fut un break pour tout le groupe. Nikolaï et Andréass s'amusèrent à traire les vaches avec les employés avant de partir voir pas moins de cinq films au cinéma. Konstantin, lui, personne ne le vit. Il partit le vendredi soir et ne revint que le lundi matin. Avec tous ces événements, le couple n'avait pu tenir sa promesse. Ils n'avaient pas emmené Malaïka dans un parc d'attractions durant les vacances de Pâques. Pour se rattraper, ils y allèrent durant ces deux jours. Lilianne, de son côté, prit le jet et fit l'aller-retour vers la Russie pour se rendre sur la tombe de ses parents. Le fait de parler du testament de son père lui avait rappelé que cela faisait un moment qu'elle n'y était pas allée.

Le lundi arrivait, le travail reprit et l'informateur revint à la rencontre de Lilianne alors que celle-ci sortait de la boulangerie.
— Alors Lilianne, vous n'avez toujours rien trouvé ?
— Hormis la vidéo que vous m'avez laissée, non. Vous êtes un vrai fantôme, répondit la jeune femme le plus sereinement possible. Cet homme avait le don de la surprendre quand elle s'y attendait le moins…
— Sachez qu'il n'en a pas toujours été ainsi ; tenez, je vous remets cette lettre en main propre. Il est important que vous interveniez, ce sont des gens bien, ils sont juste désespérés. Ceci en revanche est destiné à Nikolaï et uniquement à lui.
— Je ne la lirai pas, je vous le promets. Pourquoi ne pas intervenir vous-même ?
— Mais Lilianne, vous connaissez la réponse à cette question.
— Vous devez intervenir ailleurs. Pourquoi ne pas vous joindre à nous ? On pourrait s'entraider.
— Chaque chose en son temps. À bientôt, Lilianne. Puis-je vous prendre un pain au chocolat ? Les croissants sont bons, mais ça ne vaut pas un pain au chocolat.
— Mais je vous en prie.

L'homme plongea sa main dans le sachet, se retourna et, cette fois-ci, s'en alla en marchant. Lilianne l'observa, mais ne chercha pas à le suivre.

Chapitre 5 : Réyan

*Le 11 juillet **2006**, a eu lieu une série de sept attentats à l'explosif commis quasi simultanément en fin de journée, à l'heure de pointe, dans des gares et trains de banlieue de Mumbai en Inde. Les explosions se sont déroulées dans les gares des quartiers de Matunga, Khar, Santacruz, Jogeshwari, Borivali et Bhayendar. Les explosions ont toutes eu lieu dans un intervalle de vingt minutes. La première s'est produite à 18 heures 24 dans un train de Khar. Cet acte de terrorisme coûta la vie à plus de deux cents personnes et en blessa plus de sept cents.*

Lilianne prit immédiatement la direction du QG.

— L'informateur a repris contact, annonça-t-elle en rentrant. Il nous a donné une nouvelle lettre. Tiens Andréass, avant tout, relève les empreintes. Il me l'a remise en main propre. Ici, il doit y avoir l'empreinte de son pouce. Quant à celle-ci, elle t'est adressée Nikolaï. Il n'y a que toi qui dois la lire.

— Il y a bien une empreinte de pouce, confirma Andréass, je la relève. C'est bon, tu peux récupérer la lettre, je lance une recherche.

— Cherche dans les vieilles bases de données, il a dit « Il n'en a pas toujours été ainsi ». Bon ! Je vais vous la lire : « *Bonjour à tous et merci pour le pain au chocolat Lilianne* ». Roh… il n'est pas croyable, s'interrompit Lilianne. « *Cette lettre a pour but de vous informer qu'un couple complètement désespéré a prévu d'assassiner le meurtrier présumé de leur fille. Si vous avez suivi les infos, vous devez être au courant de cette histoire. Ça s'est passé à Toulouse, une jeune fille a été retrouvée morte. Son agresseur a abusé d'elle avant de la tuer. L'homme en question vient d'être relâché par manque de preuves. En réalité, il portait un préservatif et pour ce qui est des autres traces, le meurtrier ayant mis le feu au corps… Les parents veulent se venger, vous n'avez pas une seconde à perdre car, ils ne vont pas tarder à passer à l'action. Vous devez les en empêcher et arrêter cet homme. Pour cela, il vous faut mettre la main sur l'arme du crime. Il s'agit d'un marteau, il l'a enterré dans un champ sept kilomètres au Sud de la scène du crime en suivant la route. Et pour répondre à votre question, il l'a conservé, car cet objet à une valeur sentimentale pour lui et qu'il compte bien s'en resservir. Avec un détecteur de métaux, vous le trouverez sans problème. Il se trouve à une trentaine de mètres du plus grand cerisier, direction Nord-Est.* »

— C'est plutôt le travail de la police locale, commenta Andréass, depuis quand on s'occupe des…

— On y va, coupa Lilianne. Cet homme, lui, ne s'occupe pas que du grand banditisme. Il veut qu'on y aille alors on y va. On prend les détecteurs de métaux et on embarque dans l'avion.

Tous s'exécutèrent, excepté Nikolaï qui s'éloigna pour lire sa lettre :

« Salut Nikolaï, je sais que tu te méfies de moi, comme tu dis, le métier veut ça. Mais nous deux, nous savons qu'il n'y a pas que ça. Tu t'en veux toujours de sa mort. Tu ne t'es pas encore pardonné. Tu te crois responsable et le fait de côtoyer tous les jours sa fille t'y refait penser constamment, n'est-ce pas ? Quand tu la regardes, tu penses que c'est de ta faute si Lilianne a dû grandir sans sa mère. Mais tu te trompes, son père, ton mentor, l'homme qui t'a recruté, ne t'a-t-il pas pardonné ? Tu n'as fait que donner l'adresse à un ami, un agent russe qui s'est révélé être un agent dormant. Cet homme était ton ami, tu avais confiance en lui. Aussi lorsqu'il t'a demandé où vivait la famille de Lilianne parce qu'il avait besoin de voir

son père, tu lui as donné cette adresse. Tu ne pouvais pas savoir que c'était un espion. C'est ton gouvernement le seul et unique fautif, son identité n'a pas été assez bien contrôlée et, ça, tu le sais. M. Dournich ne t'en a jamais voulu du meurtre de sa femme, car en réalité, quand l'agent double a reçu l'ordre d'aller le tuer, si tu ne lui avais pas donné l'adresse, il aurait quand même fini par l'obtenir. Il est temps que tu te pardonnes Nikolaï. Depuis ce jour, tu es devenu beaucoup trop méfiant. Il faudra que tu me fasses confiance. Ensemble, nous retrouverons les véritables commanditaires qui ont fait assassiner Mme Dournich car ton mentor, lui, n'a retrouvé que le meurtrier, ton ancien ami. Bientôt, nous travaillerons ensemble. Tu peux garder tout ça pour toi, mais un jour il faudra que tu en parles à Lilianne, ça te soulagera. Elle ne t'en voudra pas plus que son père. »

Une fois dehors, alors que tous s'apprêtaient à monter dans les voitures, Nikolaï prit un briquet et brûla la missive. Les autres le regardèrent, mais personne ne posa de questions. Durant le vol, Andréass téléchargea les informations nécessaires à la mission, à savoir l'adresse des parents en deuil, celle du meurtrier ainsi que le lieu où s'était produit le crime. Arrivés au sol, ils constituèrent trois groupes de deux. Bleuenn et Nadjib devaient se rendre chez les parents pour les calmer, Andréass et Lilianne partirent à la recherche du marteau alors que Nikolaï et Konstantin étaient chargés de ramener le meurtrier. Ils louèrent trois véhicules et chacun prit une direction différente. Bleuenn et Nadjib furent les premiers en place. Manifestement, les parents étaient encore là. Ils sortirent de la voiture et allèrent frapper à la porte. Le père, avec un visage sans expression, leur ouvrit et d'un ton agressif demanda :
— Qui êtes-vous ?! Qu'est-ce que vous me voulez ?!

— Nous sommes de la police, répondirent-ils calmement en montrant de fausses cartes.
— Ce n'est pas le moment, partez !!! On peut dire que vous en avez assez fait pour nous.
— Nous ne sommes pas vraiment de la police, corrigea Nadjib en se disant qu'il valait mieux changer d'approche. Nous savons ce que vous comptez faire. Laissez-nous entrer, s'il vous plaît. Nous allons bientôt mettre la main sur l'arme du crime.
— Il dit vrai, laissez-nous entrer. Nous sommes là pour vous aider, ajouta Bleuenn.
— L'arme du crime… répéta-t-il. C'est vrai ? Euh… entrez, entrez.

Au même instant, Lilianne et Andréass arrivèrent dans le champ en question. Ils repèrent le grand cerisier, sortirent les détecteurs du coffre et s'avancèrent vers celui-ci. Bleuenn de son côté expliqua que, d'une minute à l'autre, on allait la contacter pour l'avertir que l'arme avait été retrouvée. Notre couple chercha à les consoler et Nadjib leur affirma que cet homme écoperait de la prison à vie. Le meurtrier ne se trouvait pas chez lui ; néanmoins, Nikolaï et Konstantin n'eurent pas trop de mal à le retrouver. En effet, celui-ci s'était rendu dans le bar du coin. Nikolaï alla chercher la voiture et se gara juste devant. Puis, il laissa le moteur tourner et resta au volant. De son côté, Konstantin entra dans le bar en jouant les ivrognes. Il fit semblant de trébucher et tomba sur le meurtrier pour déclencher une bagarre. Il l'assomma sans problème, le mit rapidement sur son dos et s'en alla précipitamment sous les regards interloqués des clients. Il jeta le corps inerte à l'arrière de la voiture et monta à côté de lui. Nikolaï passa la première et s'en alla à toute allure. Il contacta les autres pour prévenir que leur mission était accomplie. Lilianne venait de faire trente pas vers le Nord-Est lorsqu'elle reçut l'information. Ra-

pidement, avec Andréass, ils trouvèrent le marteau encore taché du sang de la victime. Lilianne saisit l'outil avec des gants et le mit dans un sac plastique, puis prévint les autres.
— Vous avez entendu ? Nous avons le meurtrier et la preuve, annonça Bleuenn.
— Tout est fini, ajouta Nadjib. Cet homme va payer. Vous vouliez le tuer, n'est-ce pas ? Nous-mêmes sommes parents et nous aurions réagi de la même façon que vous si la justice n'avait pas agi.
— Oui… nous… nous voulions agir aujourd'hui, avertit la mère.
— Nous voulions qu'il paie ; hier, je suis allé me procurer une arme dans la rue.
— Donnez-moi cette arme Monsieur. Vous n'en aurez plus besoin.
— Tenez.

L'homme souleva sa chemise, sortit le revolver de son pantalon et le tendit à Nadjib.
— Merci, faites comme si vous ne nous aviez jamais vus. Attendez que le commissariat vous appelle pour vous y rendre. Vous n'êtes pas censés être au courant. Et je vous demanderai de ne pas parler de nous.
— Nous sommes sincèrement désolés pour votre fille, conclut Bleuenn avant de quitter la maison.

Le couple partit directement en direction de l'aéroport afin d'y attendre les autres. Nikolaï et Lilianne se donnèrent rendez-vous, elle lui confia le marteau et, avec Konstantin, ils se rendirent au commissariat. Ils se présentèrent comme étant des agents gouvernementaux, couverture idéale qui permettait de faire presque tout sans être inquiétés. Ils demandèrent aux gendarmes d'enfermer l'homme et de rouvrir son dossier, car ce marteau se trouvait être l'arme du crime sur laquelle on pouvait voir le sang de la victime et relever, sans aucun problème, les empreintes du tueur sur le manche. Sans répondre aux questions, nos deux amis tournèrent les talons et rejoignirent à leur tour l'aéroport où tous les attendaient.

Une fois de retour dans la région de Dijon, le groupe, comme à l'accoutumée, se rendit au restaurant pour fêter la réussite de la mission. De retour au QG, une surprise de taille les attendait. Durant leur absence, l'ordinateur, grâce à l'empreinte du pouce, avait fini par trouver qui était l'informateur. La machine avait découvert un fichier sur un patient interné, ce document remontait de dix-neuf ans en arrière. Le jeune patient en question se prénommait Réyan. Sur le dossier de prise en charge se trouvaient donc ses empreintes, son âge et les motifs de son internement. En effet, ces informations provenaient directement d'un asile psychiatrique. À en croire celles-ci, Réyan était un jeune enfant complètement perdu et très émotif ; il souffrait d'une très grave forme de schizophrénie (il prétendait entendre des voix). Cas très intéressant pour les médecins, car l'enfant en question disposait manifestement d'un très gros QI. Il était insomniaque et ne pouvait dormir sans cachets, car à sa façon de se tordre dans tous les sens, on devinait aisément que toutes ces voix l'assourdissaient. Le dossier mentionnait que plusieurs vidéos avaient été réalisées sur son cas. Lilianne décida de se rendre immédiatement sur les lieux pour voir ce qu'il en était. L'asile en question se trouvait à Vancouver au Canada. Seuls Konstantin et Andréass l'accompagnèrent, car selon elle, il n'y avait rien de bien dangereux.

Durant le vol, Andréass imprima les faux papiers qui permettraient à Lilianne de pénétrer dans les lieux sans être embêtée par qui que ce soit. Puis, il pirata les registres de l'asile pour officialiser les choses. En effet, Lilianne se présenterait comme une envoyée importante de l'Organisation Mondiale de la Santé. Une fois sur place, elle se dirigea vers l'accueil et montra sa carte de l'OMS. La secrétaire vérifia sur son ordinateur que cette femme était bien censée venir puis elle appela un aide-soignant pour qu'il la conduise dans la salle des archives. Elle se trouvait maintenant dans une grande salle sombre. L'aide-soignant appuya sur l'interrupteur et s'en alla en laissant la porte se refermer. Lilianne fit quelques pas en direction d'un ordinateur allumé. Sur le clavier, elle tapa « Renou Réyan » et l'ordinateur lui afficha ceci : « *Dossier non informatisé, allée 5, bloc* 9, *rangée 3* ». Lilianne s'y rendit, saisit le carton en question et sortit du bâtiment aussi facilement qu'elle y était entrée.

Pendant le vol du retour, Lilianne ne s'intéressa qu'aux dossiers, préférant que tout le monde regarde les vidéos en même temps. Manifestement, Réyan était orphelin, son histoire n'avait d'ailleurs rien de coutumier. Ce furent des Inuits de l'île Victoria qui confièrent le bébé à des pêcheurs canadiens en prétendant qu'ils l'avaient trouvé dans l'eau à bord d'un radeau. Les pêcheurs, une fois revenus de leur tournée, déposèrent l'enfant dans un orphelinat canadien où il fut baptisé. Cinq ans plus tard, on l'internait en psychiatrie, car lors de sa dernière année dans l'orphelinat, il était devenu incontrôlable. Il hurlait, pleurait, avait des hallucinations et ne dormait quasiment plus. Selon les dossiers, plusieurs psychiatres l'étudièrent et l'examinèrent à tour de rôle sans pouvoir rien faire. Seuls les forts dosages de médicaments semblaient aider cet enfant. Le dernier médecin en date était un certain Nathan Lorif. Il fut le dernier à s'approcher de Réyan. En effet, dans le dossier le plus récent, l'enfant était âgé de onze ans ; après plus rien, aucune trace de lui. Comme s'il était parti du jour au lendemain sans que les dossiers ne le mentionnent. Lilianne comprit qu'il avait dû s'échapper à ce moment-là. Certainement avec l'aide de ce Nathan Lorif, car selon Andréass qui lança une recherche sur ce nom, cet homme avait disparu de la circulation le même jour, manifestement mort dans un accident de voiture en tombant d'un pont. Et bien sûr, personne ne retrouva le corps. Lilianne ne sut pas trop quoi penser de la lecture de ces dossiers, car il semblait que Réyan eût été un enfant très perturbé. Pourtant, l'homme à qui elle avait eu affaire semblait très intelligent et, surtout, très stable. Une fois de retour au QG, vers les trois heures du matin, elle réunit tout le monde et fit le résumé des dossiers avant de visionner les cassettes.

Dans ces vidéos, on pouvait observer Réyan en isolation ou bien encore en entretien avec un docteur. Chaque fois qu'il était seul dans sa chambre, on le voyait assis en tailleur, les mains sur les oreilles, les yeux fermés, et il se balançait d'avant en arrière sans arrêt ; c'était tout juste s'il s'arrêtait pour manger. Mais au moins, dans sa solitude, il ne hurlait pas. En revanche, sa condition empirait dès lors qu'un individu, quel qu'il soit, entrait dans sa chambre. À l'instant où la porte s'ouvrait, il se mettait à crier et à se tortiller sur le sol en disant des choses insensées ainsi que des paroles complètement décousues : « Non, pas Goffu. Non, il n'est pas mort. Pourquoi Rose ? Ahhh ! Ma jambe, j'ai mal à la jambe, quoi ? Mais Goffu, Rose, comment sait-il ? Nom de Dieu, il répète ce que… je sors de là ! » Oui, ses dires étaient incompréhensibles. Mais au regard des nombreuses vidéos, il semblait que la personne qui se trouvait en face était à chaque fois affectée. Selon les dossiers, les médecins en étaient arrivés à la conclusion qu'il devait finalement s'agir d'une forme d'autisme et non pas d'une grave schizophrénie infantile.

Il faut dire que, chez les psychiatres, il est plus facile de rentrer les patients dans des cases bien définies pour ne pas trop se casser la tête. Par exemple : cet enfant entend des voix ? Eh bien, il doit être schizo, bien que la schizophrénie en bas âge ne soit pas vraiment reconnue. Ah non ! Il semblerait que ce soit un peu plus compliqué que ça : cet enfant résout les casse-têtes comme personne, il n'aime pas qu'on l'approche, il est asocial. Bon ! Il doit souffrir d'une forme d'autisme, CQFD.

Aucun médecin ne fit jamais de commentaire sur les dires de Réyan durant les entretiens. Il est vrai qu'il passait le plus clair du temps soit à crier, soit à baragouiner des choses à peine audibles, mais tout de même, on pouvait apercevoir que certaines de ses paroles interloquaient au plus haut point le thérapeute. Les vidéos se suivaient et se ressemblaient. Lilianne arrêta la cassette en cours, la sortit du magnétoscope et inséra, en suivant son instinct, la dernière vidéo. Réyan avait alors onze ans et, dans sa chambre, pénétra un jeune diplômé, Nathan. Il y eut au moment de son entrée un énorme changement. Réyan arrêta de se balancer, il fixa le jeune homme, mais ne cria pas, il resta assis sans bouger. Chose que l'on voyait sur les vidéos uniquement quand on le droguait. L'homme s'avança et se présenta :
— Bonjour Réyan, je m'appelle…
— Nathan Lorif.
— C'est bien ça, comment le sais-tu ?
— Pourquoi ne criez-vous pas ?
— Pourquoi devrais-je crier Réyan ?
— Tout le monde ici crie, tout le monde a mal, mais… mais pas vous. Vous, vous êtes heureux.
— Mais oui, je le suis. Je suis content de te connaître Réyan. Je suis content d'être ici avec toi. Puis-je m'asseoir ?
— Euh… oui.
— Je te remercie.
— Pourquoi dites-vous que les autres médecins se sont moqués de vous ?
— Mais je n'ai rien dit.

— Si, j'ai entendu. Vous avez dit : « Ils se sont moqués de moi, cet enfant est loin d'être un cas difficile pour débuter ».
— Oh… mais Réyan, je ne l'ai pas dit, je l'ai pensé. Ce n'est pas croyable. Tu peux…
— Ils voulaient vous bizuter, en fait.
— Oui, en quelque sorte. C'est ce que je me suis dit. Je viens d'arriver, ils m'ont donné ton prénom, mais pas ton dossier et ils m'ont dit d'aller te voir, que ça me montrerait le métier. Je n'en reviens pas.
— Aidez-moi, s'il vous plaît. Je me sens bien avec vous.
— Mais je ne sais pas comment.
— Si, vous le savez. Ne partez pas sans moi, j'ai l'impression de sortir d'un cauchemar. Le brouillard se dissipe, je ne suis plus assourdi. Je suis même heureux, je crois. Je vois Patrice et Florence, je vois Karine.
— Mes parents, mon premier amour. C'est incroyable. Mais qui es-tu ?
— Je vois de la neige, un sapin, plein de gens, plein de sourires. Je sauve un petit garçon de la noyade, je secours une fille qui se fait agresser, j'aime tous ces gens et… et ils m'aiment eux aussi.
— C'est bon ! Tu m'as convaincu, je ne sais pas ce que je m'apprête à faire, mais je vais le faire. Je vais revenir Réyan.
— Je sais. À ce soir, Nathan.

Lorsqu'il quitta la pièce, le jeune garçon se reboucha les oreilles et se remit à se balancer. Lilianne stoppa la cassette et s'exclama :
— C'est donc ça.

Tout le groupe se regarda l'air interrogateur, puis tous se retournèrent d'un bond en dégainant leurs armes et virent deux hommes. L'un d'eux, âgé d'une trentaine d'années, venait de prendre la parole :

— Bonsoir tout le monde, j'ai un peu grandi depuis, je suis Réyan et je vous présente Nathan, on le reconnaît bien sur la vidéo même si des cheveux gris commencent à apparaître.
— Bonsoir. fit Nathan. Je pense que vous pouvez baisser vos armes.
— Faites ce qu'il dit, concéda Lilianne. Vous, vous lisez dans...
— Oh, maintenant que tu connais mon nom ainsi que mon passé, je pense qu'on peut se tutoyer, la coupa Réyan.
— Tu peux lire dans les pensées n'est-ce pas ? enchaîna Lilianne.
— Oui, entre autres choses, révéla Réyan.
— Pourquoi nous avoir permis de retrouver tout ça ? lui demanda Lilianne.
— C'est simple, pour des raisons d'équité, je sais tout sur chacun d'entre vous. Il est normal que vous en sachiez un peu sur moi.
— Vous êtes allé rapporter ces vidéos ? supposa Konstantin.
— Tout le monde ici peut me tutoyer. En effet, acquiesça Réyan, je suis allé les rapporter. Quand Nathan m'a sorti de là-bas, il a eu le bon sens d'emporter ce carton avec lui. J'ai aussi piraté l'ordinateur d'Andréass pour vous faire croire que l'empreinte avait donné quelque chose.
— Pourquoi toute cette mascarade ? s'agaça Nikolaï.
— Eh bien, je sais ce qu'il y a dans votre tête, mais je ne peux qu'imaginer ce qu'il y a dans votre cœur. Je vous testais. Je souhaite me joindre à vous, vous êtes des gens exceptionnels, vous aidez l'humanité sans rien demander en échange. Ensemble, nous serions d'une efficacité remarquable.
— Tu étais là en Russie, n'est-ce pas ? devina Lilianne.
— Oui, dans la chambre d'à côté. J'observais. N'ayez aucun regret, les deux hommes qui sont morts ne savaient rien.
— Je pense que nous avons encore tous ici beaucoup de questions, affirma Nadjib.

— Et je compte bien y répondre, annonça Réyan, mais d'abord, pouvons-nous nous asseoir ?

Konstantin ramena deux chaises supplémentaires, les deux nouveaux arrivants s'installèrent et Réyan démarra ses explications :
— Je vais commencer par le début. J'ai connu Nadjib et Bleuenn en premier. Ce sont eux qui m'ont conduit à m'intéresser à votre groupe. J'étais présent ce jour-là en Afrique, j'avais envoyé une lettre au gouvernement français leur indiquant où se trouvaient les otages. Bien qu'elle ait été prise au sérieux, je me suis quand même rendu sur les lieux pensant que je pourrais être utile. J'ai donc suivi ta troupe, Nadjib. Et j'ai été ravi de ta décision, surtout qu'elle était prise de bon cœur. Je dois d'ailleurs m'excuser, car c'est moi qui t'ai tiré dans l'épaule. Mais bon ! J'étais un peu obligé, l'homme qui était derrière toi s'apprêtait à te tirer dessus par-derrière. Tu allais mourir, je n'avais pas le temps de changer de position pour trouver un meilleur angle, je t'ai donc tiré au travers.
— Ce n'est rien, merci de l'avoir fait, fit Nadjib en se caressant l'épaule. Je pensais avoir été veinard sur ce coup-là mais je me doutais qu'il y avait un tireur qui nous aidait. Il ne pouvait en être autrement, je crois qu'on serait tous morts sinon.
— J'ai su que tu allais prendre Malaïka, reprit Réyan. Moi, de mon côté, je suis reparti vers les otages français. Malheureusement, je suis arrivé trop tard, les ravisseurs avaient eu vent de l'attaque de ce village par votre unité. Ils étaient partis, je les ai rapidement localisés et j'ai envoyé une seconde lettre pour donner leur nouvel emplacement. Je suis revenu à votre camp, car après ce que je venais de voir, je comptais vous aider. Cela m'avait beaucoup touché, je me devais de faire quelque chose pour vous, quitte à me compromettre.

Arrivé à l'infirmerie, j'ai vu une jeune femme endormir les deux gardes à l'aide de fléchette tranquillisante. Je me suis en quelque sorte « connecté » avec vous et c'est là que j'ai fait ta connaissance Lilianne, puis celle de Nikolaï et Konstantin. Je suis reparti le sourire aux lèvres, content d'avoir fait la connaissance de gens comme vous.

En ce qui te concerne Andréass, j'ai fait en sorte que Lilianne te recrute. Je savais que tu étais très doué en informatique. Tu es recherché par ton gouvernement, les Américains, car tu as piraté une de leurs bases de renseignements les plus protégées. Seulement, tu l'as fait plus pour relever un défi, tu n'avais pas l'intention de faire quoi que ce soit de mal. J'ai fait passer la nouvelle dans le serveur de Lilianne à un moment où elle y cherchait des informations. Je savais qu'elle viendrait te tirer de là et qu'elle te proposerait de travailler avec elle.

Alors, maintenant, comment j'arrive à savoir tout ça ? Je vais tâcher de vous l'expliquer. Oui, je lis dans les pensées, mais je ne fais pas que ça. Je suis, si l'on veut, relié à tous les habitants de la terre. Mon esprit n'est pas soumis aux mêmes limites que les vôtres. Je sais tout ce que l'Homme sait.

— Vous êtes un peu un John Doe mélangé à un professeur Xavier ? demanda Andréass fier d'exhiber ainsi sa culture geek.

— Euh… pas vraiment, ce n'est pas inné chez moi, j'ai dû l'apprendre. Je peux stocker énormément d'informations. Sur ce point-là, on peut me comparer à un ordinateur ; par exemple, je sais tout ce qui se sait sur la biologie, car à un moment donné, je me suis connecté aux meilleurs biologistes du monde et j'ai fait comme un copier-coller de leur savoir. En ce qui concerne les X-Men, moi, je ne peux pas prendre possession d'un corps. Je peux connaître et emmagasiner tout ce qu'un homme a vécu, je peux voir ce qu'il voit, entendre ce qu'il entend, mais je ne peux pas le contrôler et encore moins maîtriser les champs magnétiques. Vous me suivez ?

— Ben, faut dire que… Ce n'est pas franchement évident, modéra Lilianne.
— Rassurez-vous, intervint Nathan, vous apprendrez à le connaître, moi je le surnomme Ingeniuman. C'est un super héros, quoi qu'il en dise.
— Mouais, bon ! Passons, interrompit Réyan. Nathan a raison, vous verrez par vous-même. Il se fait tard alors où peut-on dormir ?
— Vous pouvez venir à mon appartement, leur proposa Nikolaï, il y a largement la place.
— Merci bien, on se revoit demain matin. Mais avant, vas-y Lilianne, pose ta question. Il est normal que je réponde à celle-là maintenant.
— Pourquoi nous avoir demandé de nous occuper de cette affaire ?
— C'est vrai que, comme l'a dit Andréass, c'est plutôt une simple affaire qui ne concerne que la police. Mais, comme vous allez vous en rendre compte, ce n'est pas du tout mon opinion. Si nous parvenons à travailler ensemble, vous verrez que je ne fais pas que de la lutte antiterroriste. Tous les malheurs du monde me concernent, je ne peux pas être partout à la fois, mais il y a des choses qui me tiennent à cœur. Superman, lui, il entend tout. D'une certaine manière, moi aussi. Quand cette petite fille a hurlé à la mort, tout de suite, je l'ai senti, je me suis immédiatement relié à elle et j'ai ressenti sa douleur. J'ai vu le visage de cet homme, je suis passé dans sa tête, je voyais par ses yeux et par ceux de la fille, j'ai vu quand il l'a tuée, j'ai vu quand il lui a mis le feu. Superman entend, mais il ne ressent pas ; Superman, dès qu'il entend, il peut se précipiter et sauver les gens. Moi j'en suis incapable, je ne pouvais rien faire, rien du tout, je ne pouvais qu'être le témoin de cette horreur sans nom. J'arrive à passer outre la plupart du temps, mais dans des cas comme ça, non. C'est un des actes

les plus terribles qui soient. Quand j'ai su qu'il avait été relâché, j'ai pensé à vous, surtout que je venais de remettre ce carton à sa place. Les autres questions trouveront leurs réponses d'elles-mêmes. Bonne nuit.

Réyan et Nathan sortirent, Nikolaï les suivit. Un nouveau véhicule se trouvait devant l'entrepôt, c'était la voiture de Réyan. Il prit le volant, attendit que les deux autres montent, puis démarra.

— Comme tu t'en doutes, je sais où tu habites et je sais également pourquoi tu nous as invités. Tu veux qu'on parle de la lettre, affirma Réyan.

— Oui, selon toi, les commanditaires n'ont pas été inquiétés et je veux qu'ils le soient.

— Moi de même, si tu veux bien, on attendra que je sois bien intégré dans l'équipe. Puis nous partirons tous les deux en Russie. OK ?

— Ça me va.

Le lendemain, tous se retrouvèrent au QG. À dire vrai, seuls Réyan et Nathan passèrent une belle et bonne nuit, car en ce qui concernait les autres, l'arrivée des deux nouveaux coéquipiers avait soulevé beaucoup d'interrogations dans l'esprit de chacun. Les membres de l'équipe arboraient donc de petits yeux. Ensemble, ils convinrent de souper à la même table, pour permettre à Malaïka de faire leur connaissance. Et ainsi, s'écoula donc leur première journée de travail.

Chapitre 6 : Les premières opérations

<u>Les chapitres 6 et 7 vont de 2006 à fin 2008.</u>

Entre 2005 et 2006, sorties des films « V pour Vendetta » et « Lord of War ».

La rencontre avec Malaïka se passa très bien, à l'image du déroulement de toute cette première journée. La jeune fille s'amusant à faire deviner à Réyan ce à quoi elle pensait : une couleur, un numéro, un prénom, etc. Elle continua jusqu'à ce que sa mère lui dise d'arrêter. Durant cette journée, le sujet du vol d'ogive vint sur la table. Ingeniuman leur avoua qu'il n'en savait pas plus qu'eux. En réalité, il avait menti dans la lettre en prétendant qu'il s'agissait de terroristes voulant s'en prendre à Moscou. Il avait dit ça dans le but de convaincre Lilianne d'intervenir. Il s'en excusa et continua son explication. Personne parmi les soldats présents, que ce soient les deux observateurs ou bien ceux qui se trouvaient dans les 4x4, ne savait à quoi servirait cette bombe. Ils avaient reçu des instructions et ils se contentaient de les suivre. Réyan avait été mis au courant du vol par pur hasard alors qu'il se trouvait à Londres pour une autre affaire. En effet, lors de cette opération, il croisa un homme lambda et il s'avéra que cet individu pensait à une attaque. Pour en savoir plus, il avait lu en lui et, ainsi, pris connaissance du projet. Cet homme était un des deux observateurs ; il s'agissait de celui qui tira sur son partenaire afin d'éviter que celui-ci ne dise quoi que ce soit, bien qu'il n'ait en réalité pas grand-chose à révéler. En entendant cela, Konstantin réagit :

— Il doit s'agir d'une organisation criminelle de haut niveau. Si leurs hommes agissent sans même savoir et sont prêts à s'entre-tuer, c'est que les patrons sont très puissants et surtout

très riches. Des mercenaires de ce calibre-là ne se trouvent pas sur Google.
— En effet, approuva Réyan, c'est exactement ce que je pense, surtout que je n'arrive pas à trouver de quelle organisation il s'agit.
— Mais tu as prétendu être relié à tout le monde et, parmi eux, il y a forcément ceux qui tirent les ficelles, conjectura Bleuenn.
— Oui, ça ne fait aucun doute, admit Réyan.
— Ben alors ? ajouta Bleuenn.
— C'est vrai ça. Dorénavant, on ne devrait même plus avoir besoin de faire de recherches, appuya Andréass.
— Oui, je suis relié à tous les êtres humains, mais… ah comment dire ?
— L'esprit de Réyan, expliqua Nathan, n'est pas soumis aux mêmes limites physiques que le nôtre, lui, contrairement à nous, peut s'évader de son corps. Malgré cela, il reste, d'une certaine manière, rattaché à son cerveau. Comment voulez-vous qu'il stocke en lui six milliards d'existences ? Il stocke déjà en lui plus de savoirs qu'aucun cerveau normal ne pourrait contenir.
— Merci Nathan. En gros, si je faisais ce qu'Andréass attend de moi, ça me tuerait. Traiter autant d'informations serait insupportable pour mes neurones, révéla Réyan.
— Si je comprends bien, précisa Lilianne, quand tu recherches une personne, tu passes d'une personne à l'autre jusqu'à ce que tu la trouves.
— Oui et non. Si j'ai un fil conducteur, ça va très vite. Si je me trouve près de la personne que je cherche, ça va également très vite, car la proximité m'aide beaucoup. À chaque instant dans un coin de ma tête, il y a comme un radar qui place toutes les personnes se trouvant dans les trois kilomètres environ autour de moi. Je vois ce qu'elles voient, j'entends ce qu'elles entendent et je sais ce qu'elles savent. Seulement, je ne traite

pas ces données, je ne les enregistre pas. Il n'y a que si mon attention est attirée par le contenu de la vie d'une de ces personnes que je m'y relie vraiment et, là, je retiens ce qui m'intéresse. Puis, quand ça ne m'est plus utile, je l'efface ; comme je vous l'ai dit, sur ce point-là, on peut me comparer à un ordinateur. Et, quand je suis dans le noir total, et bien là je fais ça oui. Je passe d'une personne à une autre, enfin c'est plutôt de cinq personnes en cinq autres. Il m'est arrivé une fois de le faire dix par dix, mauvaise idée car j'en suis tombé dans les pommes. Ce jour-là, j'ai fait subir à mon cortex une trop grande tension, ça m'a permis de connaître mes limites. Heureusement, Nathan était là pour me ramasser.

— Oui, surtout que j'étais contre cette expérience, maugréa Nathan.

— Qu'entends-tu par fil conducteur ? demanda Nadjib intrigué.

— La vision ainsi que les souvenirs font un très bon fil conducteur pour moi. Par exemple, Nadjib, me permets-tu de fouiller en toi ?

— Euh oui, si ça peut aider la science. Non, je plaisante. Mais ne l'avais-tu pas déjà fait ?

— Si, mais je n'ai pas stocké toute ton existence. Ta vie privée ne regarde que toi.

— Mais ne sommes-nous pas sur ton… ton radar ? questionna Lilianne hésitante.

— Si.

— Mais pourquoi demandes-tu l'autorisation alors ? Tu as dit être constamment relié à ceux qui sont dans ton entourage, rappela Lilianne.

— Oui, mais pas en ce qui vous concerne. Maintenant qu'on se connaît, je trouve normal de ne plus lire dans vos pensées.

— Tu peux contrôler ça ? s'intéressa Nikolaï.

— Oui, encore heureux ! Sinon je serais dans le même état que ce petit garçon dont vous avez pu faire la connaissance sur ces

vidéos. Et comme vous avez pu le constater, ma vie à cette époque ressemblait plus à de la torture qu'à un conte de fées.
— Com… fit Nikolaï curieux.
— Je le dois à Nathan, coupa Réyan. Alors, Nadjib ?
— Oui. Mais ce que tu verras, garde-le bien pour toi, répondit Nadjib le sourire aux lèvres.
— Rassure-toi, je ne fais que lire. Bon ! C'est parti. Tu te souviens de Julien ?
— Bien sûr, c'était mon meilleur ami quand j'étais jeune, affirma Nadjib, je ne sais pas du tout ce qu'il est devenu.
— Et bien c'est l'occasion, je vais vous montrer ce qu'est un fil conducteur. Maintenant, je vois Julien. Je le repère donc très facilement parmi tous les vivants. Il est en train de jouer à la console ; par son intermédiaire, via sa mémoire, je vois Doriane, sa femme ; elle fait les magasins, elle parle au vendeur ; par les yeux de Doriane je passe donc à travers le vendeur. Il s'appelle Pierre, il est heureux, il vient de se marier. Voilà, je viens de suivre un fil. Bon ! Il ne m'a conduit à rien, mais c'est parce que je ne cherchais rien. Sache que Doriane et Julien ont eu deux superbes filles et qu'ils forment une famille heureuse.

Après ces nouvelles explications, la majorité des questions trouvèrent des réponses, seulement elles en soulevèrent de nouvelles. Mais cela n'empêcha en rien la coopération de fonctionner à merveille, bien au contraire. Avec le temps, au fil des semaines et au fil des missions, l'équipe en apprit et en comprit de plus en plus sur les pouvoirs d'Ingeniuman. Leurs premières missions se passèrent au Moyen-Orient. Ils y restèrent le temps que les nouveaux mécanismes d'intervention et de tactique dus à l'arrivée de Réyan se mettent en place. Ils y séjournèrent plus d'un mois, bien entendu, il arrivait à Nadjib et Bleuenn de rentrer pour Malaïka. Le gros de leurs interventions consistait à empêcher les attentats-suicides et à remonter aux commanditaires. Une de ces attaques les mena tout droit dans une riche propriété. En effet, l'homme qui était prêt à mourir en tuant des innocents y avait reçu ses ordres. On se trouvait en Iran et, selon Réyan, un membre influent d'Al-Qaïda serait présent dans cette maison. L'équipe se regroupa pour passer à l'action. Jusqu'à présent, ils avaient été séparés un peu à droite et à gauche au cœur du Moyen-Orient et avaient agi par groupes de deux. Ingeniuman souhaitait qu'il y ait le plus d'interventions possible dans le but de trouver un bon fil conducteur. Al-Qaïda étant un réseau non structuré, on sait que les opérations sont décidées de manière décentralisée et organisées majoritairement au niveau régional. C'est pour cela qu'il est rare de tomber sur un gros morceau surtout que, le plus souvent, les ordres venant de personnes importantes transitent par téléphone, ce qui empêche Réyan de remonter la piste. Cette fois-là pourtant, après que Nikolaï et Nathan eurent maîtrisé la bombe humaine, ils avaient prévenu Réyan qui lui, se trouvait avec Andréass pour l'informer de la capture. Il se connecta instantanément à Nikolaï, puis passa par le terroriste et aperçut dans ses souvenirs Zaid Khayr. Il passa en lui, le repéra, prévint tout le monde pour qu'ils viennent le capturer directement dans sa maison de roi. Selon Réyan, il s'apprêtait à repartir. Il ne fallait pas traîner, car il était plus simple d'intervenir dans cette propriété plutôt que d'aller le cueillir dans un camp armé. Rapidement, tous se retrouvèrent dans une petite chambre d'hôtel pour préparer la mission. La maison dans laquelle se trouvait Zaid Khayr était située dans un coin isolé en dehors du village, elle était clôturée et plutôt bien gardée.

—Notre cible se trouve dans sa chambre, briefa Réyan, je vous ouvre le portail, nous tuons les gardes. Ce sont tous des tueurs extrémistes, il n'y a pas à hésiter. Nous le ramènerons vivants si possible. J'ai déjà beaucoup appris par son intermédiaire, mais nous devons l'arrêter pour le livrer aux Américains. Il y a vingt-trois gardes, nous sommes six à pouvoir intervenir. Andréass, tu passeras nous prendre devant l'entrée de la demeure dès que je te le dirai. Quant à vous, il va falloir m'écouter et obéir à ce que je dis sans même réfléchir. Ici, seul Nathan est habitué, j'ai confiance. Je suis sûr que tout se passera bien. Dès que nous en avons terminé ici, nous partons directement en Afghanistan notre cible y prépare des armes chimiques.

— Très bien, comment comptes-tu rentrer ? questionna Lilianne.

— Simple, je vais me faire passer pour l'un d'eux, affirma Réyan.

— Tu n'as pas trop le style d'un terroriste iranien, remarqua Andréass.

— Et tu ne parles pas la langue, si ? ajouta Nikolaï.

— Ne vous inquiétez pas, rassura Réyan. La langue, je l'ai apprise à l'instant même où j'ai franchi la frontière et je suis en train de faire pousser ma barbe.

— Pardon ? réagit Bleuenn dont la curiosité venait d'être piquée à vif. Quoi ???

— Je peux me projeter dans mon corps, je peux contrôler tout ce qui s'y passe, expliqua Réyan. En l'occurrence, je fais pousser ma barbe. D'ici deux heures, j'afficherai une belle barbe bien hirsute.

— Bien sûr, ça va de soi… douta Lilianne.

— Si, si, regardez, ça commence à pousser. Excellent ! s'en amusa Nadjib. J'aimerais pouvoir en faire autant, même si ma chère et tendre n'aime pas trop la barbe…

— En attendant, on va préparer le matériel et vous allez apprendre les plans de la demeure. Eh, eh ! Moi, je les connais déjà, affirma Ingeniuman.

Une fois que tout fut prêt, Réyan se rendit à l'entrée et se présenta aux gardes dans leur langue en ayant auparavant lu en eux :
— Je suis le contact, le boss m'attend, ouvrez.
— Le mot de passe ?
— En cette saison, les crêpes sont bonnes à récolter.
— C'est bon, vous pouvez entrer, j'avertis les autres de votre arrivée.

Alors que le portail s'ouvrait, Réyan répondit :
— Merci, mais ça ne sera pas la peine.

Et il maîtrisa en un clin d'œil les soldats présents derrière le portail avant même qu'ils ne puissent émettre un son puis, par son oreillette, il prévint les autres qui arrivèrent en courant.
— Allez, on se disperse comme c'était prévu. Nous devons tuer tous les gardes, personne ne doit s'échapper sinon notre prochaine mission en Afghanistan se retrouvera compromise. Andréass ?
— Oui, c'est bon ! Tous leurs moyens de communication vers l'extérieur sont coupés.
— C'est parti.

Ainsi, les six se séparèrent et se rendirent chacun à une issue. Réyan pénétra le premier et prévint Lilianne que, derrière sa porte, se trouvait un soldat.
— C'est bon ! Vas-y, il vient de se retourner.

Elle entra et lui tira une balle dans la tête, les autres progressaient sans problème quand soudain :
— Bleuenn, **couche-toi !!!** ordonna Ingeniuman.

Sans même chercher à comprendre, elle se jeta au sol et entendit une balle siffler au-dessus de son crâne. Une sentinelle se trouvant à l'étage du dessus venait de la voir passer

dans la cour intérieure. Sa balle n'étant pas tirée avec un silencieux, le coup de feu alerta tous les gardes encore vivants. Bleuenn se releva et se mit à couvert.
— Non, Nadjib, n'y va pas !!! Elle est en sécurité, tire au travers de la porte qui se trouve en face de toi, un garde arrive. C'est bon ! Tu l'as eu. Nikolaï, tu viens d'arriver dans la cour intérieure, tu vois Bleuenn d'où tu es, prends ton M4 et vises l'étage supérieur au niveau de la grande fenêtre. Bien, baisse un peu ton viseur, gauche légèrement. Parfait, à mon signal... feu !!!

Nikolaï venait d'abattre l'homme qui avait ouvert le feu sur Bleuenn ; il courait pour changer de position. Malheureusement pour lui, il mourut à l'instant même où il passa dans le viseur de notre ami. Nikolaï n'en revenait pas, il venait de tuer un homme en déplacement sans même pouvoir le voir avant de tirer. Bien entendu alors que Réyan donnait ses instructions, lui-même continuait sa progression vers son objectif. Il pouvait sans problème gérer sa propre situation et celle des autres en même temps.
— Konstantin, la voie est libre. Dépêche-toi, tu es le plus proche de notre cible. Fonce, il s'apprête à se suicider !!!

Sans plus attendre, Konstantin se mit à courir, sans faire attention au couloir qu'il franchissait : Ingeniuman lui avait dit que la voie était libre. Il enfonça la porte de la chambre, tira dans le bras de Zaid Khayr ce qui lui fit lâcher son arme et l'empêcha de mettre fin à ses jours. Bleuenn tua un autre garde et Nathan deux autres qui s'apprêtaient à s'enfuir. Lilianne retrouva Réyan à l'étage dans une grande salle servant sans doute de lieu de réunion. Elle lui demanda s'il restait des gardes. À cet instant, un coup de feu retentit. Ingeniuman se pencha sur le côté et d'un mouvement rapide, il se retourna et tua son adversaire.
— Maintenant, il n'y en a plus, affirma Réyan.

— Dis donc, tu peux éviter les balles aussi ?
— Non, quand même pas. Il est vrai que je bouge un peu plus vite que la moyenne, mais pas à ce point-là. Je te rappelle que je vois tout ce que voient les gens se trouvant dans mes environs. J'ai une vue d'ensemble, quoi. Je n'ai pas évité la balle, je connaissais la direction du tir, j'ai bougé juste avant qu'il n'appuie sur la détente.
— Tu es plus pratique que des caméras.
— C'est bon ! Je le tiens, informa Konstantin par l'oreillette.
— Très bien, on se repli au niveau de l'entrée. Andréass, on arrive, avertit Réyan.

Tous montèrent rapidement dans le camion et Andréass démarra en trombe afin de quitter la zone au plus vite. Il prit la direction d'un vieil entrepôt que Konstantin avait repéré avant la mission.
— Alors, comme ça, on prévoit une attaque chimique ? s'adressa Réyan au prisonnier dans sa langue. Je sais que tu ne me diras rien. Rassure-toi, tu n'as pas besoin de parler. Je sais très bien ce qui se passe en ce moment en Afghanistan et sache que nous allons l'empêcher. Je vais te livrer aux Américains, car c'est à ce peuple que tu dois rendre le plus de comptes. Tu te rappelles pour tes cinq ans quand ton père t'a offert une bande dessinée sur les superhéros. Que voulais-tu faire de ta vie à ce moment-là ? À quoi rêvais-tu ? Tu souhaitais combattre les monstres et les criminels. Regarde-toi aujourd'hui. Tu es devenu un de ces monstres. La religion ne doit pas prendre le pas sur l'intelligence.
— Qu'es-tu en train de lui dire ? s'enquit Lilianne.
— Ce qui l'attend, répondit simplement Réyan.
— Tu ne pourrais pas retrouver Ben Laden grâce à lui par hasard ? demanda Lilianne.
— Non, ça fait longtemps qu'il est mort. Les Américains laissent planer le doute pour pouvoir ainsi justifier auprès du

monde entier la présence de leurs troupes dans certaines zones sensibles.
— Allez, Nikolaï ! Tu me dois quinze tournées, intervint Konstantin.
— Et merde. Tu es sûr de toi, Réyan ? fit celui-ci.
— Ouais, c'est même moi qui leur ai donné sa position juste après les attentats pour qu'ils puissent le cueillir. Vous savez bien que les gouvernements mondiaux cachent d'innombrables secrets. Pour la plupart des politiques et agences gouvernementales, duplicité et manipulation sont les maîtres mots.
— Nous arriverons à l'entrepôt d'ici vingt minutes, affirma Andréass.
— Bien, si quelqu'un voulait bien l'endormir, suggéra Nadjib.
— Je m'en charge, lança Nikolaï, une petite piqûre et il se réveillera dans une salle d'interrogatoire.
— Bon, si tu nous parlais de ce qui se passe en Afghanistan, s'intéressa Bleuenn.
— Ils préparent une nouvelle arme chimique, répondit Réyan. Des chercheurs travaillent pour eux dans un des bunkers de l'armée afghane. Ils en sont à la phase des tests et ont bientôt fini. Il s'agit d'une forme modifiée de l'anthrax. Ils prévoient de l'utiliser contre leurs ennemis, les États-Unis entre autres. Nous devons détruire cette nouvelle bactérie avant qu'elle ne quitte ce bunker. Ces armes chimiques sont vraiment la pire invention humaine.

Une fois arrivés à l'entrepôt, ils installèrent Zaid Khayr dans une armoire et prévinrent les Américains qu'un colis intéressant les attendait ici. Puis, ils remontèrent dans le fourgon et se rendirent au jet.
— Notre couverture pour notre arrivée en Afghanistan sera la suivante : nous sommes de riches industriels venant voir l'avancée des travaux de l'oléoduc reliant la mer Caspienne à

la mer d'Oman, annonça Andréass qui s'affairait devant son ordinateur.
— Très bien. Où se trouve le bunker, Réyan ? demanda Lilianne.
— Dans la vallée d'Ajdar.

Cette vallée se trouvait à deux cents kilomètres de Baghlân, ville afghane dans laquelle se trouvait un petit aérodrome. Ils s'y posèrent à la tombée de la nuit, achetèrent un fourgon tout terrain et placèrent le matériel à l'intérieur. Quand tout fut embarqué, ils prirent la direction de la vallée. Une fois sur place, il régnait une nuit noire. Le bunker se trouvait en sous-sol, l'escalier qui y menait était caché par un faux puits. Cet escalier conduisait à une porte blindée que l'on ouvrait avec un code.
— Il semblerait qu'ils attendent l'arrivée d'un nouveau scientifique ou plutôt d'une nouvelle scientifique. Nous allons profiter de l'occasion. Lilianne, tu vas venir avec moi, nous agirons à deux. On va profiter de la nuit, la plupart sont en train de dormir. Vous autres, vous n'interviendrez que si l'on rencontre de gros problèmes, c'est d'accord ?

Toute l'équipe acquiesça, Réyan et Lilianne descendirent. Le fourgon fut camouflé un peu plus loin. Nadjib, Nikolaï, Bleuenn et Konstantin se placèrent dans les hauteurs, l'arme au poing, prêts à couvrir leur sortie. Une fois qu'ils furent en position avec l'œil dans le viseur, nos deux autres amis se glissèrent dans le puits et descendirent l'escalier. Arrivé en bas, Ingeniuman tapa le code qui leur ouvrit la porte. Derrière elle, un soldat les menaçait d'un fusil et demanda dans sa langue :
— Qui êtes-vous ?
— C'est moi qui amène la nouvelle chercheuse pour les tests finaux de l'anthrax, révéla Réyan.
— Vous ne deviez pas arriver maintenant, attendez que je prévienne le boss.

— Le boss, Abder Zarat autrement dit, je vois que tu ne le connais pas aussi bien que moi, il déteste être réveillé pour rien.
— C'est vrai. Bon, suivez-moi ! dit-il alors qu'il baissait son arme.

Lilianne fixa Réyan et pensa : « *Pourquoi ne pas l'avoir tué ?* » Ingeniuman se contenta de faire non de la tête.
— Voilà, nous avons passé le poste de sécurité. Je vous laisse suivre les indications, je retourne à mon poste.
— Merci bien, soldat.

Alors que le garde disparaissait au détour d'un couloir, Réyan prit la parole.
— Je ne pouvais pas le tuer. Comme tu l'as remarqué, nous sommes passés sous des caméras. En ce moment, il y a deux hommes qui sont devant leur moniteur à visualiser ce qu'elles filment. Si nous étions passés seuls, ils auraient déclenché l'alarme. Maintenant, pour eux, nous sommes les bienvenus, ils ne feront donc pas attention à nous. Comme les chercheurs ne sont pas censés se trouver dans cette zone, je vais t'emmener à leur dortoir.
— Et une fois que j'y serai, tu te rendras au poste de surveillance et tu te débarrasseras d'eux.
— C'est exactement ça. Une fois que ça sera fait, tu libéreras les chercheurs, car ceux qui sont dans la pièce où je te mène se trouvent ici sous la contrainte. On arrive, marchons encore un peu. C'est bon, on est hors champ. Tiens, je te rends ton arme. Attends mon signal pour entrer dans cette pièce. Un garde les surveille, tu devras l'éliminer.

Ingeniuman revint dans le champ des caméras et se rendit au poste de surveillance. À peine entra-t-il dans la pièce qu'il tira deux balles, une dans la tête de chaque homme. Il coupa l'alarme et annonça à Lilianne que la voie était libre. Elle pénétra dans le dortoir, tua l'homme qui se trouvait derrière la

porte et s'exprima en anglais pour demander aux scientifiques de la suivre. Elle leur dit qu'elle était là pour les libérer. Ensemble, ils remontèrent le long des couloirs, empruntant le même passage qu'à l'aller. Elle tua le garde qui surveillait la porte blindée et sortit du bunker. Le fourgon revint sur zone et les cinq chercheurs qui avaient été enlevés montèrent dedans. Réyan de son côté venait de pénétrer dans le laboratoire. Sur son chemin, il exécuta un soldat qui s'était levé pour satisfaire une envie pressante.
— Tu aurais mieux fait de te retenir l'ami, lui dit Réyan alors que son corps s'étalait sur le sol.

Il détruisit les bacilles d'anthrax, effaça tous les disques durs et, pour finir, mit le feu. À son tour, il sortit du bunker et entra dans le fourgon. Tous montèrent dans le jet, Nikolaï fit un arrêt en Suisse, territoire neutre, pour déposer les chercheurs afin que ceux-ci se rendent dans leurs ambassades respectives.

Chapitre 7 : Une nouvelle équipe

Le 28 février ***2007****, une mère, Geneviève Lhermitte tua ses cinq enfants à Nivelles en Belgique. Elle avait confié à son psychiatre nourrir une troublante passion pour les armes blanches. Le docteur Veldekens la suivait depuis quatre ans. Après avoir déposé les lettres d'adieux, elle achète deux couteaux de boucher au supermarché. « Avec les médicaments j'avais peur que si ça ne marche pas, ils restent handicapés, expliquera-t-elle. Avec le couteau, c'était radical ». Les enfants sont réunis dans le salon. Ils regardent le troisième épisode de la saga « Spy Kids ».*

Après s'être regardée dans la glace, Geneviève bascule dans l'horreur. Elle piège Mina, la cadette âgée de 8 ans. Elle l'entraîne dans une chambre du premier étage, lui serre le cou. Elle lui susurre des mots doux à l'oreille avant de l'égorger. Puis la mère appelle Medhi. Assis sur le bord du lit, le petit garçon de 4 ans subit le même sort. Geneviève dit à Myriam qu'une surprise l'attend dans le bureau. Elle bande les yeux de la fillette de 9 ans, la fait asseoir sur une chaise, et lui fracasse une plaque de marbre sur la tête. Encore consciente, à terre, l'enfant supplie sa mère d'arrêter. Mais il est trop tard. La quadragénaire, « prise dans un étau », lui tranche la gorge. Le sang macule les murs et le plafond. Elle monte au deuxième étage va dans la salle de bain et réclame Nora, 12 ans. Elle lui demande pardon et place le couteau sur son cou. Suivent de longues minutes de lutte. L'adolescente est morte. Avec son sang, Geneviève écrit sur la glace un message, des lettres incompréhensibles. Elle redescend. Prétextant une surprise de ses frères et sœurs, elle attaque Yasmine. La jeune fille lutte plus de dix minutes, s'agrippe à la lame, les mains ensanglantées. De multiples coups de couteau seront retrouvés sur sa dépouille.

De retour en France, Nathan et Réyan s'adonnèrent à la tradition ; tous y compris Malaïka allèrent dîner dans un restaurant pour fêter la réussite de leur mission. À la suite de cela, deux nouvelles années s'écoulèrent. Ce groupe d'agents spéciaux avait atteint une efficacité redoutable. En mission, grâce à Ingeniuman, l'équipe ne se faisait jamais surprendre par quoi que ce soit. Au fil de ces années, Lilianne et ses amis découvrirent toutes les capacités physiques et mentales de Réyan ainsi que leurs limites. Comme il pouvait se projeter dans son propre corps, il disposait d'une force musculaire deux à trois fois supérieure à celle d'une personne normale. En effet, ses facultés lui avaient permis au fil des ans de se fabriquer des fibres musculaires supplémentaires. Il adaptait son rythme cardiaque en fonction de ses besoins, en clair il parvenait à tout contrôler, ce qui faisait de lui un surhomme en tous points. Voilà pourquoi il pouvait rester en apnée plus de dix minutes sans problème. Lorsqu'on lui tirait dessus, il « évitait » les balles, lorsqu'il combattait à main nue, il gagnait à chaque fois. Il aurait pu vaincre n'importe quel maître en arts martiaux. Il savait quel mouvement s'apprêtaient à faire son ou ses adversaires directs avant même qu'ils ne commencent à bouger.

Bien entendu, n'étant pas doté d'une super vitesse, il lui arrivait à de rares occasions d'être blessé. Par une balle perdue par exemple, ou lors de grosses fusillades, mais ses facultés lui permettaient de cicatriser assez rapidement. Il lui suffisait de focaliser ses forces sur la blessure pour guérir. Une fois, cependant, il fut gravement blessé. Alors que Lilianne se trouvait au sol, un ennemi s'apprêtait à l'achever. Réyan arriva juste au bon moment, il plongea sur Lilianne pour la sauver et ce fut lui qui reçut la balle. Konstantin se présenta juste après et se débarrassa du tireur. Nathan et lui ramassèrent les deux blessés et s'en allèrent alors que les autres poursuivaient la mission. Lilianne était seulement évanouie. Nathan qui n'en était manifestement pas à sa première fois écouta attentivement ce que lui disait Réyan. Celui-ci avait coupé de lui-même ses sensations afin de ne ressentir ainsi aucune douleur. Il resta donc éveillé pendant que Nathan l'opérait. Il lui disait ce qu'il fallait faire, à quel endroit était la balle à extraire, etc. Il voyait son opération par les yeux de son vieil ami. Bien entendu, avec tout ce que Réyan lui avait appris sur la chirurgie, Nathan s'en sortait très bien.

Ingeniuman était d'ailleurs devenu le médecin attitré de l'équipe ; normal il savait tout faire, ce qui d'ailleurs faisait de lui le meilleur médecin au monde. Alors qu'il se rendait au chevet de Lilianne qu'il venait d'opérer d'une profonde blessure à l'abdomen infligée par un long couteau, celle-ci se réveilla :
— Bonjour Lilianne, comment te sens-tu ?
— Plutôt bien, je te remercie, comment vont les otages anglais ?
— Ne t'inquiète pas, nous avons réussi à les libérer.
— Contente de l'entendre ! Dis-moi, je considère avoir suffisamment attendu. Et maintenant que tu m'as vue toute nue, tu pourrais me dire qui tu es vraiment.
— Je ne le sais pas Lilianne, mon plus vieux souvenir remonte à cet orphelinat.

C'est vers cinq ans que j'ai commencé à développer mes capacités. Ne contrôlant rien, je me suis renfermé sur moi-même, je ne pouvais développer aucune personnalité, car constamment en moi s'exprimaient des milliers de voix. Le pire pour moi a été mon séjour dans cet asile, mon radar commençait à se développer, je ressentais tout ce qui se passait dans ces murs. Je souffrais comme souffraient les autres patients, je souffrais comme avaient souffert certaines de leurs victimes. Je voulais mourir, mais je n'en avais même pas la force.

Dès que j'étais en entretien ou dès que quelqu'un appartenant au personnel de cet asile entrait dans ma chambre, je me trouvais en contact direct avec tous ces gens. Je suivais sans le vouloir des fils conducteurs ayant pour départ la personne en face de moi. Tout s'est arrangé quand Nathan est entré dans ma chambre, il n'y avait aucun malheur autour de lui. Il a fini par comprendre comment je fonctionnais. Il m'a alors emmené dans un chalet de montagne très isolé, il n'y avait personne dans les environs à part lui. J'entendais encore les voix, mais celles-ci étaient plus éloignées, la présence de Nathan les rendait supportables. Nous sommes restés presque cinq ans en haut de cette montagne, c'est le temps qu'il m'a fallu pour contrôler mes capacités, moduler mon esprit afin de ne pas le laisser vagabonder à sa guise.

Ensuite, nous avons beaucoup voyagé. J'ai ainsi découvert le monde, j'ai appris tous les savoirs. Le jour de mes seize ans, j'ai annoncé à Nathan que je partais pour aider l'humanité et il a voulu venir avec moi. Pour démarrer, il nous fallait des locaux et beaucoup de matériel. Ne voulant pas impliquer plus la famille de Nathan, j'ai participé à plusieurs jeux télévisés pour gagner rapidement de l'argent que j'ai placé en bourse et qui a rapidement fructifié et voilà. Si je te raconte tout ça, c'est pour que tu en saches autant que moi sur moi, je ne peux pas t'en dire plus. J'ai cherché à savoir d'où je venais, tu le penses bien. Quand j'ai retrouvé celle qui était la directrice de l'orphelinat à l'époque où je m'y trouvais, je suis rapidement remonté jusqu'aux pêcheurs, puis aux Inuits qui m'avaient donné aux pêcheurs. Malheureusement j'ai appris que celui qui m'avait trouvé dans un radeau était mort. La piste s'arrêtait donc là.

Si j'avais pu accéder au souvenir de cet homme, j'aurais pu voir ce radeau ; peut-être aurais-je vu quelque chose, n'importe quoi, une piste pour remonter à mes origines. Peut-être que j'aurais pu ainsi apercevoir une embarcation qui manifestement n'était pas d'origine terrienne, qui sait ? Pour un Inuit, quelque chose qui flotte avec un homme dedans ne peut être qu'un radeau. Mais peut-être bien que celui-là n'était pas banal ou peut-être qu'il l'était. Je me suis également examiné, j'ai étudié mon génome et je l'ai comparé à celui d'autres humains. Il est vrai qu'il y a une petite différence au niveau d'un gène, mais de là à parler d'extraterrestre, il y a un gouffre. Je pense que ma suractivité cérébrale provient de cette petite anomalie génétique. Je vais même te dire un secret Lilianne, mon cortex cérébral n'est pas censé endurer cette tension. Mes connexions neuronales sont soumises à une trop grande intensité, mon cerveau se désagrège petit à petit. Ne voulant pas perdre de mes capacités, je le maintiens toujours au même niveau, ce qui signifie que je ne vais pas devenir stupide au fil des années, non cela signifie que quand il lâchera, je mourrai. J'estime aujourd'hui pouvoir vivre jusqu'à quarante-cinq ans maximum.

— Mais… tu viens d'avoir tes trente ans, tu respires la santé. Personne au monde n'a ton endurance et ta force actuelles, je ne veux pas le croire.

— Pourquoi te mentirais-je Lilianne ? C'est la vérité, je vais quitter ce monde dans les quinze prochaines années. Qui je suis vraiment, je ne le sais pas ; peut-être un simple orphelin que la nature a doté d'un don et mourir jeune en est la contrepartie. Je ne le regrette pas, je ne l'ai jamais regretté, je suis content de pouvoir ainsi faire le bien à tes côtés.

— Mais tu ne peux pas te soigner ? De la même manière que tu soignes tes blessures, en te projetant ?

— Non c'est parce que je suis capable de tout contrôler que je n'ai encore rien perdu de mes capacités. Seulement je suis incapable de fabriquer de nouveaux neurones. Je ne peux modifier mon cerveau alors que, en quelque sorte, je m'y trouve dedans. Nous perdons continuellement des neurones. Heureusement, à ma naissance, j'en disposais d'un peu plus que la

moyenne. Mais je les perds également beaucoup plus rapidement. Dès que j'en perds, je compense sur d'autres qui finissent par mourir à leur tour, etc. Je ne peux rien contre ça et c'est ça qui va me tuer.
— Je… je comprends.
— Ne sois pas triste Lilianne. Tu as besoin de repos, je vais te laisser.

Réyan l'embrassa sur le front et sortit de la chambre. Les autres vinrent à sa rencontre pour demander de ses nouvelles. Ils furent ravis de savoir qu'elle allait bien, mais déçus de ne pas pouvoir aller la voir pour le moment. Une fois bien rétablie, toute l'équipe s'accorda une petite pause. En effet, Malaïka qui venait tout juste de rentrer en seconde après un brevet des collèges obtenu haut la main avait invité un de ses petits copains à manger chez elle. C'était le premier qu'elle osait ramener à la maison. Pour bien rigoler, il était normal que tout le monde soit présent, ses parents ainsi que ses « oncles » et sa « tante », pour accueillir comme il se devait le jeune invité. Juste avant qu'il n'arrive, alors que la table était mise et le repas quasiment prêt, elle réunit un conseil de guerre.
— Nikolaï, je t'interdis de lui donner quoi que ce soit, ni somnifère, ni sérum de vérité, ni rien, Konstantin, tu ne joueras pas ton beauf russe bourré. Andréass, tu ne te moqueras pas de lui quand il prétendra s'y connaître un peu en informatique et toi Réyan, toi tu n'as pas intérêt à lire en lui.

Alors qu'elle disait cela, son père qui se trouvait dans son dos faisait de grands signes de main, il bougeait sa tête pour bien faire comprendre à ses amis qu'il fallait faire tout ça. Malaïka se retourna d'un coup sec et vit Nadjib prendre un air innocent et d'un ton exaspéré lui cria :
— Papa !!! Maman, tu m'avais promis !!!
— Mais il ne fera rien, rétorqua sa mère.
— Et eux non plus, ajouta Lilianne, promettez-le.

— On le promet, annoncèrent-ils en chœur.
— Il arrive affirma Réyan. Dis donc, ça ne rigole plus, on a affaire à un vrai sportif, il vient à vélo.
— À vélo ? Oh, mais je vais pouvoir…
— N'y pense même pas Nikolaï, coupa Malaïka.
— En vélo, mais il va sentir le fauve, déclara Konstantin.
— Bon ! C'est bon ! Vous avez fini là ? C'est lui, dit-elle alors qu'on frappait à la porte.

Elle se précipita et lui ouvrit. Un jeune homme entra, manifestement mal à l'aise de voir autant de monde. Il serra la main des hommes et fit la bise aux femmes. Tout le monde s'installa autour de la table et le repas commença. Les discussions étaient nombreuses, la plupart basées sur des mensonges. En effet pour ce jeune homme, Nikolaï et Konstantin se trouvaient être des guides pour touristes russes. Andréass lui n'était qu'un simple ingénieur en informatique ; Réyan était médecin et Lilianne femme au foyer. Les parents de Malaïka, eux, étaient propriétaires de cette ferme et de quelques autres à travers le pays, ils en géraient le fonctionnement. Pour la couverture au niveau des liens de parenté : Nikolaï, Konstantin et Bleuenn étaient censés être des demi-frères et sœurs. Andréass, Réyan et Nadjib quant à eux, appartenaient à la même fratrie. Lilianne se présenta comme la femme d'Andréass. Nathan de son côté avait hérité du rôle du cousin. Tous se trouvaient actuellement dans cette ferme, car ils étaient venus pour passer une semaine de vacances ensemble dans la région. Le repas se passa tranquillement, personne ne chercha à mettre le jeune homme mal à l'aise.

À la fin du repas, les deux amoureux quittèrent la table, se rendirent dehors et partirent marcher dans le village. Pendant ce temps-là, les adultes profitèrent de ce répit pour jouer aux cartes. Ils se firent des parties de coinche, chaque équipe se rencontra. Malgré le fait que Réyan ne trichait pas, il était tout de même un redoutable joueur grâce à son QI ; c'est pour cela que, à chaque fois, on le mettait avec Andréass, car lui, en revanche, était le plus mauvais du lot. Ils leur arrivaient donc de perdre, surtout qu'on peut être un excellent joueur aux cartes, mais si on n'a pas le jeu qui va avec, il est difficile de gagner. En fin d'après-midi, Malaïka revint ; le jeune homme ne rentra pas dans la maison, il se contenta de récupérer son vélo et s'en alla. Alors qu'elle arrivait dans le salon, elle se précipita vers Réyan qui s'apprêtait à distribuer.

— Alors ? demanda-t-elle.

— Alors quoi ?

— Et bien ! Comment est-il ?

— Il m'a paru plutôt bien.

— Tu sais très bien ce que je veux dire, qu'est-ce que tu as vu en lui ?

— Rien du tout, tu m'avais demandé de ne pas regarder.

— Allez ! Dis-moi, je veux savoir.

— Non, une promesse est une promesse. Et honnêtement même si tu m'avais donné l'autorisation de le faire, je ne l'aurais pas fait. C'est à toi d'apprendre à le connaître.

— C'est vrai, mais bon, j'aurais pu savoir s'il avait des sentiments amoureux à mon égard.

— Tu n'as qu'à le lui demander, proposa Nadjib.

— Ah non !!! C'est beaucoup trop tôt.

— Ben voyons Papa, c'est beaucoup trop tôt, répéta Bleuenn avec ironie. Le savoir c'est une chose, mais le dire en est une autre.

— C'est ça Maman. Bon ! Je monte dans ma chambre, j'ai compris, je suis en train de me ridiculiser. Merci d'avoir été sympas avec lui.

— On l'a tous trouvé bien, affirma Nikolaï.

Et la partie reprit.

Les terroristes se tenant tranquilles pour le moment, Réyan proposa que l'équipe pourchasse et arrête un maximum de tueurs en série. Le premier de la liste sévissait aux États-Unis et Ingeniuman se rendit sur place. Ce meurtrier était recherché par le FBI à travers tout le pays. Cet assassin sanguinaire se faisait appeler Tirax, son grand jeu consistait à appeler le 911 alors qu'il commettait son meurtre pour que les autorités entendent bien la victime hurler et mourir. Manifestement il tuait au hasard, toujours de nuit. Ce détail empêchait Réyan de retrouver facilement sa trace. En effet, dès qu'il se rendait sur les lieux d'un crime, il fouillait dans les souvenirs de toutes les personnes dans les environs pour pouvoir ainsi observer ce qu'elles avaient vu. Mais pour ce cas-là, au vu de l'heure tardive, la plupart de ces personnes dormaient. Ingeniuman ne trouvait donc pas de bon fil conducteur. Lui et Andréass s'étaient reliés aux 911 afin de connaître et de suivre chaque urgence du pays. Bien entendu, ça ne s'arrêtait jamais. Ils se servaient donc d'un programme de reconnaissance vocale pour repérer l'appel du meurtrier. Tant qu'ils ne trouvaient rien, Ingeniuman continuait ses recherches sur le terrain.

Une nuit, un des ordinateurs se mit à sonner, le programme venait de reconnaître la voix : « Bonsoir, je suis Tirax, écoutez ses cris. »
— Je trace l'appel, il vient de… La Nouvelle-Orléans, affirma Andréass. Je connaissais un professeur qui venait de là-bas.
— C'est bien ! Coupe ces cris ! Merci, c'est bon ! Je l'ai, ton professeur s'appelle Albert Smith.
— Oui.
— Bon ! Je le tiens.

Rapidement à partir du professeur, il se retrouva dans une personne habitant La Nouvelle-Orléans. De là, il chercha une personne habitant le bon quartier. Il se relia à celle-ci, puis fit le tour de tous les citadins vivant dans cette zone et trouva. La

victime était un homme de trente-sept ans, il était attaché et ne pouvait rien faire. Tirax le regardait droit dans les yeux, Réyan passa en lui et vit l'homme se faire trancher la gorge.
—Notre homme s'appelle Thomas Raxille, il sort de l'immeuble, je sais où il se rend. Allez ! Je pars pour La Nouvelle-Orléans. Je veux le coincer moi-même.

Réyan roula toute la nuit pour arriver au petit matin devant l'hôtel dans lequel se trouvait le meurtrier. Réyan enfonça la porte sans ménagement, le tueur se leva d'un bond de son fauteuil et dégaina son revolver. Ingeniuman lui saisit le poignet, le brisa, l'assomma et finit par prévenir le FBI.

Le reste de l'équipe était éparpillée à travers le monde sur les traces d'autres tueurs. Avec les informations que leur fournissait Réyan, ils n'avaient, la plupart du temps, pas grand-chose à faire, si ce n'est les repérer et prévenir les autorités. Une fois cependant la chose fut plus agitée. Nathan et Konstantin poursuivaient un certain Yatuki responsable de plus d'une trentaine de victimes au Japon. Tous ces meurtres lui étaient attribués, car à chaque fois, il laissait ce nom en lettres de sang sur la victime, plus exactement sur le crâne de celle-ci tondu soigneusement auparavant. À en croire les identifications, tous les défunts étaient roux, ce détail marqué là leur seul point commun et le tueur ne se souciait pas de savoir s'il s'agissait d'une coloration ou pas.

Réyan leur avait donné avec une description précise l'adresse d'un bar où ce Yatuki devait se rendre. Une fois sur place, Nathan, parlant très bien le japonais, alla commander deux bières au barman. Lorsque le tueur entra dans les lieux, nos deux amis le virent aussitôt. Seulement il était accompagné et malheureusement cette personne reconnut Konstantin. Cet homme fixant Konstantin se pencha vers le tueur, lui murmura quelque chose à l'oreille et Yatuki fit immédiatement demi-tour, sorti du bar et s'en alla en courant.

— Et merde, soupira Konstantin.
— Qui y a-t-il ? Qui est cet homme ? interrogea Nathan.
— Une vieille connaissance, je m'en occupe. Pars à la poursuite de Yatuki, si tu le perds, tu n'auras qu'à appeler Réyan.

L'homme s'avança et s'installa à la place de Nathan.
— Je te croyais mort.
— Il ne faut pas croire tout ce que l'on raconte.
— Il aurait mieux valu pour toi. Je n'ai toujours pas digéré le fait que tu aies baisé ma femme.
— Oh ! Mais comme je te l'ai dit lors de notre dernière rencontre, c'était un rapport d'un consentement mutuel. Je n'y pouvais rien moi si, à l'époque, tu n'étais pas capable de la combler.
— Lors de notre dernière rencontre, tu as réussi à t'enfuir en me laissant ce souvenir. Te savoir mort ne m'avait pas réjoui. Au contraire, chaque fois que je me regarde dans la glace, chaque fois que je vois cette cicatrice sur mon visage, je pense à toi et je suis déçu de n'avoir pu te rendre la pareille.
— Ça me fait plaisir de savoir que tu penses à moi. Sache, si ça peut te remonter le moral, que si j'avais su à l'époque que je couchais avec la femme de l'homme le plus pourri de Russie, je ne l'aurais certainement pas laissée repartir.
— Surtout qu'elle ne serait pas morte aujourd'hui. Et oui, comme tu le sais, tu as sa mort sur la conscience. Adieu.

Bang !!! L'homme s'écroula sur la table. Bien qu'il tienne également une arme sous la table, Konstantin avait tiré le premier. En plus d'être un cocu, c'était aussi un sacré con.
— Adieu, répondit Konstantin avant de s'enfuir.

Une fois sorti du bar, il prit contact avec Nathan qui lui annonça avoir rattrapé Yatuki et l'avoir maîtrisé à l'aide d'une fléchette tranquillisante. La police était déjà en route pour le ramasser avec suffisamment de preuves sur lui pour le relier aux crimes.

— Alors qui était cet homme ? demanda Nathan une fois que nos deux amis se furent retrouvés pour mieux disparaître.
— Un ancien espion russe, il était corrompu jusqu'à la moelle. Je l'ai abattu.
— Cela était-il nécessaire ?
— Oui, c'était lui ou moi.
— Qu'avait-il après toi ?
— J'avais couché avec sa femme et tenté de le tuer.
— Tu as dû trouver ironique quand je t'ai dit, il y a quelque temps de ça, que coucher à droite et à gauche t'apporterait un jour des problèmes, car en réalité tu en avais déjà eu.
— Ne me juge pas. Cet enfoiré la faisait suivre et il l'a assassinée dès qu'il a été au courant de l'adultère. À la suite de cela, il s'est lancé à ma recherche. En tant qu'agent double, il m'a rapidement retrouvé. Mais j'ai eu de la chance car je me suis rendu compte que certaines informations sur moi avaient filtré, cela m'a mis sur mes gardes et j'ai, à mon tour, fait des recherches. Il s'avère qu'au final, c'est moi qui l'ai trouvé en premier. J'ai appris qu'il était le mari de cette femme, j'ai appris qu'il l'avait tuée. Cela me donnait deux bonnes raisons de le descendre. En premier, c'était un agent double, en deuxième, je le devais à cette femme, elle s'appelait Agatha. Elle était adorable, manifestement elle ne savait rien de son mari. Je croyais l'avoir tué, la marque de brûlure qu'il avait sur le visage était due à une explosion que j'avais déclenchée. Je me trompais. Peu de temps après cela, Lilianne m'a contacté pour que je travaille avec elle, j'ai alors disparu de la circulation.
— Je suis désolé pour cette femme. Allons-nous-en avant que la police n'arrive. Réyan sait que nous avons réussi, il nous envoie en Chine. Un tueur vient d'y commettre son vingt-troisième meurtre. Nous devons l'arrêter avant de rentrer en France. Réyan vient de m'apprendre qu'une fois de retour en France, nous partirons tous ensemble pour une grosse opération en Russie.

— Ah bon !
— Oui, je n'en sais pas plus. Il nous le dira quand on sera à Corcelles-les-Monts. Je suppose que le corps d'Agatha repose en Russie.
— En effet, c'est moi qui l'ai fait enterrer. Ce salaud avait jeté le corps au fond d'un étang.
— Tu as bien fait, nous en profiterons, si tu le veux bien, pour aller nous recueillir un peu auprès d'elle.
— Je… Oui, c'est une bonne idée.

Le départ en Russie était dû au fait que Nikolaï s'était enfin décidé à révéler la vérité à Lilianne sur sa mère. En réalité, elle le savait depuis longtemps, son père lui avait expliqué toute l'histoire dans la vidéo, elle attendait simplement que Nikolaï lui avoue.

Chapitre 8 : De retour en Russie

Les chapitres 8 à 12 se déroulent en 2009. Les citations suivantes sont légèrement décalées dans le temps afin de rattraper les deux années écoulées.

Chaque année, d'après les chiffres de l'UNODC (United Nations Office on Drugs and Crime), plus d'un million de viols seraient commis. Ce qui ne prend pas en compte les viols dont les victimes ne portent pas plainte ou qui ne sont pas enregistrés par la police. L'Afrique du Sud-Est la région du monde où le taux de viol est le plus important. On estime qu'une femme née en Afrique du Sud a plus de chance d'être violée que d'apprendre à lire. Ce qui nous donne après un petit calcul environ deux viols à la minute. ***Bien entendu ces chiffres sont loin de refléter la réalité, je dirais que l'on peut facilement quadrupler, voire quintupler ce chiffre et être malheureusement toujours dans le vrai, ce qui nous donnerait alors un viol toutes les dix secondes. Autrement dit alors que vous lisez ceci deux femmes se font violer.***

— Bon ! Maintenant qu'il n'y a plus de zone d'ombre au sein de l'équipe. Eh bien, nous partons tous pour Moscou, du gros gibier nous attend. Lilianne, nous allons finir le travail que ton père a commencé. Nous passerons par la Grèce, j'ai une lettre à y déposer.

L'équipe attendit le lundi soir pour dire au revoir à Malaïka et la prévenir que la mission risquait d'être longue. Pendant chaque absence de l'équipe, les fois où personne ne restait sur place, une « nounou » venait sur place pour s'occuper de Malaïka. Il s'agissait en réalité de la petite sœur de Bleuenn, Aurélia qui connaissait la vérité. Tatie Aurélia faisait le maximum pour sa nièce et aidait en permanence sa grande sœur à protéger son secret. Il arrivait également que la jeune fille soit confiée à ses grands-parents paternel ou maternel qui eux en revanche ne connaissaient pas la vérité sur la profession qu'exerçaient leurs enfants, les croyant toujours militaires.

Durant le vol, Réyan fit le rapport de tout ce qu'il savait sur les commanditaires. Il s'agissait de la mafia russe, dirigée par d'anciens agents corrompus du FSB[1].

— C'est une organisation très étendue qui a des ramifications dans chaque pays. La faire tomber d'un seul coup est impossible. Toutefois on peut leur porter un grand préjudice en tapant là où ça fait mal. L'idée de la mission est de mettre la main sur les grands patrons, de les faire disparaître de la circulation, de s'approprier ce qu'ils savent et ainsi de pouvoir geler tous les comptes bancaires de cette mafia. Ce qui fera qu'elle se détruira d'elle-même au fil du temps. Pour cela, il va falloir trouver un moyen simple de tous les réunir au même endroit, là où se trouve leur siège.

— Comment allons-nous procéder ? questionna Lilianne.

— Nous ferons en sorte qu'un regrettable accident arrive au chef mafieux responsable de la zone Russie. Comme ça, tous les autres grands patrons accourront tels des pique-assiettes, se réuniront et partageront le pouvoir et les richesses du défunt. J'ai choisi celui-là, car c'est le plus puissant. Les autres accourront d'autant plus vite qu'ils auront l'espoir d'être nommés à la tête de la cellule russe.

— Mais ne possèdes déjà tu pas tous leurs savoirs ?

— Non pas tous, certains des grands patrons ne se sont jamais vus. Ils sont restés dans l'anonymat le plus complet, je ne suis pas encore parvenu à tous les identifier. Il est vrai que pour la plupart, je connais déjà les codes bancaires. Seulement il nous faudra également leur voix ainsi que leurs empreintes pour

[1] Ex KGB – services secrets russes.

rentrer dans le système. Et pour être sûrs que cela fonctionne, il est primordial de les mettre hors-jeu.

— Tout ceci, demanda Nikolaï, pourquoi ne l'as-tu pas fait avant, sans nous ? Si tu as attendu uniquement pour nous permettre à Lilianne et moi de faire une croix sur notre passé, je t'en remercie. Mais tu n'aurais pas dû. Car pendant ce temps, ils ont tranquillement continué leurs agissements.

— En effet. Mais sache dans un premier temps qu'il ne faut pas faire de croix sur le passé, c'est lui qui nous définit. Il faut apprendre du passé pour se projeter dans un avenir meilleur. En ce qui concerne l'opération, seul je n'aurais pas réussi ; en réalité, j'ai besoin d'Andréass. Une fois que nous aurons tous les accès, il nous faudra être très rapides et très discrets pour récolter tous les fonds qui sont dispersés aux quatre coins de la planète. Avec les codes, nous aurons un accès direct à l'argent des patrons, mais un accès indirect à toutes les sous-filiales qu'ils contrôlent. Il nous faudra réaliser le piratage du siècle pour nous introduire en même temps dans toutes ces ramifications, subtiliser les fonds, les déplacer et les cacher. Cela dans un temps limité avec un maximum de discrétion, autrement dit en faisant en sorte que ça ne soit pas des téraoctets de données qui se déplacent ensemble pour ne pas alerter les divers programmes qui surveillent les réseaux Internet. En clair il faut, collecter et découper ce flux de données en plusieurs parties puis les rediriger ailleurs. Je ne peux pas tout faire en même temps. Mais tu penses bien Nikolaï que durant toutes ces années, je leur ai mis quelques bâtons dans les roues.

— Oui… Bien sûr. Je m'…

— Non, ne t'excuse pas. Je comprends ta rage, ces gens ont tué ton mentor, sa femme et beaucoup d'autres personnes. Ils vont le payer.

— Cet argent que l'on va ainsi récupérer, s'exprima Bleuenn, ça serait bien de le redistribuer.

— Il est tout à fait possible de le reverser à diverses associations sous forme de dons anonymes, affirma Andréass.
— Bien entendu, nous en garderons une petite partie pour nous, ajouta Konstantin de manière très terre à terre.
— Bien entendu, appuya Nikolaï.
— Oh les clébards, les crève-la-faim, les raccrocs quoi, les taquina Nadjib.
— On reversera tout aux associations luttant contre le sida, proposa Réyan, il est temps que l'on donne les moyens aux chercheurs de trouver un remède, cela fait longtemps que des fonds importants auraient dû y être consacrés. Mais on en gardera une petite partie pour nous, normal il faut bien faire marcher le business.
— Normal, ajouta Konstantin.

Une fois arrivée à Moscou, l'équipe s'installa dans le QG. La première semaine fut consacrée à repérer les lieux où se tiendrait le conseil et à suivre les allées et venues du grand patron, Dimitri Kalenski. L'option de l'accident de voiture fut retenue. Celui-ci devrait se produire sans que personne d'autre ne soit présent dans les environs pour ne pas risquer la vie d'une tierce personne. L'équipe dut attendre trois jours de plus que Dimitri quitte la ville pour s'aventurer sur les routes de campagne en direction d'une petite villa privée située en montagne. M. Kalenski souhaitait y faire du ski pour se changer un peu les idées. Le jour du départ, Lilianne qui avait pris le rôle d'une serveuse russe glissa dans le verre de son conducteur un poison indétectable à action lente. L'homme en question n'avait rien d'innocent, il s'agissait en réalité de l'homme à tout faire de M. Kalenski, son bras droit en quelque sorte. Celui-ci avait l'habitude de venir au début de chaque journée dans ce même bar pour prendre un petit remontant. Et ainsi, en début d'après-midi, il se trouvait devant l'immeuble de Dimitri sur son emplacement réservé en parfaite santé, ne se doutant pas que d'ici quelques heures, il allait mourir. L'immeuble entier appartenait à M. Kalenski, aux yeux de tous celui-ci passait pour un milliardaire qui tenait sa richesse du pétrole ou l'or noir comme on le surnomme à juste titre. Une fois sur la route de campagne, Nadjib prit ses devants et partit en aval afin de placer une déviation pour s'assurer qu'aucun automobiliste n'arriverait en sens contraire. Konstantin de son côté fit la même chose en amont dès que la voiture de Dimitri fut passée. La portion de route choisie, longue d'une vingtaine de kilomètres, se retrouva ainsi dégagée. Le dosage du poison se devait d'être parfait afin que celui-ci agisse au bon moment et pour ça, on pouvait faire confiance à Ingeniuman. Dans ce but, il calcula la durée moyenne du trajet en voiture entre l'immeuble et l'intersection tenue par Konstantin, à cela il ajouta la durée moyenne du trajet entre Konstantin et Nadjib et s'accorda alors une marge d'erreur de 15 mn. Pour pallier à toute éventualité il prit également le contrôle des feux de circulation afin de s'assurer que le véhicule arrive dans les temps. 12 km après le point de Konstantin, le chauffeur perdit connaissance et mourut. La voiture sortit de la route et arrêta sa course dans un platane. Bleuenn et Réyan qui se trouvaient sur cette portion de route arrivèrent les premiers sur les lieux. M. Kalenski respirait encore, il gisait inconscient sa tête posée sur l'airbag et affichait de graves blessures. L'accident perça le réservoir et l'essence commença à se répandre. Le grand patron tenait un cigare allumé dans sa main, Réyan prit une pierre, se déplaça pour avoir un bon angle et lança son caillou afin de faire tomber le cigare sur l'essence. Le véhicule s'embrasa et le feu se chargea du reste. Dimitri Kalenski mourut brûlé.

La nouvelle fit rapidement le tour du monde à coup de première page « Le magnat du pétrole, Dimitri Kalenski, est décédé dans un accident de voiture. Il semblerait que son chauffeur ait succombé à une crise cardiaque foudroyante alors qu'il le conduisait dans une de ses nombreuses villas montagnardes. À en croire les premiers rapports de l'autopsie le milliardaire aurait succombé aux flammes. En effet ce n'est pas l'accident en lui-même qui est responsable du décès, mais le brasier qui s'en est suivi. L'essence a vraisemblablement pris feu à cause d'un cigare. » Certains journaux plutôt satiriques ajoutaient en conclusion « Fumer tue ».

L'équipe prit connaissance de la date du conseil et attendit le jour J. Cette réunion devait se tenir dans les sous-sols de l'immeuble du défunt. Le protocole de la rencontre était simple ; chaque patron avait le droit de garder avec lui un garde du corps et personne ne devait être armé dans la salle du conseil ; un portique de sécurité se trouvait à l'entrée pour s'en assurer. Bien entendu, il y avait énormément d'hommes armés dans l'immeuble et autour de celui-ci. Ces gardes étaient arrivés dans les jours qui précédaient la venue des rois mafieux. Seule une porte blindée permettait l'accès à la salle. Konstantin avait placé, avant que tout ceci ne commence, des micros caméras dont une qui renvoyait l'image du seul et unique ascenseur permettant de descendre dans le sous-sol. Andréass quant à lui s'était relié à tous les systèmes de l'immeuble, ascenseur, vidéo, alarme, etc. De son côté, Réyan demeura assis, en tailleur comme pour une méditation. L'immeuble actuellement placé dans le rayon de son « radar », il se connectait à toutes les personnes s'y trouvant ou y pénétrant. Par l'intermédiaire des individus qui y étaient déjà, il put voir la salle du conseil. Il attendit qu'elle se remplisse et lorsque tous les sièges furent occupés, à l'exception de celui de Dimitri, il lança l'opération.

— C'est bon ! Ils sont tous là, ils viennent de refermer la porte blindée, la réunion va commencer. Comme je le pensais, il y

a parmi eux des gens dont je ne connaissais pas encore l'existence. Mais l'un d'eux en particulier m'inquiète, il est au courant des divers vols d'ogives nucléaires, entre autres celui qui a échoué grâce à vous. Même si, comme nous l'avons appris par la suite, la Russie a malgré cela égaré deux autres têtes nucléaires… Ces vols d'ogives sont, comme vous le savez, notre plus gros dossier en attente. Nous ignorons tout, nous ne savons pas où vont ces ogives ni qui les détient. Et lui ne le sait pas non plus, il est comme ces hommes qui étaient postés, il reçoit des ordres par téléphone, ce n'est qu'un foutu sous-fifre. Mais grâce à lui, on avance un peu : il connaît le nom de l'organisation pour laquelle il travaille : Furion. Je n'en ai jamais entendu parler et ça m'inquiète vraiment.
— Nous devons continuer l'opération, affirma Lilianne. Peu importe qui ils sont pour le moment, car avec le préjudice qu'ils vont subir aujourd'hui, ils vont forcément commettre une erreur et tu les trouveras.
— Nous les trouverons tous ensemble. Très bien Andréass, déclenche les alarmes incendie et verrouille l'ascenseur, ordonna Réyan. Plus personne à part nous ne doit pouvoir descendre dans les sous-sols. Konstantin déclenche le fumigène ainsi que ton appareil.

Dans le hall d'entrée, une fumée se répandit ce qui eut pour effet d'accentuer la panique qui régnait sous les jets d'eau automatiques. L'immeuble se vida, ne restèrent plus que les gardes qui ne savaient plus quoi faire. Grâce à un appareil qu'avait placé Konstantin, tous les moyens de communication de ces hommes étaient brouillés. Ils étaient perdus, surtout qu'ils n'arrivaient pas à appeler l'ascenseur pour descendre prendre leurs consignes.
— Très bien Konstantin, libère un canal et renvoie-le ici comme prévu.

Ainsi l'équipe entendit un homme, le chef de la garde s'exprimer. Réyan s'exprima en russe pour lui répondre et voilà ce qu'il dit :
— Nous sommes au courant de l'alerte incendie, nous quittons la salle de conseil par l'issue de secours. Nous tomberons ainsi dans les égouts de la ville. Envoyez vos hommes aux principales entrées pour en bloquer l'accès.
— Il n'existe pas d'issue de secours dans la salle du conseil, répondit l'un des gardes.
— Si, seulement vous n'êtes pas censés la connaître.
— Qui êtes-vous ?
— Je suis Chu Han. Mon code d'identification et le 0792381973107. Exécutez mes ordres.
— Bien reçu, nous quittons le bâtiment.

À la suite de cela, l'immeuble se vida entièrement. Bien entendu, Andréass fit en sorte que les pompiers ne soient pas au courant de cet incendie factice. Après vérification des diverses caméras pour s'assurer que plus personne ne se trouvait encore dans le bâtiment, l'équipe entra. Nikolaï suivant sa mission se sépara du groupe qui prenait la direction de l'ascenseur pour se rendre à un conduit de ventilation. Il grimpa dedans, rampa le long et suivant son schéma il bifurqua deux fois à gauche, puis une fois à droite. Il continua ainsi jusqu'à se trouver à l'endroit voulu. Devant lui, le conduit chutait à la verticale. C'était par ici que passait l'air destiné au sous-sol. Il sortit une fiole de sa poche dorsale et la fit tomber dans le conduit. Après une longue chute, il put entendre la fiole se briser en bas. Nikolaï s'en alla et avertit Andréass par radio que le gaz avait été libéré. Ni une ni deux, par l'intermédiaire de son ordinateur portable, il enclencha les ventilateurs de façon à ce que le gaz se répande rapidement et directement dans la salle du conseil. Une fois cela fait, il débloqua l'ascenseur et tous, à l'exception de Nikolaï qui était en train de revenir,

montèrent dedans. Dès que les portes s'ouvrirent, Nadjib et Konstantin ouvrirent le feu sur les deux plantons qui gardaient la porte blindée. Chacun mit un masque et Réyan entra le code qui déverrouilla le sas. Tous les individus présents dans cette salle dormaient à poings fermés ; les gardes du corps qui se tenaient debout, gisaient maintenant à même le sol adoptant pour certains des postures complètement ridicules. Les patrons quant à eux, se retrouvaient affalés sur leur siège avec les bras le long du corps et la tête tombant sur un côté.
— Le gaz s'est dissipé, nous pouvons retirer les masques, annonça Andréass qui venait de contrôler l'air ambiant.

Nikolaï s'était fait plaisir dans sa préparation, car bien que le gaz fût dissipé, une odeur persistait. En effet, il avait ajouté à son gaz une forte concentration d'arôme de châtaigne. Nikolaï adorait la crème de marrons ardéchoise. Lorsqu'il eut quitté les conduits de ventilation, il quitta l'immeuble et se plaça devant pour surveiller les allées et venues.
— Oh putain ! Il nous emmerde avec sa châtaigne lui, s'exprima Konstantin.
— Andréass, nous allons prendre place ici, sur ces deux terminaux, indiqua Réyan. Quant à vous, dit-il en désignant Lilianne, Konstantin, Nadjib et Bleuenn, allez me réveiller ces ronfleurs et récolter leur voix.

Chacun s'arma de petites fioles et d'un magnétophone. Ils craquèrent l'ampoule sous le nez des mafiosos, ce qui eut pour effet de les réveiller tous ; chacun leur tour, ils réagirent de la même façon « Mais qu'est-ce qui s'est passé ? **Mais qui êtes-vous ?** » Et boum, une fois leur voix enregistrée, ils retournaient dans les bras de Morphée à grands coups de crosse de Glock. Ils placèrent les mains des inconscients sur les terminaux, ajoutèrent leur voix et le travail d'Andréass et Réyan commença. Les autres quittèrent la pièce et rejoignirent Niko-

laï qui se trouvait à l'extérieur. Il était fort probable que certains gardes reviennent vers l'immeuble. Si le cas se produisait, il fallait qu'ils continuent à croire à l'incendie. Pour cela le groupe ramena trois camions de pompiers subtilisés quelques jours plus tôt et ils s'habillèrent en soldats du feu afin de gagner un maximum de temps pour leurs compagnons restés en bas. Nos deux pirates en question s'occupaient chacun de tâches bien précises. Réyan piratait tous les sous-réseaux et récoltait toutes les données et donc tous les fonds qui y étaient associés à travers le monde. Andréass, lui, se chargeait de faire transiter ces données sur la toile en les dissociant pour que cela passe inaperçu dans le monde cybernétique. Après vingt minutes, Réyan l'avertit qu'il en avait terminé.
— C'est bon pour moi, prévint Réyan.
— Je dissocie les dernières données que tu viens de m'envoyer et… et voilà, c'est bon !
— OK. On n'a plus qu'à regrouper les fonds par plusieurs blocs et à les envoyer sous forme de dons anonymes aux associations que nous avons choisies. Mais… mais quel est ce flux de données qui arrive ?
— Je ne sais pas, mais ce n'est pas moi.
— Je sais que ce n'est pas toi. On dirait que nous avons un intrus, il faut vite le chasser. Andréass envoie nos protections, j'essaie de le contrer directement.
— C'est bon ! C'est envoyé.
— Ce n'est pas possible, il est beaucoup trop rapide, bien plus rapide que moi, affirma Réyan. Regarde ! Il récolte les données dispatchées. Comment fait-il pour les reconnaître, nous seuls savons quels marqueurs ont été utilisés.
— Ce mec est très fort, il me bat à plate couture, se désespéra Andréass. **Putain c'est lui !!! C'est comme à Saint Pet…**
— Oui je sais. J'essaie de repérer d'où il vient ; non, trop tard… je n'ai rien pu faire, se lamenta Réyan alors que leurs

terminaux s'éteignaient. On remonte, il semblerait que nos actes aient servi à quelqu'un.

Une fois en haut, l'équipe évacua rapidement les locaux pour s'en aller dans les camions pompiers. Ils rejoignirent Nathan qui, pour sa part, était resté en base arrière au niveau de la cellule. L'opération n'était pas un échec complet. En effet, alors que l'équipe quittait les lieux, Nathan quant à lui, s'occupa de prévenir les hautes autorités qui sur place, découvrirent les corps endormis ainsi que les preuves nécessaires pour les faire disparaître à jamais. Bien entendu, jamais on ne vit dans les journaux la nouvelle de ces arrestations. Il s'agissait là d'un gibier bien trop gros.

— Je ne connais qu'une seule personne capable de nous devancer, Andréass et moi-même, affirma Réyan. La même personne qui, en Russie lors du vol d'ogive, a chassé Andréass du réseau des feux de circulation. D'après ce que je croyais savoir, Andréass était le meilleur hacker au monde.

— Merci, merci, n'applaudissez pas tous en même temps, coupa Andréass.

— Hou là ! Ne t'enflamme pas ! Je pense que Réyan allait nous envoyer un « mais », renchérit Konstantin.

— Mais je me trompais. Non seulement il est meilleur qu'Andréass, mais il est également bien meilleur que moi. Oui Lilianne, il ou elle.

— Je n'ai rien dit.

— Mais tu l'as pensé très fort.

— Je n'ai jamais vu de hacker très douée, intervint Andréass.

— Moi non plus, ajouta Konstantin.

— Écoutez-moi ça, le sexe fort ! Comment des machos pareils peuvent-ils accepter d'être sous les ordres d'une femme ? s'interrogea Bleuenn.

— Et cette personne, homme ou femme, travaille pour Furion. Nous devons à tout prix mettre la main sur ces ogives, continua Réyan. Très bien, nous rentrons en France et on avisera, annonça Lilianne.
— Vous oui. En ce qui me concerne, je me rends à la Maison-Blanche. Seuls les Américains sont sur nos traces depuis quelque temps et, avec ce qu'on vient d'accomplir, il faut que j'aille mettre les choses au point. Leur Président a changé, il est temps que l'on fasse connaissance. De plus, sachez que les États-Unis ont également « égaré » des bombes nucléaires.
— Mais tu sais ça depuis longtemps ? questionna Nadjib.
— Non, je viens de l'apprendre, je tiens ça de l'homme qui travaillait pour eux. Sur le coup, je n'ai pas compris comment cette information avait pu m'échapper. Maintenant je sais, j'ai recherché le bon fil. En réalité, Furion n'a pas volé un de leurs nouveaux missiles, il s'est simplement emparé des plans les représentant. Et cela, il y a tout juste deux jours.
— Possède-t-il du combustible nucléaire ? Plutonium ? Uranium ? interrogea Konstantin.
— Je ne sais pas. Si c'est le cas, il pourrait d'ores et déjà construire ses bombes, il serait alors en possession de bombes russes et américaines.
— Un bon moyen pour déclencher une guerre mondiale, s'inquiéta Lilianne.
— J'ai bien peur que nous pensions la même chose, ajouta Réyan. Le monde est une nouvelle fois menacé. Je vais prendre le prochain avion pour Washington. Rentrez avec le jet en France et faites des recherches sur les combustibles nucléaires, vous allez suivre cette piste-là. Je saurai si vous trouvez quelque chose. De mon côté, je vous appellerai si je découvre de nouvelles informations.

Chapitre 9 : La Maison Blanche

Le 26 avril 2008, l'affaire Fritzl met l'Autriche et toute l'Europe en émoi. La police autrichienne découvre qu'un homme, Josef Fritzl, un électricien à la retraite, a séquestré et violé sa propre fille pendant 24 ans dans une cave de sa maison, à Amstetten. La « prison » était à l'origine un abri antiatomique insonorisé dont Josef Fritzl avait commencé la construction en 1978. Elizabeth Fritzl a 42 ans lors de sa libération. En captivité depuis le 29 août 1984, elle a donné naissance à sept enfants, tous issus de l'inceste avec son père. Si l'un est mort à la naissance, trois ont été emprisonnés avec leur mère. Les autres ont été accueillis par Josef Fritzl qui faisait croire à sa femme que leur fille avait rejointe une secte. C'est l'hospitalisation de l'un des enfants qui permettra de mettre fin à l'enfer.

Comme à son habitude, Réyan entra sans aucun problème au sein de la Maison-Blanche. Il se présenta à la secrétaire du Président sous un nom qui n'était pas le sien, celle-ci transmit l'information au Président et Réyan obtint de suite un entretien.

— M. Lumineux Jack, je présume ? Je vous en prie, asseyez-vous.

— M. le Président. Maintenant que les présentations sont faites, vous pouvez m'appeler Réyan.

— Je pensais que vous viendriez me rendre visite plus tôt. À en croire mon prédécesseur, j'étais persuadé de vous voir peu de temps après mon élection.

— En temps normal oui, mais après ce que vous avez fait, je n'avais plus aucune raison de venir. Vous avez été stupide, trancha Ingeniuman.

— Puis-je savoir ce qui vous amène aujourd'hui ? répondit de marbre le président.

— Les affaires en cours, je ne travaille plus seul maintenant. Nathan et moi avons rejoint une équipe et il se trouve que la plupart de vos agences, CIA, FBI et compagnies sont à nos trousses. C'est nous qui avons empêché l'explosion du Pentagone, c'est encore nous qui sommes allés délivrer vos ressortissants en Irak et hier nous étions à Moscou. Je ne vais pas vous faire l'inventaire des bonnes actions accomplies car je n'ai aucun compte à vous rendre. Je vous prierai de faire cesser ces recherches, ne vous préoccupez pas des affaires qui vont dans le bon sens, nous sommes du même côté, enfin si on veut.
— Pourquoi ferais-je ce que vous dites ? Je ne suis pas comme mes prédécesseurs, affirma le président qui, malgré ses airs, semblait bien agacé par cet entretien.
— Vous savez très bien pourquoi ! Vous n'avez pas le choix ! ajouta Réyan.
— Vous êtes un meurtrier, vous êtes une menace, je n'ai pas confiance en vous. Qui me dit que vous ne recommencerez pas ?
— Moi, je vous le dis et vous savez très bien que c'est votre pays qui en est directement responsable. Si vous n'aviez pas fait ce que vous avez fait, les choses ne se seraient pas passées comme cela. En ce qui me concerne, vous êtes autant responsable que vos prédécesseurs, vous étiez Secrétaire à la Défense à l'époque. Les Évols vous avaient infiltré et vous ne vous êtes rendu compte de rien.
— C'est vrai, acquiesça le Président, mais de là à vous croire entièrement quand vous disiez que c'est lui qui avait commis toutes ces atrocités…
— Oui, je ne contrôlais plus rien. Sachez que jamais je ne me le pardonnerai. Seulement comme vous le savez, sans vos actions inconsidérées, rien de tout cela ne serait arrivé. Je suis

responsable, car c'est ma faiblesse de l'époque qui lui a permis de faire cela. Vous êtes responsable, car c'est votre pays qui m'a fait perdre tout contrôle.
— Nous avions fait ce que nous estimions le mieux vis-à-vis des renseignements que l'on avait, se défendit le chef du gouvernement des États-Unis.
— Oui, et le monde a bien failli périr, car sans moi, vous n'auriez rien pu faire. Actuellement, peu m'importe que vous me croyiez ou non. Je savais très bien qu'avec vous, je ne serais pas le bienvenu. Mais **vous !** accentua Réyan en le pointant du doigt, vous savez qu'il n'est pas dans votre intérêt de me traiter en ennemi. Je connais tous vos secrets, et vous ne pouvez rien contre moi. Et je ne doute pas qu'un jour, vous ayez la même opinion que vos prédécesseurs à mon sujet. Je travaille pour le bien de l'humanité. Je suis venu pour vous parler du présent.
— Je vous écoute.
— Je sais que l'on vous a dérobé les plans de vos nouveaux missiles nucléaires.
— Oui, cela s'est produit il y a quatre jours. Un pirate extrêmement doué à en croire nos spécialistes. À un moment donné, j'ai pensé que cela pourrait bien être vous.
— Et bien non ! Bien que je sois contre ces armes, je sais très bien que ce sont elles qui maintiennent la paix. Mais j'aime à croire qu'un jour le monde sera prêt à s'en débarrasser ainsi que de toutes les autres armes.
— Aucun homme normal n'aurait pu faire ça de cette manière avec autant de vitesse. Si ce n'est pas vous, cela voudrait dire que…
— Et oui, c'est ce que je pense moi aussi. Je me dois de vous apprendre qu'un nouveau groupe criminel vient de faire son apparition, Furion c'est ainsi qu'il se nomme. Ce sont eux qui possèdent dorénavant vos plans, ainsi que des ogives russes,

et je ne sais vraiment pas ce qu'ils veulent puisque je ne sais rien d'eux.
— Et donc vous pensez qu'il y aurait des Évols avec eux, interrogea le président.
— Oui, le pirate en est forcément un.
— Mais…
— Si, c'est tout à fait possible, vous avez encore commis une grosse erreur. Il ne fallait pas l'éliminer, aujourd'hui il aurait pu nous aider. Nous étions convenus avec votre prédécesseur de le laisser en vie. Dans le coma artificiel dans lequel on l'avait plongé, il n'était plus une menace pour personne. C'était leur chef, il possédait entre autres la capacité à repérer ses semblables. Vous saviez qu'il en existait d'autres, plein d'autres. Vous n'auriez jamais dû faire ça et quand bien même, après avoir été au courant de tous ses secrets lors de votre prise du pouvoir, vous ne vous êtes même pas laissé le temps de la réflexion. Vous avez pris connaissance de ces informations, vous avez pris votre décision, vous l'avez exécuté et tout cela, dans un minuscule laps de temps, uniquement pour que je ne puisse pas venir vous en empêcher. Le pirate qui travaille pour Furion comme je vous l'ai dit est certainement un des leurs, un Évols. Avec son aide on aurait pu rapidement le retrouver, mais vous avez préféré l'éliminer à la va-vite. Certes, ces hommes et femmes ont mal tourné, mais ils étaient et sont aujourd'hui encore l'évolution.
— Vous, vous êtes comme eux alors…
— Non, je suis différent, affirma Ingeniuman.
— Après ce qu'il a fait et ce qu'il vous a fait faire, je ne pense pas avoir eu tort. Lors de la passation, quand j'ai pris connaissance de toutes ces données, j'étais persuadé de vous rencontrer dans l'heure qui suivrait. À l'époque, oui, je considérais que cet homme devait mourir mais regardez, aujourd'hui je suis toujours de cet avis. J'ai pressé les choses, car je n'avais pas envie d'en débattre avec vous. Le peuple venait de

m'élire, j'étais devenu le Président des États-Unis. Je connaissais votre existence, seulement je ne savais rien des Évols, ni de votre influence sur les actes de notre gouvernement. Je venais d'être élu et j'avais l'impression que c'est vous qui, en réalité, tiriez les ficelles. Alors que pour moi avant cette passation, avant que mon prédécesseur ne me révèle tous les secrets de notre pays, vous n'étiez qu'un meurtrier. Je n'avais pas envie de débattre avec vous de ma première décision. Voilà pourquoi j'ai hâté les choses, mais depuis le temps a passé et j'ai eu le temps de réfléchir. Je considère que mon empressement n'a en rien joué sur ma décision, car avec le temps, j'aurais pris la même.
— Je ne tire aucune ficelle, je suis en quelque sorte comme un consultant, corrigea Réyan.
— Consultant au-dessus des lois qui depuis de trop nombreuses années donnent des directives quant à la conduite que doivent adopter les États-Unis.
— C'est exactement cela, vous êtes quand même le pays qui nage le plus souvent en eaux troubles. Cette culture du secret que vous et vos semblables entretenez, je peux la comprendre vis-à-vis de certains sujets, malheureusement aujourd'hui c'est plus pour choisir la facilité que les gouvernements mentent. Représenter le peuple et manipuler le peuple sont deux choses bien distinctes. À ce propos, en ce qui concerne nos bonnes actions, si nous parlions un peu de l'opération que nous avons menée, mon équipe et moi-même dans la vallée d'Ajdar.
— La vallée d'Ajdar vous dites ? Ah oui ! Ces scientifiques disparus qui ont soudainement réapparu. Ils nous ont parlé de cette vallée. Même s'ils n'ont rien dit à ce propos, on a fait le rapport avec Zaid Khayr. C'est une arrestation qu'on vous doit, je suppose ?
— Oui.

— Nos agents se sont rendus sur place. Ils n'ont rien trouvé, l'endroit était désert. Rien non plus dans le bunker, il subsistait tout juste quelques traces d'un incendie dans une pièce, ajouta le Président.
— C'était le laboratoire, j'y ai foutu le feu. Vous savez très bien ce qu'il y avait dedans, les chercheurs vous l'ont révélé. Les moyens et les connaissances nécessaires à la manipulation de cette bactérie venaient de votre pays, normal elle y avait déjà été conçue. Je vous avais envoyé une lettre à ce propos, bien avant que les talibans n'agissent.
— Oui, mais je n'en ai pas tenu compte.
— Et voyez le résultat, ils ont bien failli retourner contre vous une de vos armes. Je vous avais demandé de tout cesser quant aux armes chimiques, plus de recherches, plus de fabrication et surtout la destruction de tous vos stocks.
— Il est normal que nous possédions les mêmes chances que nos ennemis.
— Mais c'est vous qui leur fournissez ces chances, comme vous les nommez. Je surveille le monde, pensez-vous que je laisserais un virus tel le dernier que vous avez mis au point se répandre dans la nature ? questionna Ingeniuman avec un puissant regard accusateur. Quand un pays deviendra aussi dangereux que le vôtre, j'agirai. Détenir toutes ces armes signifie vouloir la mort de son prochain et il n'est pas très bon de vouloir la mort de son prochain. Ce n'est pas comme si je vous obligeais à vous passer de la bombe nucléaire. Je vous laisse un mois pour tout stopper et tout détruire, sinon c'est moi qui interviendrai. Bon ! Sur ce, M. le Président, je vais vous laisser. Je sais que mes paroles ne sont pas tombées dans l'oreille d'un sourd, malgré le trauma sonore que vous avez subi étant plus jeune. Il est vrai qu'une de ces femmes, lors de ce mémorable gang bang, avait joui un peu fort, annonça Réyan le sourire aux lèvres. Mettez tous vos efforts sur Furion.

— Je… s'empourpra le Président.

Et Réyan quitta la pièce. Il appela Lilianne pour prévenir qu'il serait bientôt de retour en France et se rendit à l'aéroport. Ingeniuman savait le monde menacé. Depuis le temps qu'il connaissait l'existence de Furion, il n'avait rien pu trouver. Il s'en voulait de ne trouver aucun bon fil conducteur, cela lui donnait l'impression d'être impuissant. Il souhaiterait pouvoir stocker six milliards d'existences, comme ça il pourrait passer l'humanité toute entière au peigne fin et trouver des réponses à ses questions. Comment une organisation comme celle-là pouvait-elle se cacher à ses yeux ? Réyan n'avait pas la réponse, il ne comprenait pas comment cela pouvait être possible. Dès qu'il était libre, Ingeniuman passait des heures et des heures à sauter de personne en personne, il allait même jusqu'à cinq par cinq. Il cherchait et cherchait, encore et encore en se sentant stupide chaque fois qu'il avait le sentiment d'avoir tourné en rond. Et le pire dans tout ça venait du fait qu'il ne pouvait en être certain, il passait en revue une personne et effaçait toute trace si rien ne l'intéressait. Il était donc plus que probable qu'il voyait la vie des mêmes personnes plusieurs fois sans s'en rendre compte et cela l'énervait. Son impuissance l'énervait. Il continua durant tout le temps que dura son retour en France.

Du côté de Corcelles-les-Monts, les choses ne progressaient pas non plus, si ce n'est pour Malaïka qui maintenant âgée de 15 ans, s'apprêtait, dans les jours qui suivaient, à connaître ses résultats du bac. En effet, elle l'avait passé deux semaines avant que sa « famille » ne parte en Russie. Pas stressée pour un sou, la jeune fille attendait patiemment les résultats. Malaïka était une jeune femme très intelligente, petite elle apprit rapidement le français et sauta même deux classes au cours de sa scolarité. D'autant plus qu'aujourd'hui pour l'aider en cas de besoin, il y avait dans son entourage le meilleur

professeur au monde. Il était très facile d'apprendre avec lui ; après tout, chaque fois que ça bloquait, Réyan savait très bien pourquoi et trouvait l'astuce pour que la jeune Africaine assimile l'information sans trop batailler. Andréass lui proposa son aide afin de lui donner ses résultats en exclusivité, avant tout le monde, mais elle refusa, préférant les avoir en même temps que les autres jeunes plutôt que de devoir jouer la surprise quand, avec son nouveau copain, ils se rendraient ensemble sur Internet pour les visualiser.
— Dis-moi Nathan, je pourrais te parler une minute ?
— Bien entendu, Lilianne.
— Allons prendre un café si tu veux bien.

Nathan se leva de son fauteuil et ils se dirigèrent ensemble vers la cuisine quittant ainsi la pièce où l'équipe se trouvait, chacun devant son ordinateur.
— Je vois que tu m'isoles, c'est sûrement pour me parler de Réyan.
— En effet, je l'apprécie beaucoup, pour ne pas dire énormément, se confia la jeune femme, tout le monde le sait ici, pas besoin de lire dans les pensées pour cela. Je comprends qu'il se tienne distant, il se sait condamné.
— Ne vois pas en lui un homme normal. Comme tu dis, sa dégénération est incurable. D'ici une quinzaine d'années, il mourra, voire moins s'il continue comme ça. Même s'il le voulait de toute son âme, il n'irait pas vers toi.
— Et ça me chagrine, surtout que je ne peux rien pour lui. Nathan, je l'aime et je ne peux rien pour lui. Si tu m'en racontais un peu plus sur son passé, peut-être pourrais-je faire quelque chose. Il a beau dire, mais à part son histoire, on ne sait rien de ce qu'il a bien pu faire par le passé. J'ai besoin de savoir.
— Tu es consciente qu'il est possible que Réyan soit avec nous en ce moment même.

— Non, il n'y est pas. Il a dit qu'il respectait notre intimité, qu'il avait confiance en nous.
— C'est ce que je voulais te faire dire. Il a confiance, je ne trahirai jamais sa confiance. Réyan est à la fois mon fils et mon père, je donnerais tout pour lui. Je n'ai pas à t'en dire plus que ce qu'il t'en a dit, il faut lui demander à lui.
— Une seule question s'il te plaît. A-t-il déjà connu l'amour ?
— Je veux bien répondre à celle-là, il a eu une femme, une seule. Elle est morte aujourd'hui.
— Comment s'appelait-elle ?
— Élianord. Avec un É majuscule.
— Comment est-elle morte ?
— Là, on s'éloigne de la question.
— Très bien, il a connu l'amour, c'est tout ce qui importe, assura Lilianne. J'en suis heureuse, sa vie n'a pas été que souffrance. Je ne peux même pas imaginer ce que cela doit faire de ressentir un meurtre, un viol, être à la fois dans la peau de la victime et de l'agresseur. Les vidéos de sa jeunesse montrent à quel point cela peut être horrible. C'est bien qu'il ait connu ça.

Oui. Surtout que c'est cet amour qui l'a sauvé, pensa-t-il. *Merci Élianord.*
— Hey ! interpella Konstantin, vous pourriez me ramener un café ?
— À moi aussi tiens, ajouta Nadjib, comme je ne sers à rien, autant boire un café.
— Il a raison, commenta Nikolaï, les recherches informatiques, c'est le rayon d'Andréass. Moi à part demander de l'aide à mes contacts, ce qui a déjà été fait, je ne suis pas très utile sur un ordinateur.
— C'est pareil pour nous, affirma Bleuenn. Et alors ? On ne sait jamais, on peut tomber sur quelque chose par hasard. Il se peut qu'un simple article nous mette sur la voie. Laissons les

recherches précises à Andréass et continuons à faire ce que nous faisons.
— Lire les nouvelles du monde entier des dix dernières années. Il est clair qu'il vaut mieux ça que de rester les bras croisés, mais bon, on fait cela depuis que l'on a eu connaissance de Furion, ajouta Konstantin.
— Très bien, j'ai compris, nous allons prendre une petite pause, annonça Lilianne.
— Il est onze heures, on n'a qu'à aller se trouver un petit restaurant, proposa Nathan.
— C'est parti, je passerais prendre Malaïka pour qu'elle vienne avec nous, prévint Nadjib. Ça lui fera plaisir.
— J'en doute, elle est avec son petit copain, avertit Bleuenn.
— Raison de plus, renchérit Nadjib. Allez ! On y va.

L'équipe opta pour un Mexicain, la journée s'écoula tranquillement et Réyan fit son retour dans la soirée. Il annonça que les Américains cesseraient de les poursuivre et que de son côté, il n'avait toujours pas de nouvelles sur Furion.

Chapitre 10 : Une nouvelle alliée

10 septembre 2008 un premier démarrage plein de promesses. Recréer un mini Big-bang en laboratoire : c'est l'idée folle des physiciens du Cern, l'organisation européenne pour la recherche nucléaire. Ils ont construit le grand collisionneur de hadrons (LHC), le plus grand accélérateur de particules au monde. Un tunnel circulaire de 27 kilomètres dans lequel seront projetées des particules, les « hadrons ». Leur collision devrait reproduire les conditions de la création de l'univers, il y a 13,7 milliards d'années. Le projet, qui a coûté 3,76 milliards d'euros, a mobilisé pendant plus de 10 ans des milliers d'ingénieurs du monde entier.

Sans surprise Malaïka, avec ses deux ans d'avance, obtint son bac avec la mention très bien et tous fêtèrent allègrement ce brillant résultat. En effet la jeune fille était très éveillée pour son âge. À la fin du CE1 elle passa directement au CM1, puis regagna une année en passant de la 6ème à la 4ème. En réalité avec l'aide de Réyan elle aurait très bien pu passer son bac encore plus tôt.

— Et bien maintenant, il est temps de valider ton inscription dans une des écoles où tu as été retenue. Alors où souhaites-tu aller ? demanda sa mère.

— Avec vous.

— Pardon ? fit son père en haussant les sourcils.

— Je veux travailler avec vous.

— Sûrement pas, trancha Nadjib.

— C'est beaucoup trop dangereux, ajouta Bleuenn.

— Et pour vous, ça ne l'est pas ? Je n'ai peut-être que quinze ans, mais je suis suffisamment mature et vous le savez. Je le répète, j'ai envie de travailler avec vous. Si vous m'en croyez incapable et que vous refusez, j'attendrais d'en avoir dix-sept et demi et je m'engagerai dans l'armée. Depuis que je sais ce

que vous accomplissez pour le monde, je rêve de vous rejoindre. Aider son prochain, il n'y a pas mieux comme métier. Lilianne, me prendrais-tu dans ton équipe ?
— Ben, c'est que euh… c'est à tes parents de décider.
— Papa ? Maman ?
— C'est hors de question. Je ne souhaite pas que ma fille vive cette existence, je n'ai jamais voulu ça pour toi. Il y'a d'autres moyens pour aider son prochain que celui de tenir une arme à 15 ans.
— Ton père à raison. Réyan, tu étais au courant, n'est-ce pas ? supposa Bleuenn.
— Oui, mais c'est elle qui m'en avait parlé.
— Et que lui as-tu dit ? Tu ne l'as tout de même pas encouragée ? s'inquiéta Bleuenn.
— Non, je n'ai dit que ce que j'avais à dire. Pour moi, elle devait être libre de ses choix ; seulement il fallait qu'elle puisse les assumer pleinement.
— Mais c'est notre fille, il est normal qu'on lui interdise, ajouta Nadjib.
— Je sais, répondit simplement Réyan.
— Nous ne pouvons pas risquer de te perdre Malaïka, nous t'aimons, lui adressa sa mère en la prenant dans ses bras.
— Je savais que vous diriez ça et je vous aime moi aussi, Maman, Papa… mais… mais c'est ce que je veux.
— As-tu pensé aux choses qui pourraient se passer ? Imagine qu'un jour, tu doives choisir entre la vie de ta mère ou la mienne et celle d'une dizaine d'innocents, ferais-tu le bon choix ? Peut-être aurais-tu la force de nous laisser mourir. En ce qui me concerne, si la situation était inversée, je doute que moi je l'aie. Je ne pourrais pas te laisser mourir, affirma Nadjib. C'est toi que je choisirais mettant ainsi la mission en péril et tuant indirectement des innocents. Ta mère et moi, nous nous battons pour un monde meilleur, pour que toi tu sois dans un monde meilleur. Ce n'est pas aux enfants d'hériter de notre

monde mais c'est bien à nous de leur léguer ce monde. Depuis trop de générations, on repousse les échéances en pensant que les générations futures feront mieux que nous et ainsi les problèmes s'accumulent. Cette logique est mauvaise, terrible !!! Nous, nous devons faire quelque chose, mais pas toi, pas maintenant…

Le père, la fille, ainsi que la mère, commencèrent à avoir les larmes aux yeux.

— J'ai réfléchi à tout cela et je n'ai pas trouvé de réponse certaine. Seulement j'ai compris que travailler dans cette équipe, c'était risquer sa vie et ça, vous le savez tous. J'ai beaucoup pleuré quand vous partiez et que je n'avais plus de nouvelles. Vous pensez que cela ne me faisait rien de vous voir revenir blessés ? Vous savez tous ce que vous risquez, et vous avez tous fait le choix de mourir pour la bonne cause. Donc si cette situation se présentait, vous feriez tous le bon choix. Pourquoi n'en serait-il pas de même avec moi ?

— C'est ce que j'appelle mesurer pleinement un choix, annonça Nathan.

— Mesurer oui, assumer pas encore, modéra Nadjib qui tournait en rond dans la pièce.

— Je pense que c'est mon âge qui dérange. C'est pourquoi j'ai pensé à l'armée. Je n'ai qu'à y faire cinq ans ou plus et vivre mes propres expériences, ainsi vous ne me considérerez plus comme une gamine.

— Quitte à ce qu'elle vienne avec nous, il vaut mieux que ce soit nous qui la formions et tu le sais Nadjib, intervint Nikolaï. À l'armée, on fait plus de choses qui ne servent à rien que de choses utiles. Je sais qu'aujourd'hui elle se professionnalise, mais on est encore loin du top. Qui plus est, pour les missions à l'étranger, le côté opérationnel est peut-être intéressant mais ces missions cachent le plus souvent des intérêts autres que ceux annoncés au soldat et au public. Prendre une balle pour protéger et pérenniser la supériorité d'un « ami de campagne » dans son business sur le pétrole, uranium ou autre… Et pour finir, ce n'est pas toujours évident de s'y intégrer lorsque l'on est une fille.

— Oui, je sais, acquiesça Nadjib, je sais tout ça, je l'ai vécu.

— Malaïka, tu te doutes bien que ta formation sera longue et difficile, lui adressa sa mère

— Je m'en doute, oui.

— C'est d'accord, tu as le droit de faire en sorte que ce qui est arrivé à tes parents n'arrive plus à aucun autre parent ni à qui que ce soit, concéda son père. Mais il est hors de question que tu participes à une opération sur le terrain avant tes 20 ans qu'en dis-tu Bleu ?

— 18 ans, négocia la jeune fille. L'âge de majorité…

— On verra entre 18 et 20 ans, j'accepte aussi, annonça Bleuenn.

— Une fois que ta formation sera terminée, tes premières missions se dérouleront uniquement avec moi, ça sera pour faire tes preuves, intervint Réyan.

— Je vous remercie, fit la jeune fille en prenant chaque membre de cette famille dans ses bras.

— Eh bien, tu n'as qu'à venir avec nous dans les sous-sols et observer ce que l'on fait, proposa Lilianne. Comme tu le sais, nous sommes à la recherche d'un groupuscule nommé Furion.

— Pour l'instant, tu peux garder ton statut et conserver tes amis, mais tu as bien conscience que, dès que tu seras opérationnelle, il nous faudra certainement déménager, ajouta sa mère.

— Je m'en doute oui.

— Pas si on te trouve une bonne couverture et que tu acceptes de mentir à tes amis, modéra Lilianne.

— Ça sera à toi de décider, précisa son père.

Alors que tous s'apprêtaient à descendre, Nathan foudroya Réyan du regard et pensa : *Réyan, il est temps de leur parler des Évols, ils ont le droit de savoir surtout maintenant.* Réyan lui fit signe, ensemble ils se séparèrent du groupe et s'éloignèrent de la maison en direction du champ de maïs.

— Je n'ai aucun moyen d'être sûr à son sujet, le temps a passé, aujourd'hui c'est juste une possibilité. Malaïka est une jeune femme formidable, on doit la laisser grandir, je ne veux pas lui révéler son passé sauf si j'y suis contraint.

— Je sais cela, moi aussi je l'aime et j'espère de tout mon cœur qu'elle ne tournera pas mal, regarde Michael par exemple. Tous les Évols ne sont pas maléfiques. Je dis juste que ses parents, ainsi que toute l'équipe, doivent être mis au courant de l'existence de ces êtres.

— Comme je te l'ai déjà dit, elle ne l'a plus jamais refait. Je n'ai aucun moyen de savoir si c'est une Évols ou non, tant qu'elle n'aura pas développé une réelle compétence. Il se peut que son don reste à jamais endormi.

— Une ou plusieurs, il n'empêche que tu dois leur faire part de tes pressentiments.

— Non, leur parler des Évols reviendrait à évoquer mon passé que je me dois de leur cacher.

— Tu n'étais pas toi-même, ils le comprendront. En réalité, tu as peur que cela change leur façon de te voir. Je me trompe Ingeniuman ? Je pense surtout aux yeux de Lilianne en disant cela.

— Ne joue pas au psychologue avec moi. Ce sont des gens intelligents et ils comprendraient que je suis une menace. C'est exactement ce que je penserais si les rôles étaient inversés, je m'arrêterais.

— Arrête avec ta logique. Cesse de réfléchir avec ton pentium vingt-mille et sers-toi un peu de ton cœur, ce sont nos amis.

— Cessons cette discussion. Ils n'ont pas à connaître notre passé pour le moment. En ce qui concerne Malaïka, c'est elle

que j'irai voir en premier, c'est elle la première concernée. Mais l'heure n'est pas encore venue.
— Très bien, je ne dis plus rien, mais je n'en pense pas moins, termina Nathan en insistant bien sur ces derniers mots.

Les journées s'écoulèrent et rien ne changea, l'équipe piétinait complètement. Ce ne fut qu'au bout de cinq jours et quatre nuits que Réyan sortit de sa méditation pour manger et dormir un peu. Nathan le supplia d'arrêter, Lilianne également, elle avait bien compris que cette activité le tuait à petit feu. Il fallait trouver un autre moyen, procéder d'une tout autre façon.
— Et si nous les provoquions ? suggéra Nadjib.
— Pour les forcer à se dévoiler, c'est une bonne idée. Une très bonne idée, ajouta Réyan.
— Est-ce que cela pourrait fonctionner ? Ils ont largement prouvé qu'ils étaient bien trop malins pour se révéler, mentionna Lilianne.
— En réalité, il faudrait leur donner une proie, un appât. Quelque chose qui les force à sortir de l'ombre, proposa Nathan.
— Nous !!! fit Konstantin en tapant du poing sur la table.
— Mais bien sûr, approuva Nikolaï, il est clair qu'ils connaissent notre existence. Ils doivent nous rechercher, tout comme nous nous les recherchons.
— J'approuve cette idée et je pense que ça peut marcher, avança Réyan. Qu'en dis-tu Lilianne ?
— C'est d'accord pour moi, mais il va falloir être très prudents, car cela va nous exposer.
— Malaïka, intervint Bleuenn, je veux que tu quittes cet endroit, il faut que tu t'éloignes de nous. Pars n'importe où, tu te prendras une chambre d'hôtel et tu attendras que l'un de nous te contacte. Ne nous dis pas où tu comptes aller, seul Réyan le saura.

— Mais…
— Pas de mais ! coupa Nadjib. Nous ne te laissons pas le choix ce coup-ci. Prends cette carte bancaire, le code est 3751. Il y a suffisamment d'argent sur ce compte pour subvenir à tes besoins durant toute ta vie. Voici également une nouvelle carte d'identité qu'Andréass avait préparé au cas où. Sur celle-ci tu as maintenant 18 ans ce qui va te donner entière liberté. Pour donner le change, il faudra que tu te coiffes comme sur cette photo.
— Va préparer tes affaires, je vais te conduire à la gare, ajouta sa mère.

Le visage triste, les larmes aux yeux, Malaïka se résigna à leur obéir et monta dans sa chambre pour faire son sac.
— C'était le mieux à faire, vous avez eu raison. Alors comment allons-nous procéder ? demanda Lilianne.
— Eh bien, nous allons les provoquer de façon directe, de la manière la plus simple qui soit en se servant de la toile, répondit Réyan. Je vais créer un programme qui va se répandre sur Internet comme un virus et tous les ordinateurs au monde verront s'afficher sur leur écran un truc du genre « Furion, les grosses merdes ! ».
— Plutôt puéril, commenta Andréass, mais c'est pas mal du tout et on laissera des traces pour qu'ils nous retrouvent.
— Exactement, acquiesça Ingeniuman, comme ça, ils retrouveront de quel endroit a été émis ce programme. Bien entendu, nous le ferons émettre de plusieurs endroits différents. Nous sommes huit, il y aura donc huit lieux différents.
— Pourquoi procéder de cette façon ? Nous séparer rend les choses encore plus risquées non ? s'en inquiéta Nadjib.
— Oui et non. Si nous les conduisions sur une seule piste, ils risqueraient de débarquer en grand nombre ou, tout bonnement, d'y faire exploser une bombe et nous ne pourrions rien faire, affirma Réyan. En leur donnant huit objectifs différents,

il est probable qu'ils n'envoient que de petites équipes en ces points pour voir ce qu'il en est. Bien entendu, ça reste très dangereux. Il se peut que certains d'entre nous se fassent avoir, seulement je serai constamment avec vous, pour observer ce que vous voyez et ainsi avoir un contact visuel avec une de ces personnes.
— Le problème, avança Konstantin, est que ces personnes, comme celles à qui on a déjà eu à faire, ne sauront certainement rien ; si ce n'est le fait qu'elles travaillent pour Furion et qu'elles doivent se rendre là.
— C'est vrai, mais on doit tenter le coup. Ce groupe représente une menace pour le monde entier, on doit les arrêter coute que coute, déclara Lilianne.
— Oui et il est temps de passer à l'action. Ces recherches informatiques sont en train de me tuer, souligna Nikolaï.
— Très bien, je vais concevoir le programme, je vais faire en sorte qu'il n'y ait que moi qui puisse suivre les pistes. Autrement dit, lui qui, comme j'ai pu le constater est bien meilleur que moi en informatique, devrait y parvenir sans trop de problèmes. En revanche, CIA et compagnie n'y parviendra pas, on ne devrait pas être dérangés par une de leurs interventions. Nous partirons demain matin, j'aurais fini d'ici là. Allez-vous reposer et réconforter Malaïka.

Réyan s'affaira à la tâche alors que les autres quittaient le sous-sol pour la maison. Nadjib et Bleuenn montèrent à l'étage pour voir leur fille et les autres s'occupèrent de préparer le souper.
— Ça va ma chérie ? interrogea Bleuenn. Je vois que tu as terminé ton sac, c'est bien.
— Comme tu as dû le comprendre, ajouta Nadjib, nous nous apprêtons à nous rendre visibles aux yeux de notre ennemi.
— Et il est nécessaire pour ma sécurité de ne pas me trouver avec vous. Oui, je comprends bien la logique.

— C'est tout à fait ça, confirma sa mère.
— Mais où vais-je aller ? Que vais-je faire ? s'inquiéta la jeune fille.
— Ça, ça ne regarde que toi, répondit Bleuenn en lui caressant la joue. Nous ne devons pas le savoir, comme cela nous ne risquons pas, si nous sommes faits prisonniers, de révéler ta cachette. C'est une simple mesure préventive. Et tu ne dois pas aller voir ta tante, ni personne de la famille car s'il nous arrivait quelque chose, Furion pourrait par leur intermédiaire te trouver.
— Et oui Malaïka, toutes ces mesures, il te faudra les connaître. Même Andréass a fini par les assimiler. Bon, il lui a fallu du temps, mais il y est arrivé, reconnu Nadjib.
— Mais je compte bien tout assimiler. En ce moment, je suis en plein sur l'étude de l'économie mondiale.
— Si ça peut te rassurer, ni ta mère ni moi n'avons ces connaissances.
— Oui, mais ça ne serait pas un mal, ajouta Bleuenn.
— C'est Réyan qui le veut, il a dit que comprendre l'économie c'est comprendre le fonctionnement du monde. Si celle-ci ne reposait pas sur la pauvreté et la misère d'une majorité, nous aurions une tout autre planète, peut-être bien que votre travail serait moindre.
— Réyan a prévu un programme complet pour ta formation, tu deviendras bien meilleure que moi, s'en félicita Nadjib. Mais pour l'heure il faut penser à ta sécurité. Nous allons descendre pour le souper et après, nous te conduirons à la gare. De là, tu iras où tu voudras. Tu voulais faire partie de l'équipe, je suis sûr que tu sauras très bien te débrouiller toute seule.

Malgré les circonstances, le repas se passa dans une ambiance légère. Réyan n'y dérogea pas, il interrompit son travail et se mit à table au moment où l'entrée fut servie. Après de simples au revoir où tout le monde lui dit qu'il ne fallait pas s'inquiéter, Malaïka prit son sac et fut conduite à la gare par ses parents. De là, elle prit le premier train au départ.

Le lendemain, Réyan confia à chacun un CD sur lequel se trouvait le virus et les membres de l'équipe se rendirent séparément dans une de leurs cellules. Réyan partit pour les États-Unis, Lilianne pour l'Espagne, Konstantin pour la Russie, Nathan se chargea du Japon, Nikolaï du Brésil, Bleuenn de l'Algérie, Nadjib s'en alla pour l'Afghanistan et Andréass demeura en France. Il était primordial pour que la proie morde à l'hameçon de lancer ce virus de chacune de ces cellules. Comme cela, l'homme qui remonterait la piste pénétrerait dans les données de l'équipe, du moins une toute petite partie. Réyan n'allait quand même pas donner tout ça sur un plateau, non il fallait juste de quoi attirer la proie. L'ennemi, attiré par cet appât, par ces informations, voudrait ainsi prendre possession de ces lieux et de tout ce qui s'y trouve.

Trois jours après le départ quand tout le monde fut en place, chacun envoya le virus et celui-ci se déploya. Une fois leur tâche accomplie, nos amis quittèrent les lieux, activèrent les alarmes et se placèrent de manière à pouvoir observer l'entrée des différentes cellules. Dans les heures qui suivirent le lancement, tous les appareils audiovisuels reliés à Internet affichèrent sur leur écran toutes les demi-heures en lettres rouges sur fond noir ce texte : *Furion, Furion, vous êtes de grosses merdes. Furion, Furion, ne soyez pas furibonds, il ne faut pas s'énerver contre la vérité. Et la vérité, la voilà, Furion, Furion, vous êtes des grosses merdes*. Ces paroles, en plus d'être écrites, étaient fredonnées sur l'air de Benny Hill qui résonnait d'un air guilleret aux oreilles.

Chaque membre de l'équipe attendait patiemment à son poste, ils avaient avec eux de quoi boire et de quoi manger. S'il le fallait, ils étaient prêts à faire autant de nuits blanches que possible à grand coup de café et autres boissons énergisantes, même si cela les rendrait trop faibles pour intervenir. Leur objectif consistait simplement à entrer en contact visuel avec toutes les personnes qui pénétreraient dans leurs locaux secrets. Comme cela, Réyan pourrait se relier à eux. Ingeniuman, à chaque instant, était connecté avec chacun de ces amis. Alors que le virus continuait à se manifester toutes les demi-heures, rien ne se produisit la première journée, ni même la première nuit. À part ceux qui cherchaient à supprimer ce virus, la plupart des Terriens avaient débranché leur modem, coupant ainsi leur connexion à Internet. Le virus n'intervenait que lorsqu'il y avait connexion. Réyan ne voulant pas paralyser de manière trop importante le fonctionnement du monde libéral. Raison pour laquelle également le texte et la chanson venaient et disparaissaient à intervalle de trente minutes.

Le deuxième jour fut plus mouvementé et Réyan prit conscience de son erreur, il avait sous-estimé son adversaire. Aucun membre de Furion ne vint s'intéresser aux différents locaux. Non, ils étaient venus pour une tout autre raison : nos amis. Avant même qu'il ne sache pourquoi, Réyan sentit le lien qui le reliait à Liliane et à Nathan se briser. Ses deux amis vivaient toujours car, Réyan disposait encore d'un accès à leurs connaissances, ils étaient juste inconscients. Ce qui signifiait que quelqu'un venait de les attaquer et cela de manière coordonnée. Réyan déclencha l'alarme, il ordonna aux autres de quitter leur poste immédiatement. Les membres de l'équipe ne se firent pas prier. Alors que Konstantin se relevait et se retournait, il vit un homme se tenant debout face à lui une arme à la main.
— **Tire !!!** entendit-il résonner à son oreille.

L'ordre venait d'Ingeniuman qui, au moment du contact, était passé dans l'ennemi, sachant ainsi quelle était sa mission. Trop tard, Konstantin n'eut pas le temps de réagir et il tomba raide mort. Le tueur porta son arme sur sa tempe et eut une dernière pensée avant de tirer : *Furion m'a dit de vous dire qu'il était ravi que vous soyez encore en vie et il vous remercie de lui avoir permis de vous retrouver. Lilianne et Nathan deviennent ses jouets à présent. Je suis désolé.*

Cet homme, à part le fait qu'il devait assassiner la personne se trouvant sur ce toit au moment où elle la verrait et penser à cette phrase, ne savait rien. Souffrant d'un cancer en phase terminale, on l'avait contacté pour cette mission avec ces consignes bien précises. S'il réussissait, sa famille serait relâchée et toucherait un gros chèque. Bien entendu, Réyan avait cherché à entrer dans l'esprit de sa femme et de sa fille, mais il n'y était pas parvenu, ce qui signifiait qu'elles étaient mortes aujourd'hui. Cet homme s'était fait manipuler, souhaitant sauver sa famille et sachant qu'il allait bientôt mourir, il avait accepté cette mission. Cet homme, ancien militaire, était désespéré, Réyan ne pouvait lui en vouloir.

Craignant pour ses autres amis, il fut soulagé de les savoir en vie. Pour lui, cela signifiait qu'ils étaient hors de danger. Sinon ils auraient certainement succombé au même instant que Konstantin. Tous s'en étaient retournés et avaient quitté leur poste. Ingeniuman ne voyait personne représentant un danger dans leur champ de vision. Il les contacta :
— Konstantin est mort, Lilianne et Nathan ont été enlevés. Ils nous ont eus. Disparaissez de votre zone au plus vite, on se retrouve en Islande, chez moi, amenez-y notre jet. Fin de communication.

Adieu Konstantin, je suis désolé.

Chapitre 11 : De retour en Afrique

Un nouveau record est battu comme l'indique le rapport de la F.A.O (Food and Agriculture Organization : Organisation des Nations unies pour l'alimentation et l'agriculture) qui parait le 16 octobre 2009 à l'occasion de la journée mondiale de l'alimentation.

La conjugaison des crises alimentaires et économiques a fait grimper le nombre de personnes affamées à des niveaux sans précédent : plus d'un milliard d'êtres humains sont sous-alimentés, selon les estimations de la FAO. La quasi-totalité de ces individus vit dans les pays en développement. En Asie et dans le Pacifique, leur nombre est estimé à 642 millions ; en Afrique subsaharienne, à 265 millions ; en Amérique latine et aux Caraïbes, à 53 millions ; au Proche-Orient et en Afrique du Nord, à 42 millions ; et dans les pays développés, à 15 millions, toujours selon le rapport annuel de la FAO sur la faim.

Les autres ne rencontrèrent aucun problème, les ennemis ne se manifestèrent pas. Réyan comprit que Furion avait voulu s'amuser avec lui. Mais comment avait-il pu savoir à qui s'en prendre ? Pourquoi était-ce tombé sur Lilianne et Nathan ? Les deux personnes auxquelles il tenait le plus. Était-ce par pure coïncidence ? Non, bien sûr que non, croire cela reviendrait encore à commettre la même erreur : les sous-estimer. Furion devait parfaitement savoir à qui il avait affaire. Dans le cas contraire, il n'aurait pas demandé à cet homme de penser. De plus, personne n'était entré dans le « radar » de Réyan, révélant ainsi sa position et ses intentions, personne. Furion devait donc connaître ses capacités.

Alors que Réyan n'avait jamais quitté ses deux amis, ceux-ci reprirent connaissance quand lui-même, de son côté, commençait son voyage pour l'Islande en passant tout d'abord par

la Belgique. Lilianne et Nathan se trouvaient tous deux attachés sur une chaise, dos à dos, les yeux bandés.
— Avec qui ai-je le plaisir d'être attachée ?
— C'est moi, Nathan, est-ce que tu vois quelque chose ?
— Non rien du tout. Un bandage ou quelque chose du genre m'empêche de voir quoi que ce soit, révéla Lilianne.
— Même chose pour moi, apparemment on est attachés sur une chaise.
— Il faudrait parvenir à se libérer ou au moins à enlever ce qui nous obstrue la vue. Nous pourrions ainsi donner des indices à Réyan.
— Oui, il est d'ailleurs certainement avec nous en ce moment, affirma Nathan.

Oui je suis là et je vais venir vous chercher.
— Je n'arrive même pas à bouger, essayons de faire basculer ces chaises, proposa Lilianne.

Soudain une voix moqueuse se fit entendre. Aucun bruit extérieur n'avait été entendu avant cela. Cet individu devait donc se trouver dans cette pièce depuis le début.
— Vous pouvez toujours essayer, mais permettez que je vous informe, chers invités, que ce sur quoi vous êtes si confortablement assis se trouve profondément ancré dans le sol. Si je vous dis cela, c'est juste pour éviter que vous ne vous fatiguiez inutilement. Et veuillez m'excuser pour les bandages, mais on les a justement mis pour que Réyan ne voie rien.
— Qui êtes-vous ?
— Ça, vous n'avez pas à le savoir Lilianne, mais moi je sais qui vous êtes. Réyan, écoutez-moi bien. Mon maître est en route et quand il sera là, il se présentera lui-même, mais c'est surtout lui qui œuvrera à connaître vos amis, il est passionné par le corps humain. Je vous dis à bientôt.

Les deux prisonniers entendirent alors une porte s'ouvrir et se refermer.

— Ils savent très bien à qui ils ont affaire, peut être qu'avec Réyan n'avons-nous pas effacé toutes les traces de son passé.
— Je doute que vous ayez commis une erreur, nous-mêmes n'aurions jamais rien trouvé si vous ne nous aviez pas aidés. D'ailleurs, évitons de trop en dire, il se peut qu'ils nous écoutent.
— En ce qui me concerne, je ne suis pas pressé de faire connaissance avec ce maître, confessa Nathan. En tout cas, vu son appellation, le gars ne se prend pas pour une merde.
— Au contraire, moi si, vivement que l'on se retrouve face à face. Depuis le temps que nous le cherchons.

Nos deux amis restèrent ainsi plusieurs heures dos à dos sans que rien ne se passe. Ingeniuman de son côté était allé retrouver Malaïka qui était partie se cacher en Belgique. La rencontre ne fut pas vraiment chaleureuse. Réyan voulait aller droit au but, il n'y avait pas une seule seconde à perdre.
— Tu as le droit de pleurer pour Konstantin, mais pas maintenant, j'ai besoin de toi Malaïka pour retrouver Lilianne et Nathan.
— Mais… mais comment, si toi tu ne le peux pas, comment moi le pourrais-je ?
— Tu es différente Malaïka.
— Pardon !?
— J'espère que tu me pardonneras pour ce que je vais faire, il faut que je te ramène chez toi, il faut que je te remémore ton passé. Ces souvenirs que tu as enfouis, il faut les faire ressurgir. Avec eux, ton don pourra peut-être se manifester de nouveau.
— Je ne comprends pas, mais je te fais confiance, je suis prête.
— Regarde-moi bien dans les yeux, je dois te ramener le jour où tu as rencontré Nadjib, le jour où tes parents sont morts.
— Ils se sont fait tuer par des miliciens, je me rappelle de tout ça.

— Non c'est faux, tu ne te rappelles que de ce que tes parents adoptifs t'ont raconté. Car tout ce qui s'est passé ce jour-là, tu l'as rejeté. Tes parents, qui plus est, ne t'ont raconté qu'une partie de leur vérité. Je vais moi te donner ta vérité, écoute-moi bien, ne m'interromps pas et ne regarde que mes yeux.

« C'était une journée lourde, ton frère était parti chercher de l'eau. Toi, tu devais rester avec ta maman pour moudre le grain ; ton père, lui, se trouvait juste à côté et il salait la viande. À choisir, tu aurais préféré aller chercher de l'eau ou saler la viande, car tu détestais moudre. Cela t'ennuyait et te donnait mal aux bras, seulement tu n'avais pas le choix. Tu n'avais pas encore 6 ans et à ton jeune âge moudre s'avérait très difficile. Mais tu étais trop petite pour aller jusqu'au ruisseau et seuls les hommes s'occupaient de la viande. Puis soudain, tu as eu comme une illumination, tu es partie en courant à la suite de ton frère. Sans te l'expliquer, tu savais qu'il était en danger ; malheureusement ton père a eu vite fait de te rattraper et il ne voulait pas te laisser repartir. Tu avais beau crier, il ne te lâchait pas, il t'a mis une claque et t'a ramenée de force dans la cabane. Il voulait que tu te taises, que tu arrêtes de raconter ce genre de bêtises et d'avoir ce genre d'attitude qui pouvait semer la panique dans le village. Il disait que ce n'était pas bien de mentir en prétendant que le village allait être attaqué et que les assaillants arriveraient par le chemin menant au ruisseau. Mais toi, tu le savais, tu les avais vus arriver dans ta tête. Alors tu continuais de crier et de nouveau ton père te frappa, plus fort cette fois-ci. Ça ne changeait rien, ton frère était en danger, il fallait aller le sauver alors tu continuais. Et quand ce fut ta mère qui essaya de te faire taire, un bruit de tonnerre déchira l'air. Tu cessas de crier, il était trop tard, les assaillants se trouvaient maintenant sur le chemin du cours d'eau et ils venaient d'abattre ton frère.

C'était la panique dans le village, tous savaient ce qui allait leur arriver, ton père t'a soulevée du sol et t'a cachée dans un coin de la cabane en te priant de te taire, qu'il ne fallait pas que tu fasses de bruit, surtout pas. Les assaillants avaient déjà entouré le village, leurs coups de feu te faisaient mal aux oreilles. Tu étais complètement tétanisée, tu avais vu la mort de ton frère, ainsi que celle des autres dans ta tête. Alors que tu étais cachée, tu as vu au travers de la paille des hommes ou plutôt des brutes sauvages pénétrer dans la cabane. Ton père qui s'était mis devant dans le but de te protéger toi et ta mère n'avait pu les retenir. Sous leurs rires malfaisants, il s'était écroulé sur le sol à la suite d'un coup de maillet au visage ; la mâchoire brisée, les dents cassées, il agonisait devant toi. Tu aurais pu le toucher, mais tu ne pouvais pas bouger, c'est tout juste si tu parvenais à respirer. Ces animaux relevèrent ton père et lui sectionnèrent un pied, le cri de ce brave homme s'étouffa dans sa gorge obstruée de sang. Ils le forcèrent à regarder sa femme jusqu'au bout sinon ils menaçaient de lui couper l'autre pied pour ensuite enchaîner avec son pénis et tous ses membres y passeraient les uns après les autres. Ton père n'avait plus aucune force alors il regarda, et toi aussi. Ta mère se débattue autant qu'elle le pu, mais la pauvre ne pouvait rien faire, ils étaient trop forts pour elle. Elle avait hurlé à s'en déchirer les cordes vocales en assistant au supplice de ton père, mais cela ne lui servit à rien, car maintenant ça allait être son tour. Un des monstres brisa à son tour la mâchoire de ta mère afin qu'elle cesse de crier, mais surtout pour s'assurer qu'aucun de ses sauvages n'y perdrait un bout de virilité. Et ils la violèrent, trois, quatre, cinq, six hommes passèrent, chacun l'entaillant par-ci par-là avec des couteaux ; au final, elle eut les seins coupés. Quand tous eurent fini de la besogner, ils l'achevèrent en lui tranchant la gorge. Pendant ce temps, ton père lui, se vidait de son sang, il était au bord de l'évanouissement. Avant de sombrer il tourna son regard vers toi et là tu pus voir sa tête se détacher de son cou. Ces porcs sortirent de la cabane et partirent chercher d'autres amusements.

Alors que tu étais sur le point de te laisser mourir, alors que ton cœur avait cessé de battre, ton esprit errant ressentit quelque chose. Tu te sentis comme arrachée de ton monde de rêve dans lequel rien de mal ne se passerait jamais, tu te retrouvas de nouveau dans ton corps, ton cœur se remit à battre et tu prononças mon nom, mon nom… Tu savais que j'arrivais, que je n'étais plus qu'à une cinquantaine de mètres de ton village. Je n'en revenais pas, tu avais senti ma présence alors que j'assistais à cette scène, impuissant. Je ne pouvais me permettre d'aller plus vite, il fallait que j'avance au même rythme que la troupe de Nadjib. Ton village était entré dans mon champ d'action un peu avant qu'ils n'attaquent, je savais donc tout ce qu'il s'y passait. Quand ton frère s'est fait tuer, j'ai décidé de ne pas accélérer et j'en suis désolé. Si j'étais intervenu seul, il est fort probable que la plupart des villageois se seraient fait tuer ou auraient servi de bouclier humain. Dans mon idée, seule une attaque en force était susceptible de sauver plus d'individus. Alors j'avançais au rythme des militaires français, eux-mêmes avaient accéléré quand ils entendirent le premier coup de feu. Quoi qu'il en soit je ne vais pas te mentir, il est vrai que j'aurais pu aller beaucoup plus vite. Au final les soldats sont intervenus et Nadjib t'a récupérée. Alors que tu lui tenais la main, tu m'as regardé, tu savais parfaitement où j'étais, tu savais comme moi que cet homme, ton père adoptif, était quelqu'un de formidable, un homme droit et bon. Au moment où tu as détourné le regard, notre liaison s'est interrompue. Soudainement tu n'étais plus reliée à chaque survivant de ton village, à Nadjib et à moi-même, il n'y avait plus que moi de connecté. Ton esprit venait de connaître l'enfer. Pour te protéger, à cet instant il instaura une barrière te faisant oublier tout ce qui venait de se passer. Une seule certitude demeurait, tu devais rester avec l'homme qui te tenait la main.

Les yeux de Malaïka n'avaient plus bougé, ni même cillé, ils fixaient intensément le profond regard d'Ingeniuman. Des larmes coulaient le long de ses joues, son passé ressurgissait.
— Malaïka, il faut que tu déchires ce voile, avec tes souvenirs, ton don réapparaîtra. Tu es une Évols. **Souviens-toi Malaïka !!!**

Le flot de larmes augmenta, la jeune femme cligna pour la première fois des yeux, son regard retomba et sa tête se baissa. Réyan lui saisit le menton et lui releva le visage.
— Ça y est, je vois que tu te souviens.
— Oui… Je… Je me rappelle de tout. Réyan la prit dans ses bras et la serra.
— Je suis tellement désolé de t'avoir fait revivre ça. Mais il le fallait.
— Je… Je comprends. Tu aurais dû me le dire le jour de notre rencontre.
— Peut-être, peut-être pas, il se peut qu'on ne le sache jamais. Je pense avoir bien agi, il est possible qu'un jour tu te rallies à mon opinion, je l'espère en tout cas.
— Qu'est-ce qu'un Évols ?
— Les Évols représentent le prochain stade de l'évolution humaine. Ce n'est pas Nadjib, ni même Lilianne qui m'ont fait venir en France, c'est toi Malaïka, je n'ai jamais cessé d'avoir un œil sur toi. J'estime que tes facultés psychiques te permettent d'être reliée aux personnes que tu aimes à un niveau qui transcende les notions de distance. À l'époque, tu savais que ton petit frère était en danger. Ensuite, alors que tu te laissais mourir, car en plus de ta famille tu voyais dans ton esprit que tous les villageois allaient se faire torturer, puis tuer et tu ne pouvais en supporter davantage. C'est à ce moment-là que je

te suis apparu. Tu as senti que des gens allaient venir sauver tes amis, tout n'était pas perdu.
— Je me souviens de ça aussi.
— Je pense Malaïka que tu es capable de retrouver Lilianne et Nathan.
— Mais comment ? Si toi tu n'y arrives pas, comment y parviendrai-je ?
— Nos esprits ne fonctionnent pas du tout de la même façon. En ce moment même, je suis avec eux, mais je suis en eux, tu comprends. Toi tu es capable de voir la scène d'un point de vue extérieur. Concentre-toi sur eux, tu peux le faire, je vais te guider, je peux ressentir ce que tu ressens, je peux voir ce que tu vois à travers ton don, concentre-toi Malaïka. Pense à chacun d'eux, visionne-les dans ta tête. Oui, comme ça, essaye de communiquer avec eux, tu dois les amener à toi. Ça y est, tu sens qu'ils sont en danger ; va vers eux, il faut qu'on les aide. Bravo, tu les as trouvés ; je peux les voir par ton intermédiaire, reste bien concentrée sur eux. Ils sont dans une pièce sombre, il m'en faut plus. Fixe-toi sur le danger, concentre-toi sur ce qui les menace. Nous passons au travers du mur, tu me fais remonter un long couloir, nous entrons dans une pièce, c'est de là que vient la source du danger. Deux individus sont présents, l'un d'eux se lève et s'exclame :
— « Bon ! Finalement, je te laisse t'occuper de nos invités. Je me rends à la villa pour lancer le compte à rebours et ensuite, j'irai voir de mes propres yeux les feux d'artifice. Si besoin je m'occuperai de ce Réyan après. Pour l'instant il ne peut rien pour moi, il ne sait même pas qui il est. Il ne peut donc m'aider d'aucune manière à contacter les miens.
— Bien maître, je les ferai parler »

Il faut que je voie cet homme, approche-toi de lui Malaïka, je dois voir son visage. C'est bon ! Je… mais je n'arrive pas à entrer en lui, il quitte la pièce, suis-le Malaïka, suis-le.

L'image se trouble, concentre-toi, on ne voit presque plus rien. Reviens vers la source du danger, et oui, tu ne peux pas le suivre, ce n'est plus lui la source du danger pour nos amis. C'est l'autre. OK, regarde-le, c'est bien… Je sais où ils se trouvent, ils sont en Australie.

Malaïka coupa le contact et s'effondra dans les bras de Réyan, cet effort lui avait demandé beaucoup d'énergie. Ingeniuman la souleva du sol et l'allongea sur le canapé de cette petite chambre d'hôtel en Belgique.
— Je te remercie Malaïka. Je l'espérais, mais au fond de moi, j'ai toujours su que ton don ne t'avait pas quittée. Reste ici et repose-toi, je reviendrai te chercher.
— Réyan, le danger, cet homme, il s'apprête à…
— Je sais, repose-toi maintenant, je vais m'occuper d'eux.

D'un signe de tête, Malaïka acquiesça et s'endormit. Réyan savait pertinemment qu'il n'arriverait jamais à temps, mais au moins il devait essayer de les sauver. L'homme dont il s'était approprié les connaissances était manifestement le responsable du projet en cours. Mais il ne se trouvait pas à la tête de Furion, le grand patron, l'homme derrière tout ça, venait lui de quitter la pièce et Réyan ne comprenait pas pourquoi il n'avait pu entrer en lui. Serait-ce lui aussi un Évols ? Ce fait l'inquiétait. De toute manière, la villa se situait dans le même pays, les deux objectifs ne seraient donc pas trop éloignés.

Chapitre 12 : Furion

Entre 2008 et 2009 sortirent en salle des films « Avatar », « Bienvenue chez les Ch'tis », « Slumdog Millionaire » et « L'étrange histoire de Benjamin Button ».

Réyan quitta l'hôtel et contacta les autres. Seul Nikolaï parvint jusqu'en Islande, les autres étaient encore en chemin. À part Nikolaï, tous changèrent d'itinéraire pour se rendre directement en Australie.

— Excepté pour Nikolaï, changement de destination : il faut vous rendre en Australie, c'est là-bas que sont retenus nos amis. Je sais maintenant ce que prépare Furion, il faut se dépêcher. Ils veulent annihiler tous liens entre les États-Unis et la Russie. Ils veulent qu'une troisième guerre mondiale se déclenche ; pour cela ils vont envoyer des missiles nucléaires américains sur la Russie et des missiles russes sur l'Amérique. Il s'ensuivra, comme vous vous en doutez, une montée en puissance qui aura pour conséquence la destruction de notre planète. Ces gens-là ont un sacré grain, ils veulent mettre fin à l'espèce humaine. Rendez-vous aussi vite que possible à Melbourne, c'est là-bas que se trouve le moniteur qui contrôle tout. Quant à moi, je vais dans un premier temps me rendre à Sydney, je dois essayer de les sauver. Nikolaï, reste où tu es, je vais te guider pour te conduire à ma demeure. Tu y trouveras un avion de ma conception avec à l'intérieur tout le matériel nécessaire. On se retrouve à Melbourne, fin de communication.

En liaison simplement avec Nikolaï, Ingeniuman le conduisit chez lui. C'était une somptueuse villa, placée en bord de falaise. La propriété, quant à elle, semblait s'étendre sur plusieurs hectares. Nikolaï guidé par Réyan qui lui donnait les

codes d'accès n'avait aucun mal à progresser, il se laissait simplement conduire.
— Nikolaï, voilà tu es arrivé. Ouvre le sas, la combinaison est la suivante 652490.

Il n'en crut pas ses yeux, jamais il n'avait vu un tel appareil. Ses courbes étaient parfaites, son allure élégante, on aurait dit un véhicule sorti tout droit d'un film de science-fiction.
— Nikolaï c'est moi qui ai conçu cet engin. Il regroupe les meilleures connaissances actuelles en matière d'aérospatiale, plus quelques améliorations de ma part. Il n'y a rien sur terre qui aille plus vite. Seul tu serais incapable de le conduire. Monte dedans. Pour faire descendre la trappe, il te suffit de dire « Sésame ouvre-toi ». Voilà, je vais te montrer comment on enclenche le pilotage automatique. Rends-toi au poste de commande. Sur la droite, tu vois plusieurs boutons oranges, appuie sur le quatrième en partant du bas, oui celui-là. Regarde l'écran qui vient de s'allumer, en dessous tu vois un clavier, entre les coordonnées que je te donne. OK, c'est l'endroit où je me trouve, tu vas venir me chercher. Installe-toi et attache-toi. Appuie sur le bouton rouge, celui-là même que tu es en train de regarder, celui qui clignote.

Aussitôt, le sol s'affaissa, l'appareil se trouvait être sur une sorte de monte-charge. Alors que l'ensemble descendait dans les sous-sols, les moteurs démarrèrent. Nikolaï vit de l'eau monter le long du pare-brise. Le vaisseau coulait quand soudain il fut scotché au siège subissant les effets d'une puissante accélération. Le vaisseau sortit en trombe de l'océan et s'envola dans les airs. Aucun bruit ne venait perturber la sérénité que l'on ressentait à bord. Propulsé à la vitesse d'une fusée, ses yeux ne parvenaient pas à suivre le défilé des nuages qu'il traversait. Nikolaï était stupéfié du calme qu'il ressentait. Il n'y avait aucune vibration et le pare-brise offrait un tel panorama que l'on avait l'impression de voler. Nikolaï en tremblait d'excitation, il croyait se déplacer comme dans un rêve.

Le vaisseau après un court trajet ralentit sa course et se plaça en vol stationnaire au-dessus de l'immeuble belge. Bizarrement, Réyan qui aurait dû se trouver sur le toit, n'y était pas. Non, il était allongé dans les escaliers, le corps pris de convulsions. Le calvaire de son ami, de son frère, de son père venait de commencer. Nathan se faisait torturer.
— Alors, dis-moi où puis-je trouver ton ami ? Je sais qu'il est avec nous en ce moment. D'ailleurs, si j'ai commencé par tes yeux, c'est pour qu'il ne me voie pas. Moi ce qui m'intéresse, c'est l'endroit où se trouve son corps.

Après les yeux, ce fut le tour des doigts. Un à un, ils furent brisés, puis sectionnés. Nathan hurlait, mais ne parlait pas. Réyan ressentait au centuple toute cette douleur. Une nouvelle fois, il s'apprêtait à perdre tout contrôle, une nouvelle fois, la source de sa bonté, de son amour devenait douleur, colère, haine. Alors que le tortionnaire tranchait les pieds de Nathan, Réyan cessa de convulser, cette nouvelle décharge l'avait foudroyé. Son regard se vida et comme la fois précédente, il se sentit disparaître, son moi se disloquait. Nikolaï assistait impuissant à la scène. À l'aide d'un treuil, il était descendu au secours de son ami, pour le retrouver ainsi dans les escaliers. Il le souleva tant bien que mal pour le monter et l'allonger au mieux sur le toit. Il avait essayé de le tenir alors que son corps bougeait dans tous les sens. Il avait tenté de le sortir de son tourment, mais rien n'y faisait. Et là, alors que Réyan se calmait enfin, il vit ses yeux vert émeraude teintés de nuances bleues et grises perdre de leur éclat, il vit son profond regard devenir terne et noir. La majorité de ses barrières mentales venaient de se briser, comme celles de l'homme qui par son esprit sain lui avait permis de modeler son âme à son image et ainsi de développer sa personnalité propre. Son modèle s'effaçait, Nathan était brisé. Malgré tout, il entendit sa voix l'appeler.

— *Réyan, je te remercie, je te l'avais dit, tu es capable de bien d'autres miracles. Je n'ai plus mal, je ne ressens plus rien, je suis sûr que c'est à toi que je le dois. Je sais que tu étais là, que tu as subi ce que j'ai subi. Je vais mourir, mais toi non, je te l'interdis, mon fils, mon père. Tu n'as plus besoin de moi pour exister en tant que tel. Je sais que tu ne perdras plus le contrôle. Tu dois sauver Lilianne, tu dois tous les sauver, penses à eux, ne me laisses pas te les faire oublier, ne t'inquiètes pas pour moi je pars heureux. Reviens à toi !!!* ***Maintenant !!!!!***

Non seulement il pensa, mais il hurla ce dernier mot ce qui fit reculer son oppresseur. Il adressa là sa dernière pensée, Nathan venait de quitter ce monde, avant de partir, il donna ainsi ses dernières forces à son ami. Son moi intérieur avait su retrouver sa cohérence. Alors que tout était brouillé, l'esprit complètement aveuglé par la douleur, une certitude venait de ressurgir, il devait mourir entier, il fallait qu'il s'adresse à son ami. Ce qui, par sa faute, s'était produit dans le passé ne devait plus se reproduire. Avec cette certitude, le calme était revenu, la douleur ayant disparu, car inconsciemment Ingeniuman semblait l'avait absorbée et lui seul la subissait.

Les yeux de Réyan retrouvèrent toute leur intensité, il se releva d'un bond, attrapa le treuil, l'actionna, saisit le bras de Nikolaï et tous deux se soulevèrent du sol. À son regard, l'ex-agent russe comprit qu'il valait mieux ne pas s'adresser à Réyan. Il se laissa porter et s'installa à l'arrière de l'appareil. Alors que le vaisseau prenait la direction de l'Australie, il put entendre ces paroles :

— Tu me le paieras.

Avant même que le supra jet ne se pose un peu plus loin, Ingeniuman se leva, ouvrit la trappe arrière et annonça :
— Ne touche à rien, l'avion va aller se poser tout seul. Une fois que ça sera fait, tu appuieras sur ce bouton, l'appareil deviendra comme un hélicoptère. Les commandes adaptées sortiront du tableau de bord et tu pourras le piloter comme n'importe quel autre hélico. Nous resterons en contact radio et tu feras ce que je te dirai.
— Très bien, mais toi, là, que vas-tu faire ?

D'emblée il eut sa réponse. Alors que l'appareil filait encore à une vitesse de soixante-dix kilomètres-heure, Réyan sauta et fit une chute d'une quinzaine de mètres avant de se réceptionner sur le toit d'un immeuble. Il ouvrit le feu et tua les deux gardes en poste. En trombe, il passa la porte, déboula les escaliers, sauta le maximum de marches, tua tous les ennemis qu'il croisait leur laissant à peine le temps de réagir. Enfin il arriva à destination, il était encore temps. Il défonça la porte, tira sa dernière cartouche et fit but. La main qui tenait un tison chauffé à blanc fut arrachée. Cet homme ne pourrait reproduire ses actes, Lilianne serait saine et sauve. Alors que l'homme s'apprêtait à saisir de sa main valide son arme, Réyan se rua sur lui et les doigts tendus, il asséna un puissant coup qui transperça l'abdomen du monstre qui avait osé s'en prendre à Nathan. De sa main, il lui encercla la colonne vertébrale. L'homme qui avait lâché son arme s'affaissa sur ses genoux. Il regarda Réyan, une main à travers son corps et lui dit :
— Le décompte a commencé et lui seul connaît le code. À ces mots, Ingeniuman lui brisa la colonne et délivra Lilianne.
— Nous devons nous dépêcher, le monde est en danger.
— Je… Merci, je te suis.
— Nikolaï, balance un missile à l'entrée de ce bâtiment, il faut que tu me nettoies ce hall. Mets le casque qui se trouve au-dessus de ta tête. Regarde ta cible, appuie sur le bouton rouge

situé sur le manche, à gauche de ton pouce. Très bien, ta cible est verrouillée, appuie sur la détente.

Une explosion retentit, Réyan se mit à courir avec Lilianne à sa suite. Ils descendirent des escaliers, traversèrent le hall dévasté et montèrent dans l'hélicoptère qui venait de se poser. L'appareil reprit sa forme et décolla. Nadjib qui avait à sa disposition le deuxième jet venait d'arriver, il avait appris à le piloter. Après s'être posé à l'aéroport, il s'était rendu aussi vite que possible sur zone et surveillait les lieux en attendant l'arrivée de Réyan qui lui-même observait, et par ses yeux et par ceux des individus présents dans cette habitation. Grâce à Malaïka, il avait pu avoir accès au savoir du meurtrier de son ami. Il avait donc pu se relier aux personnes se trouvant dans cette villa, il savait tout ce qu'il s'y passait. Les hommes présents étaient des mercenaires, ils avaient reçu comme mission de protéger la maison. Personne ne devait atteindre le bureau du premier étage, pièce dans laquelle se trouvait l'ordinateur qui contrôlait tout.

Arrivé sur place, Réyan ne fit pas dans la dentelle. Il arrosa la zone pour éliminer tout ce qui grouillait dans les parages. Il se foutait royalement d'être discret, cela n'avait plus aucune importance. Certes la villa se trouvait dans un coin isolé, mais pas suffisamment, car les rafales de 12,7[2] se firent entendre jusqu'à Melbourne. L'avion se posa et tous débarquèrent. Nadjib les rejoignit et ensemble, ils lancèrent l'assaut. Réyan, comme à son habitude, savait très bien où se trouvaient les ennemis et à quel moment ils surgiraient devant eux. Chacun prit un secteur et nettoya l'habitation, Réyan tira au travers des murs, jamais il ne ratait son coup, la maison fut bientôt vide. Tous se rendirent dans le bureau et ils y découvrirent l'ordi-

[2] Mitrailleuse de calibre 12,7 mm.

nateur. Un compte à rebours avait été déclenché, l'écran affichait le décompte, ainsi que la mention « code pour annulation ». Il ne restait plus que trente-deux minutes.
— Peux-tu trouver le code Réyan ?
— J'ai essayé, je n'arrive pas à accéder à l'esprit de cet homme, je ne sais pas pourquoi. Ce n'est pas normal. Je vais faire tout mon possible, je vais essayer de trouver d'autres accès, d'autres liens. Maintenant, je vous prie de vous taire, s'il vous plaît.

Ingeniuman s'assit en tailleur et ferma les yeux. C'était sa seule chance pour trouver d'autres points d'accès, une tentative désespérée. Il ne comprenait pas pourquoi il ne pouvait pénétrer l'esprit de cet homme, jamais cela ne s'était produit. Même avec les Évols qu'il avait combattus par le passé, les choses étaient différentes, certains arrivaient à le rejeter, à le bloquer. Seulement dans tous les cas, Réyan ressentait les barrières érigées, il percevait la présence de l'esprit et des connaissances qu'il renfermait. Alors que là, il n'y avait rien, juste un visage et un regard froid. Réyan chercha d'autres points d'accès, car après tout, quand un chemin est bloqué, on en cherche un autre, c'est une vérité qui s'applique à tous les domaines. Pour l'instant, il disposait de deux accès : Malaïka et l'homme dont il venait d'arracher la colonne vertébrale. Maintenant qu'il avait le visage du grand cerveau de Furion, il pouvait passer en revue l'humanité pour trouver des gens qui l'auraient ne serait-ce que simplement entraperçu. Par rapport aux autres fois, cette fois-ci, il avait un visage et une voix. Aujourd'hui dans ce gigantesque flot d'informations, il possédait une clé. Malheureusement pour lui, il n'y avait aucune raison pour que cela fonctionne, pourquoi un autre point de vue lui donnerait-il accès à cet homme dont il ignorait tout ? Réyan n'avait pas de réponse mais il devait essayer.

Ingeniuman commença ses recherches, il passa de cinq en cinq, de huit en huit, de dix en dix, de vingt en vingt, son nez commença à saigner. Il fallait continuer, il devait repousser ses limites, pousser son cortex au maximum. Il augmenta encore sa vitesse de traitement de trente en trente, de cinquante en cinquante, de cent en cent. Il n'entendait même plus les cris de ses amis ; ses oreilles, ainsi que ses yeux se mirent à saigner. Il ne fallait pas s'arrêter, pas maintenant. Réyan s'effondra sur le sol, il n'était plus capable de rester assis. De deux cents en deux cents. Sa mémoire s'effaçait, son savoir se dissipait. Un seul objectif, trouver le code, il n'y avait que cela qui comptait. De trois cents en trois cents. Le sang coulait abondamment, mais il finit par trouver un autre accès, puis deux et plus d'une centaine d'un coup, notre homme s'était un jour montré sur le quai d'une gare et la majorité des gens présents l'avaient vu ou entraperçu. Il en fallait plus, il fallait mettre de son côté toutes les chances, il ne pourrait pas faire plusieurs tentatives. Il continua et d'autres s'ajoutèrent au lot, il avait en tout trouvé plus de cinq cents personnes, cinq cents accès possibles. Il devait maintenant essayer d'entrer, il allait bientôt mourir, il n'avait plus le temps de trouver d'autres témoins. Il concentra toutes ses forces sur ces cinq cents liens, il vit les yeux et le corps de l'individu sous toutes les coutures. Il fallait qu'il entre. Il devait le faire. Il donna tout pour le faire.

— **AHHH !!!!** hurla-t-il en crachant du sang. C'est… c'est étrange. 584HJT52I2K89AZ 584HJT52I2K89AZ
584HJT52I2K89AZ 584HJT52I2K89AZ
584HJT52I2K89AZ 584HJT52I2K89AZ
584HJT52I2K89AZ 584HJT52I2K89AZ
584HJT52I2K89AZ 584HJT52I2K89AZ
584HJT52I2K89AZ 584HJT52I2K89AZ
584HJT52I2K89AZ 584HJT52I2K89AZ
584HJT52I2K89AZ 584HJT52I2K89AZ

584HJT52I2K89AZ 584HJT52I2K89AZ
584HJT52I2K89AZ 584HJT52I2K89AZ
584HJT52I2K89AZ 584HJT52I2K89AZ
584HJT52I2K89AZ 584HJT52I2K89AZ
584HJT52I2K89AZ 584HJT52I2K89AZ
584HJT52I2K89AZ 584HJT52I2K89AZ
584HJT52I2K89AZ

— Nadjib, c'est le code. Vite, entre-le, ordonna Lilianne qui, penchée sur le corps d'Ingeniuman, s'évertuait à essuyer le sang.

— 584HJT52I2K89AZ 584.. HJ…T52I2… K89AZ

…..4………

Réyan se tut et cessa de saigner. Nikolaï pénétra dans la pièce et annonça que la police locale arrivait. Tous deux regardèrent le corps de Réyan puis fixèrent Nadjib qui, d'un signe de tête, leur fit comprendre que le code fonctionnait. La minuterie venait de stopper sa course à trois minutes vingt-deux secondes de la fin. L'écran géant situé dans le fond de la pièce s'alluma et un homme doté d'une musculature impressionnante apparut.

— Je vois que j'aurais mieux fait de rester sur place plus longtemps, moi qui étais parti pour assister au feu d'artifice. Bah, tant pis. Je me présente, je suis Furion. J'avais laissé ce moniteur pour mon usage personnel, je croyais impossible qu'il puisse dénicher le code. Ce coup-ci, c'est moi qui vous ai sous-estimés. Dire que je croyais Réyan mort depuis de nombreuses années, il avait donc survécu. Quoi qu'il en soit, mes croyances sont confirmées maintenant, car il est mort aujourd'hui. Et vous, vous le serez bientôt.

La communication cessa, Nikolaï saisit Lilianne par le poignet et la tira en arrière, il fallait partir. Il n'avait pas le temps de ramasser le corps, la police arrivait, on entendait déjà les

sirènes. Rapidement nos trois amis montèrent dans le vaisseau, Nikolaï prit les commandes le changea en hélico et s'envola sous le regard ahuri des policiers qui pointaient le bout de leur nez. Bleuenn et Andréass qui étaient encore en chemin furent prévenus de ne pas se rendre sur les lieux. Nos amis prirent la direction d'une nouvelle planque australienne, y cachèrent l'appareil et attendirent leurs deux amis.
— Je n'aurais pas dû le laisser, affirma Lilianne.
— Si nous l'avions pris, nous aurions perdu de précieuses secondes. La police aurait pu descendre de véhicule avant que nous ne soyons dans l'appareil, rétorqua Nikolaï, priorité aux vivants, toujours.
— Il n'était pas mort, pas lui.
— Son cœur ne battait plus, c'est toi-même qui as pris son pouls.
— Je sais, mais… mais avec lui, on ne peut pas savoir. Je n'aurais pas dû l'abandonner, lui ne m'aurait jamais laissée.
— Quoi qu'il en soit, ajouta Nadjib, dans les deux cas il valait mieux le laisser. S'il était mort, priorité aux vivants, s'il était en vie, il ne valait mieux pas le déplacer et laisser faire les médecins de Melbourne. Andréass sera bientôt là et on saura.
— Ensuite il nous faudra continuer notre mission. Grâce au moniteur, nous savons où se trouvent les bombes. Il faut les faire récupérer avant qu'elles ne puissent resservir, annonça Nikolaï.
— J'appelle mes contacts, lui répondit Lilianne, nous n'aurons plus à nous inquiéter de ça.

Elle le fit et alors qu'elle révélait les différentes positions des missiles, Andréass fit son apparition. Il reçut l'ordre de pirater le réseau de la police et de découvrir où se trouvait le corps de Réyan. Il s'exécuta, se plaça devant un des ordinateurs et commença son œuvre. Un homme correspondant à la description de Réyan venait d'être admis en urgence au centre

hospitalier de Melbourne. Son état était critique, mais les sauveteurs avaient réussi à relancer son cœur, il était maintenant maintenu en vie artificiellement.
— Je le savais. Et bien, nous allons aller le récupérer. Prenez vos badges. Nous serons du personnel d'Interpol aujourd'hui. Nous irons avec le camion sanitaire et nous partirons ensuite directement pour l'aéroport. Le vaisseau restera ici étant donné qu'apparemment il n'y a bientôt plus de carburant et je doute que cela fonctionne au gazole.

Quand nos amis quittèrent la cellule, ils furent rejoints par Bleuenn. Celle-ci, déjà au courant des dernières nouvelles, les suivit. Ils n'eurent aucun mal à se rendre au chevet d'Ingeniuman et furent frappés par le diagnostic qui s'y trouvait « mort cérébrale ». Ce n'était plus qu'une coquille vide, sans les appareils, le corps rejoindrait l'esprit. Des pleurs s'ensuivirent, Ingeniuman n'était plus.
— Ce n'est pas une raison, on ne va pas le laisser là. Il mérite mieux, beaucoup mieux, on fait ce qui était prévu.
— Ramenons-le chez lui, en Islande. J'ai mémorisé les codes. C'est un endroit merveilleux au bord d'une falaise.
— C'est ce qu'il aurait voulu, conclut Lilianne.

Nos amis sortirent le corps relié à sa machinerie de l'hôpital et s'en allèrent, Ingeniuman avait réussi, le monde était sauf.

Chapitre 13 : Une enfance difficile

Ce chapitre se déroule entre 1976 et 1987.

Le massacre de Damour a eu lieu le 20 janvier 1976 pendant la guerre civile libanaise de 1975-1990. Ce massacre a été commis principalement par les milices palestiniennes contre les habitants chrétiens de Damour (Liban) suite au massacre de Karantina du 18 janvier 1976 perpétré contre des civils palestiniens par les phalangistes chrétiens libanais.

Karantina était un bidonville de Beyrouth Est à majorité musulmane, contrôlé par les forces de l'Organisation de libération palestinienne, habité par des Kurdes, des Syriens et des Palestiniens. Karantina fut envahi par les milices chrétiennes libanaises, entraînant le massacre d'environ 1000-1500 personnes.

Damour s'étend à travers la route de Sidon à Beyrouth à environ 20 kilomètres au Sud de Beyrouth sur les pentes de la chaîne du Liban. C'était une ville d'environ 25 000 habitants, comprenant cinq églises, trois chapelles, sept hôpitaux, écoles privées et publiques, et une population de musulmans et de chrétiens proches les uns des autres. Selon certaines sources, 584 personnes ont été tuées dans le massacre de Damour. Beaucoup de corps avaient été démembrés, de sorte que les têtes ont dû être comptées pour dénombrer les morts. Le vieux cimetière chrétien avait été détruit et les tombes profanées.

En 1984 sortie du dessin animé « Nausicaä de la Vallée du Vent » et première parution de « Dragon Ball ».

Une rumeur laisse entendre qu'au moment de sa mort un homme est capable de revoir toute son existence défiler devant ses yeux. Réyan put se rendre compte que cela était vrai. À mesure que son sang s'écoulait, à mesure qu'il poussait son cortex, dépassant de très loin ses propres limites se condamnant ainsi irrémédiablement à la mort, il put visionner tous ses souvenirs une dernière fois avant que ceux-ci ne s'effacent définitivement. Sous ses yeux son existence entière défila et lui échappa. Ce qui ne dura que quelques minutes pour Lilianne et ses amis ressembla au regard d'Ingeniuman à une petite éternité. Alors qu'il vivait sa vie à reculons supprimant tous ces souvenirs et son savoir à force de chercher à accéder à l'esprit de Furion. Il vit passer devant lui une chose qu'il croyait perdue à jamais. Il se vit tout bébé, égaré au milieu des eaux gelées de l'océan arctique et il vit un homme venir à son secours, cet inuit dont il n'avait jamais réussi à se rappeler. Tandis qu'il énonça le code, ce premier souvenir s'effaça à son tour. Il ne subsista alors plus que le fantôme d'une étrange mélodie à l'origine inconnue. Une musique, à la fois dense et mélodieuse qui ne ressemblait à rien de connu. Et cette mélodie l'appelait, oui, elle l'invitait à la rejoindre. Puis d'un coup plus rien, le néant.

Ralf était un homme simple, son peuple, les Inuits, vivait principalement entre le Canada, le Groenland et l'Alaska. Lui-même était originaire de l'Île Victoria. Son village se situait là-bas et jamais il ne s'était éloigné de ses racines. Son cher pays situé au-delà du cercle arctique se trouvait être la deuxième plus grande île du Canada.

Aujourd'hui ressemblait à une journée banale, le soleil venait de se lever il était donc temps pour Ralf de partir à la pêche. Pour lui, nourrir et s'occuper de sa famille relevait du privilège. Voir la joie dans les yeux de son fils le rendait chaque fois de plus en plus heureux. De plus, son garçon serait bientôt en âge de venir pécher avec lui. Comme à son habitude il se rendit dans son coin fétiche, il s'agissait d'un vague estuaire dans lequel les flux et reflux de la mer empêchaient l'eau de geler. Tranquillement Ralf s'installa, fin prêt à passer une matinée bien remplie. Tout juste avait-il mis sa ligne à l'eau que son attention fut détournée de cette noble pratique qu'est la pêche. Mais d'où pouvait venir ce drôle de bruit ? Qui donc était venu déranger le père de famille dans son dur labeur ?

Doucement Ralph se rapprocha de l'origine de ce bruit incongru jusqu'à ce qu'il le reconnaisse. Il s'agissait des pleurs d'un bébé, le pécheur en était persuadé, car ça lui rappelait ceux de son cher fils. Ralph se mit alors à courir, cet enfant avait besoin de lui, il fallait se dépêcher. À mesure qu'il avançait, les cris devenaient de plus en plus forts, sa course éreintante le rapprocha rapidement, plus que 100 mètres et il y serait. Il escalada un rocher et enfin il le vit. Le bébé était nu comme un ver, il se trouvait dans une sorte de radeau, le courant l'avait entraîné jusqu'ici et c'était sûrement ce rocher qui avait empêché le radeau de continuer sa route. Vite, il n'y avait pas une seconde à perdre, l'enfant risquait de mourir de froid. Ralf descendit aussi rapidement qu'il le put de l'autre côté du rocher, la pente était abrupte, mais ses vêtements le protégèrent des éraflures. Il tendit son bras et parvint à ramener le radeau sur la berge, dès lors il attrapa l'enfant qui, à sa grande surprise, était plus chaud que froid. Il le blottit contre lui et le recouvrit de son manteau pour le maintenir au chaud. Les Inuits savaient d'expérience que le froid ne faisait jamais de cadeau.

Ne cherchant même pas à récupérer sa ligne, il se rendit immédiatement à son village où il y croisa son vieil ami Théodore, celui-ci en connaissait bien plus sur le monde que Ralph, et pas besoin de s'appeler Sherlock Holmes, il suffisait de regarder la trombine de l'enfant pour se rendre compte qu'il ne s'agissait pas d'un bébé inuit, mais plutôt d'un occidental. Nos deux amis se mirent d'accord sur le fait qu'il n'avait rien à faire ici. Théodore proposa de confier l'enfant aux pécheurs canadiens qui venaient de faire halte dans leur village pour livrer différentes denrées provenant du continent. Théodore ayant déjà travaillé avec eux savait que l'enfant ne risquait rien en leur compagnie. Les Canadiens acceptèrent de bon cœur et demandèrent à Ralf de juste le garder quelque temps, histoire qu'ils puissent finir de remplir leurs filets. Une fois arrivé sur le sol canadien, l'enfant fut déposé dans le premier commissariat venu.

La police confia l'enfant à un orphelinat pendant qu'elle menait son enquête. Il est vrai que quelques fois les hôpitaux subissaient des rapts de nouveau-nés ; seulement ce bébé ne ressemblait à aucune photo présente dans le fichier des enfants disparus. Les policiers en arrivèrent à la conclusion que cet enfant avait été abandonné en mer. Il fut donc inscrit dans cet orphelinat, on lui donna le prénom d'un des pécheurs canadiens qui l'avait ramené et le nom de famille de Ralf, ce qui donna Réyan Renou. À en croire le médecin qui s'était occupé de lui à son arrivée sur le continent, il devait avoir entre 5 et 8 mois. Coupant la poire en deux on lui donna 6 mois et demi.

Réyan se développait bien plus vite que tous les autres enfants de son âge, à ses trois ans il pouvait déjà tenir une conversation avec un adulte, usant d'un dialogue clair et argumenté. Une institutrice de l'orphelinat le prit sous son aile. Grâce à elle Réyan put exploiter ses capacités, son don comme le disait l'institutrice. Elle n'en revenait pas de l'incroyable intelligence que possédait ce garçon. Cette femme, Madalaine Gork, aimait passionnément s'occuper des enfants. Au fil des jours le lien qui l'unissait à Réyan devint bien plus grand que celui qui relie une institutrice à son élève, elle se surprit à l'aimer comme une mère. Cet enfant était formidable, gentil, intelligent et le pauvre n'avait jamais connu ses parents, il méritait mieux, beaucoup mieux. Peu de temps après son cinquième anniversaire Réyan connut le bonheur, car Madalaine Gork devint sa mère par adoption ; l'institutrice souhaita terminer l'année au sein de l'orphelinat pour ne pas abandonner ses élèves en cours de route. Réyan ne quitta donc pas l'orphelinat et vint habiter chez sa mère qui occupait un logement de fonction. Madalaine avait promis à son jeune fils qu'une fois arrivé l'été, ensemble ils déménageraient pour se trouver un véritable foyer et enfin démarrer une nouvelle vie, une vie normale.

Malheureusement l'institutrice ne put jamais tenir sa promesse, tout juste 3 mois après l'adoption le comportement de Réyan changea. Plus le temps passait plus Madalaine avait du mal à tenir une conversation avec son fils, ses paroles devenaient incohérentes et son intelligence disparaissait peu à peu. Sa mère ne savait plus quoi faire, elle l'emmena voir plusieurs médecins, mais rien n'y fit et la situation ne faisait qu'empirer. Peu de temps après son cinquième anniversaire Madalaine fut obligée de le faire interner, il était devenu incontrôlable. Certes au début son discours était incohérent, mais à présent il ne se contentait plus de parler tout seul, non, il hurlait, il s'arrachait les cheveux, il était devenu un danger pour lui-même. Elle n'avait pas le choix, voir son enfant dans cet état et ne pouvant rien faire pour lui l'avait anéantie. Tous les soirs elle venait le voir et les choses ne s'arrangeaient pas. Au début de son internement une simple dose d'anxiolytique suffisait à le calmer. À présent il lui fallait les doses maximales. Comment un jeune garçon si intelligent avait-il pu perdre la raison à ce point-là ? Sa mère vint le voir pendant plus de deux ans jusqu'au jour où, se rendant à l'asile, une fois de plus elle se mit à pleurer. Elle chercha alors à attraper son paquet de mouchoirs pour s'essuyer le visage, car elle ne voulait pas que son fils, bien qu'il n'ait plus conscience de rien, la voie dans cet état. Elle se devait d'être forte pour lui. Perdue dans sa tristesse et quittant la route des yeux pour trouver son paquet qui avait dû tomber de sa poche elle ne vit pas que le feu passa au rouge. Réyan sans vraiment le savoir devint à nouveau orphelin.

Les années passèrent, beaucoup de médecins vinrent étudier son cas pour finalement laisser tomber, cet enfant était dément et l'on ne pouvait rien faire pour lui. La seule solution consistait à l'assommer de médicaments. Enfermé dans sa cellule capitonnée les docteurs cessèrent de s'intéresser à lui, de toute manière cet enfant ne hurlait à tue-tête qu'en présence de quelqu'un dans sa chambre. Lorsqu'il était isolé, il se contentait de se boucher les oreilles et de se balancer. Les médecins se dirent qu'il valait mieux le laisser tranquille surtout que la plupart d'entre eux avaient peur de cet enfant, car certains de ses dires parvenaient à être compréhensibles et ces paroles audibles au milieu des cris touchaient profondément les personnes présentes dans la cellule avec lui. Mais jamais les médecins ne firent part de l'expérience qu'ils venaient de vivre à leurs collègues, ils se contentaient de partir en disant qu'il n'y avait rien à faire pour lui. Dorénavant seuls les aide-soignants entraient dans la cellule pour le nourrir et lui donner ses cachets. De temps à autre il arrivait qu'un jeune docteur entre sans savoir ce qui l'attendait, il subissait là en quelque sorte son épreuve de bienvenue.

Peu de temps après son onzième anniversaire, un jeune diplômé, Nathan Lorif se présenta à l'asile, d'origine américaine il était venu vivre au Canada avec ses parents. Ceux-ci travaillaient dans le pétrole et avaient bâti sur l'or noir une grande richesse. Nathan avait toujours souhaité devenir médecin et plus particulièrement psychiatre. Il aimait être à l'écoute et voulait consacrer sa vie à aider son prochain. Il se présenta à

l'accueil où on l'envoya voir le médecin-chef, celui-ci lui désigna son premier patient, un certain Réyan Renou. Il ne lui donna aucun dossier, ni aucune information sur cet enfant, prétextant que Nathan devait dire ce qu'il en pensait avant de lire ce que d'autres en pensaient. Alors qu'il se rendait dans l'aile des chambres capitonnées il croisa deux autres docteurs qui discutaient entre eux.
— Vous devez être le nouveau, interpella l'un d'eux.
— Oui en effet, je m'appelle Nathan Lorif.
— Bonjour Nathan, moi je m'appelle Ludovic Guil et lui c'est Thierry Hemp, je suppose que le boss vous envoie voir Réyan.
— En effet.
— Méfiez-vous, c'est plutôt un cas difficile pour débuter, affirma-t-il le sourire aux lèvres.
— Oh oui plutôt, ça va vous montrer un peu le métier, ajouta l'autre.

Sur ces mots, les deux acolytes s'en allèrent et Nathan put les entendre échanger quelques rires. Sans s'en soucier plus que ça, il se rendit à la chambre de Réyan et vit par la vitre de la porte un jeune garçon assis en tailleur par terre avec les mains sur les oreilles qui se balançait d'avant en arrière sans jamais quitter le sol des yeux. Nathan frappa, entra et referma la porte derrière lui. Dès qu'il fut dans la chambre l'enfant cessa de se balancer, il regarda le jeune médecin et mit ses mains sur ces genoux. Ses yeux… Nathan fut de suite, fasciné par le regard intense de cet enfant, il se sentit comme transpercé, mis à nu par ce jeune garçon.
— Bonjour Réyan je m'appelle…
— Nathan Lorif.
— C'est bien ça, comment le sais-tu ?
— Pourquoi ne criez-vous pas ?
— Pourquoi devrais-je crier Réyan ?

— Tout le monde ici crie, tout le monde a mal, mais… mais pas vous. Vous, vous êtes heureux.
— Mais oui je le suis, je suis content de te connaître Réyan, je suis content d'être ici avec toi. Puis-je m'asseoir ?
— Euh… oui.
— Je te remercie.
— Pourquoi dites-vous que les autres médecins se sont moqués de vous ?
— Mais je n'ai rien dit.
— Si, j'ai entendu, vous avez dit, ils se sont moqués de moi, cet enfant est loin d'être une entrée dure en la matière.
— Oh…, mais Réyan je ne l'ai pas dit, je l'ai pensé, ce n'est pas croyable. Tu peux…
— Ils voulaient vous bizuter en fait.
— Oui en quelque sorte, c'est ce que je me suis dit, je viens d'arriver, ils m'ont donné ton prénom, mais pas ton dossier et ils m'ont dit d'aller te voir, que ça me montrerait le métier. Je n'en reviens pas.
— Aidez-moi s'il vous plaît. Je me sens bien avec vous.
— Mais je ne sais pas comment.
— Si, vous le savez. Ne partez pas sans moi, j'ai l'impression de sortir d'un cauchemar, le brouillard se dissipe, je ne suis plus assourdi, je suis même heureux je crois, je vois Patrice et Florence, je vois Karine.
— Mes parents, mon premier amour, c'est incroyable. Mais qui es-tu ?
— Je vois de la neige, un sapin, plein de gens, plein de sourires, je sauve un petit garçon de la noyade. Je secours une fille qui se fait agresser, j'aime tous ces gens et… et ils m'aiment eux aussi.
— C'est bon, tu m'as convaincu, je ne sais pas ce que je m'apprête à faire, mais je vais le faire. Je vais revenir Réyan.
— Je sais, à ce soir Nathan.

Nathan continua sa journée dans l'asile comme si de rien n'était, à la pause déjeuner il partit faire un double des clés de la chambre de Réyan. Il téléphona à ses parents pour leur demander de l'aide, il leur expliqua ce qu'il comptait faire et finit par les convaincre de l'aider. Son père contacta une de ses connaissances et obtint de lui une nouvelle identité pour son fils et Réyan, tout serait prêt pour le soir. Sa décision prise, Nathan ne reviendrait pas en arrière, il savait que ce qu'il s'apprêtait à faire était juste. Il le sentait au plus profond de lui. Il avait bien conscience que secourir ce jeune garçon alors qu'il venait tout juste de le rencontrer ressemblait à de la folie, seulement tout son être lui disait de le faire. C'était comme s'il le connaissait, comme s'il l'avait déjà rencontré, en rêve ou dans une autre vie. Réyan n'avait rien à faire ici, il possédait un don exceptionnel et il fallait l'aider à tout prix.

En fin de journée, alors que tout le personnel de jour avait quitté les lieux et que les employés de nuit étaient arrivés, Nathan resta et demeura dans l'asile affirmant à ceux qui lui demandaient pourquoi il était encore là qu'il souhaitait finir de s'installer avant de rentrer chez lui. Il se rendit dans la salle où se trouvaient les dossiers médicaux des patients internés et récupéra tout ce qui concernait Réyan. Il en effaça également toutes traces dans le système informatique et dans les différentes sauvegardes. Il plaça les dossiers dans sa voiture et attendit que plus personne ne se balade dans l'aile des chambres capitonnées pour aller tenir sa promesse. Il ouvrit la porte et de nouveau Réyan cessa de se balancer et il se leva.

— Viens avec moi nous devons faire vite je viens d'envoyer le gardien aux toilettes et normalement il ne devrait pas en ressortir avant de s'être littéralement vidé, mais il a peut-être appelé quelqu'un pour le remplacer.

— Je te suis.

Ensemble ils quittèrent la chambre et traversèrent le couloir en courant jusqu'à une intersection.
— Attends quelqu'un va arriver.

Nathan cessa sa course et se figea, puis quelques secondes plus tard une porte se trouvant dans le couloir perpendiculaire à celui dans lequel se trouvaient les deux fuyards s'ouvrit et un aide-soignant en sortit. Perplexe Nathan regarda l'enfant et lui chuchota :
— Mais comment tu as su ?
— Il faut rester là, il va se rendre dans la prochaine chambre.
— Il doit faire une ronde. Tu as raison il rentre dans la chambre d'à côté, allez, on y va, il ne faut pas perdre de temps.

Comme prévu, le gardien ne se trouvait plus à l'accueil et l'endroit semblait complètement désert. Le médicament placé par les soins de Nathan dans le verre du vigile avait dû faire son petit effet. Ils montèrent dans la voiture et se rendirent immédiatement chez Mr et Mme Lorif.

Chapitre 14 : L'exode

<u>Ce chapitre se déroule entre 1987 et 1988.</u>

Le 23 février 1988 signe le commencement de l'opération Al Anfal (le génocide des Kurdes) : Halabja est une ville de 60 000 habitants située au Sud du Kurdistan irakien à quelques kilomètres de la frontière iranienne. Halabja est l'une des villes les plus importantes dans l'histoire du Kurdistan.

Depuis septembre 1980, la guerre entre l'Irak et l'Iran fait rage. Les Kurdes sont les principales victimes de cette guerre, car ils vivent par-delà la frontière irakienne et iranienne. Le 15 mars 1988, la ville kurde de Halabja est délivrée des mains du régime de Saddam Hussein, par les pêshmergas (maquisards kurdes) de l'UPK, l'union patriotique du Kurdistan de Jalal Talabani, avec notamment le soutien des Gardiens de la révolution iranienne. Le 16 mars 1988, une attaque est perpétrée contre la ville d'Halabja. Les habitants ont d'abord cru qu'il s'agissait de représailles classiques de l'armée irakienne. Certains se sont réfugiés dans des abris de fortune, d'autres ont tenté de fuir, mais les bombes chimiques que les Mirages et les Mig irakiens ont déversé sur leur propre population (les Mirages et Mig vendus à Saddam par la France à l'époque) n'ont épargné personne. Une odeur nauséabonde envahit Halabja. Les raids aériens ont duré toute la nuit. Un spectacle épouvantable est découvert le lendemain, les premières images parvenues l'ont été grâce à des reporters et correspondants de guerre iraniens.

Les images de ce massacre font le tour du monde, des rues jonchées de cadavres, des bébés dans les bras de leurs parents morts, des vieillards, des femmes, des enfants gazés. L'histoire de l'Humanité n'avait jamais rien vu de tel depuis le génocide des juifs. Le bilan est très lourd, en moins d'une heure, il y a eu 5 000 morts, dont 3 200, n'ayant plus de famille, qui ont été enterrés dans une fosse commune.

Les opérations se décomposent en une série de huit Anfal. Les sept premiers Anfal ont pour cible la région où agit l'Union Patriotique du Kurdistan (UPK) tandis que l'« Anfal final » s'abat sur la région dominée par le Parti démocratique du Kurdistan (PDK).

Ainsi, on a les huit opérations suivantes avec leurs régions cibles :

Premier Anfal : Sergalou et Bergalou, du 23 février au 19 mars 1988. C'est lors de ce premier Anfal qu'Halabja est gazée.

Deuxième Anfal : Qara Dagh, du 22 mars au 1er avril 1988

Troisième Anfal : Germian, du 7 avril au 20 avril 1988

Quatrième Anfal : La Valleé du Zab, du 3 mai au 8 mai 1988

Cinquième, sixième et septième Anfal : Les Vallées de Shaqlawa et Rawanduz, du 15 mai au 26 août 1988

Anfal final : Badinan, du 25 août au 6 septembre 1988

200 000 soldats irakiens sont affectés à cette campagne de génocide qui a recours à des offensives terrestres, des bombardements aériens, des destructions systématiques de zones d'habitations civiles, des déportations massives, la mise en place de camps de concentration, des exécutions sommaires et bien sûr l'utilisation massive d'armes chimiques.

D'après le Tribunal spécial irakien, 182 000 civils ont été tués et plus de 2 000 villages détruits. D'après Human Rights Watch 90 % des villages de la région cible ont été rayés de la carte et 1 754 écoles et 270 hôpitaux détruits.

Quand il se gara, ses parents l'attendaient déjà sur le pavillon et dans la voiture Réyan se bouchait à nouveau les oreilles.

— Je n'en ai pas pour longtemps Réyan, je reviens, dit-il en sortant de la voiture.

— Salut fiston, tu es sûr de ce que tu es en train de faire ?

— Oui je le suis Papa, cet enfant est exceptionnel et je crois pouvoir l'aider.

— À le voir il a l'air réellement cinglé, tu veux vraiment gâcher tout ton avenir pour lui ?

— Je ne crois pas que je vais le gâcher Maman, jusqu'à présent vous m'avez toujours fait confiance, je suis certain que c'est ce qui doit être fait, j'ai peut-être tort, mais quoi qu'il en soit nous devons l'aider. Cet enfant peut lire dans les pensées vous vous rendez compte ? Dans quel état seriez-vous si à son âge vous entendiez constamment dans votre tête les pensées des autres sans pouvoir rien y faire ? Je pense que nous serions tous un peu « cinglés » comme tu dis.
— Quand tu m'as dit ça au téléphone je n'y croyais pas et j'ai toujours un peu de mal à y croire, reprit Mr Lorif, mais comme tu l'as dit nous te faisons confiance.
— Et toujours nous te soutiendrons, ajouta sa mère.
— Tiens fiston voilà les papiers pour vos nouvelles identités, j'ai transféré une grosse somme d'argent sur un compte au panama dont voici le numéro et la carte bancaire correspondante.
— Merci Papa je te rembourserai, je te le promets.
— Mais tu n'auras pas à le faire et il se peut que l'aide que nous t'apportons devienne la chose la plus importante que l'on n'ait jamais faite.
— Je dois y aller, la disparition de Réyan a peut-être déjà été signalée.
— Oui et comme demain tu ne te rendras pas à ton travail tu deviendras le principal suspect et ils viendront enquêter ici. Voilà un numéro sur lequel tu pourras me joindre pour nous donner de tes nouvelles. S'ils vont jusqu'à nous mettre sur écoute pour l'enlèvement d'un enfant dont selon ce que tu m'as dit tout le monde se moque et bien, ils ne sauront rien du téléphone qui va avec ce numéro.
— Et tu as intérêt à nous appeler souvent.
— Je le ferai Maman.
— Ta nouvelle voiture correspondant à ta nouvelle identité est garée à l'endroit prévu le long du fleuve Mackenzie. Tu n'auras plus qu'à faire quitter la route à ta voiture actuelle et la

faire atterrir dans le fleuve. Il vaut mieux que l'on te croit décédé. D'ailleurs mon fils, si les enquêteurs finissent par te déclarer mort, sache que tu auras droit à un joli enterrement.
— Merci Papa, je n'en doute pas, bon et bien au revoir Papa au revoir Maman et merci pour tout, leur dit-il en les serrant dans ses bras.

Nathan remonta dans son véhicule et suivant le plan il se rendit à l'autre voiture dans laquelle il installa Réyan, puis il retourna à son véhicule et bloqua l'accélérateur afin que celui-ci passe au travers des barrières de protection d'un pont pour finalement se jeter dans le fleuve. Une fois cela fait, il partit avec Réyan en direction du Sud pour rejoindre les États-Unis. Nathan roula toute la nuit et une partie de la journée, il ne s'arrêtait que pour faire le plein. Durant ces longues heures de route, il remarqua que Réyan se comportait de façon quasi normale dès lors qu'ensemble ils traversaient des lieux isolés. En revanche que ce soit dans un village, ou bien à sa périphérie, l'enfant retombait dans ses travers. En gros dès qu'il y'avait la présence dans les parages d'autres personnes, Réyan ne cessait jamais de se boucher les oreilles et il le faisait toujours en se balançant d'avant en arrière. Il lui arrivait même parfois de laisser échapper certains cris. Alors qu'il n'y avait plus rien à des kilomètres à la ronde Nathan profita d'un moment de lucidité de son jeune ami pour lui adresser la parole.
— Alors Réyan comment vas-tu ?
— Je crois ne m'être jamais senti aussi bien, ton esprit est apaisant.
— Comment se fait-il que je puisse maintenant te parler alors que par moment c'est comme si tu ne m'entendais pas ? Est-ce que tu pourrais m'expliquer ça ?
— Je… Je ne sais pas, les cris sont plus éloignés, ma tête me fait moins mal, j'arrive à me retrouver.

— Je suis content de l'entendre, ces cris tu dis ? Les gens crient c'est ça ?
— Oui toujours, ils n'arrêtent jamais, ils ont mal, ils me donnent mal, ils… Ils me tuent à chaque instant. Nathan, je ne veux plus entendre ces voix, je croyais avoir toujours été dans ce cauchemar, mais depuis hier il y'a des images qui me reviennent et je crois, j'ai l'impression que ces images m'appartiennent. Comment se fait-il que je sache parler alors que je ne crois pas avoir jamais parlé ? Je crois que je n'ai pas toujours été comme ça.
— En effet, tu as su parler Réyan, ton dossier stipule que tu as été interné à tes 5 ans.
— Mes 5 ans, je n'ai pas toujours été comme ça alors. Et maintenant j'ai quel… J'ai 11 ans.
— Tu… tu viens de lire dans mes pensées n'est-ce pas ?
— Pardon ? Je… Je ne comprends pas.
— Comment sais-tu que tu as 11 ans ?
— Tu viens de me le dire.
— Non Réyan, tu ne m'en as pas laissé le temps, en revanche je l'ai pensé.
— C'est-à-dire ?
— Je ne l'ai pas dit, en ce moment je te parle, avec ma bouche j'émets des sons que tu entends. En revanche une pensée n'est pas énoncée à haute voix, c'est quelque chose de personnel qui n'est destiné qu'à soi-même.
— Je… non, c'est pareil pour moi.
— Sache que les individus normaux sont incapables de savoir ce qui se passe dans la tête des autres. Tu as un don incroyable Réyan et ensemble nous allons tout faire pour que tu puisses prendre le dessus sur tes sens. Il est primordial que tu apprennes à différencier une pensée d'un dialogue.
— Un don ? Ce don me rend fou, il me fait vivre un enfer c'est une malédiction pas un don. Je veux m'en débarrasser, je les entends, les voix reviennent et ça devient de plus en plus fort.

— Tiens Réyan prend ces cachets, fais-moi confiance.

Le jeune garçon s'exécuta et s'effondra peu de temps après.
— Je suis désolé Réyan, mais c'était nécessaire nous approchons de la frontière et il vaut mieux que tu sois en train de dormir plutôt que tu te mettes à hurler.

Nathan continua sa route quelques minutes avant d'apercevoir les douanes. Arrivé à hauteur d'un agent il descendit sa vitre.
— Bonjour Mr.
— Bonjour, vous êtes américains ?
— Oui.
— Montrez-moi vos papiers s'il vous plaît... Merci, on va essayer de ne pas réveiller votre fils.
— Oh il n'y a aucun risque, quand il dort il ne fait pas semblant.
— Le mien c'est pareil, vous pouvez m'ouvrir votre coffre.
— Oui bien sûr.
— Très bien, c'est tout bon pour moi vous pouvez y aller, j'espère que vous avez passé un bon séjour au Canada.
— Excellent, mais vous savez, on n'est jamais aussi bien que chez soi.
— C'est sûr allez bonne journée Monsieur.
— Pareillement, dit-il avant de franchir la frontière. Et bien voilà Réyan, nous sommes aux États-Unis, je vais essayer de nous trouver un endroit isolé histoire que moi aussi je puisse dormir un peu et que tes maux de tête te soient supportables.

Nathan quitta la nationale pour une départementale et s'enfonça dans la campagne. Quelques kilomètres plus tard, il vit sur sa droite un sentier forestier qu'il emprunta. Estimant être assez loin de tout, il s'arrêta et appela son père pour le prévenir qu'ils avaient bien passé la frontière. Puis il s'endormit à son tour. À son réveil, il vit Réyan à l'extérieur de la voiture, il se tenait debout et semblait contempler la forêt qui l'entourait.

Cela faisait une petite éternité qu'il n'avait pu admirer la nature et quand Nathan croisa son regard il vit que quelque chose avait changé. Les yeux de Réyan ne semblaient plus voilés, en face de lui se trouvait maintenant un enfant doué de toutes ses capacités.
— Nathan il y'a un nom dans ta tête, Madalaine Gork, il s'agit de ma mère n'est-ce pas ?
— Ta mère adoptive en effet.
— Et elle est morte aujourd'hui n'est-ce pas ?
— Dans un accident de voiture, je suis sincèrement désolé.
— Je me souviens d'elle, j'arrive à voir son visage, sentir son odeur, je... Je l'aimais et... Non... Maman !!!

Réyan s'effondra en pleurant dans les bras de son sauveur. Nathan ne savait quoi dire ni quoi penser. Il souhaitait lui parler de Madalaine le plus tard possible, cet enfant vivait suffisamment de malheurs comme cela, mais bien entendu il lui était impossible de cacher quoi que ce soit à ce garçon.
— Comment ai-je pu l'oublier Nathan ? Comment ai-je pu l'oublier !? Pourquoi son visage ne me revient à la mémoire que maintenant ?
— Ça va aller mon garçon, ça va aller je te le promets. Je n'ai pas eu la chance de la rencontrer, mais je suis certain qu'elle aussi t'aimait profondément.
— Je ne veux pas l'oublier Nathan, aide-moi à ne pas l'oublier.
— Nous ferons notre maximum, mais dorénavant je ne pense pas que tu viennes à l'oublier, elle a toujours été et sera toujours avec toi, sois-en sûr. Nous devons reprendre la route. Comme tu le vois, tu arrives à être toi-même dès lors que l'on se trouve dans un endroit isolé. Nous allons partir pour la montagne et tâcherons d'y trouver un lieu loin de tout. Ça te va ?
— Oui, un jour quand j'irai mieux, on pourrait aller la voir ?

— Ta mère ? Oui bien sûr.
— Je veux lui montrer que je ne l'ai pas oubliée.
— Allez en voiture direction la montagne. Si tu as faim sers-toi en sandwichs ils sont là pour ça et bientôt Réyan, bientôt nous regagnerons le Canada et nous lui rendrons hommage.

Une semaine après avoir franchi la frontière Nathan prit la possession d'un gîte d'étape en haute montagne prévu pour accueillir les randonneurs. Ce chalet correspondait tout à fait à ce dont Réyan avait besoin pour s'épanouir. Les propriétaires n'avaient pu refuser la généreuse proposition que leur avait faite le jeune docteur. En effet, le vieux couple voyait là une belle occasion de prendre leur retraite et de partir vivre à un niveau plus proche de celui de la mer. Nathan avertit les offices de tourisme de la région que le gîte fermait et qu'il ne serait donc plus en mesure d'accueillir des randonneurs. Cela avait été une très longue semaine. Nathan n'en pouvait plus de constamment droguer ce jeune garçon, mais il n'avait pas le choix il ne fallait surtout pas que son attitude attire l'attention. De plus, Nathan avait besoin de tranquillité pour s'occuper de toutes les formalités et devenir le plus rapidement possible propriétaire du chalet. Avoir réglé l'affaire en une semaine était en soi un record, bien entendu tout est beaucoup plus facile quand on a de l'argent. Pendant qu'il s'occupait des papiers, il laissait Réyan dormir toute la journée dans une chambre d'hôtel, le récupérait la nuit venue et s'éloignait des habitations. Une fois loin de tout il le réveillait, ensemble ils mangeaient puis passaient quelques heures à discuter et, ensuite, Réyan avalait sans broncher les somnifères. Durant la semaine qui s'écoula, jamais Réyan ne se plaint du traitement que lui faisait suivre le jeune docteur. Il semblait comprendre que cela était nécessaire, Nathan n'eut jamais à lui expliquer pourquoi il faisait ça.

Dorénavant Réyan pourrait être lui-même et cela à chaque heure de la journée. Ayant passé 6 ans de sa vie sous médicaments, Nathan avait conservé avec lui ces drogues dans le but de le sevrer en douceur. Il aurait été stupide d'arrêter d'un seul coup et d'ajouter ainsi à ses troubles la sensation de manque, ce qui ne lui aurait rien apporté de bon. Réyan devait tout simplement se désintoxiquer. Trois mois s'écoulèrent et le jeune garçon prit ce qui allait être son dernier cachet. Nathan faisait les courses une fois par semaine, il s'était acheté une camionnette pour faciliter ses allées et venues. Toutes ses courses y rentraient ainsi que les barils de fioul nécessaires pour alimenter le chauffage et le générateur. Le gîte était tout équipé. Conçu initialement pour accueillir une trentaine de randonneurs, certaines pièces aujourd'hui ne servaient plus à rien. C'était le cas pour les deux dortoirs dans lesquels se trouvait une dizaine de lits. Nathan avait conservé le salon dans son état actuel, il avait juste échangé l'ancienne télé contre une bien plus grosse. Une parabole leur permettait de recevoir plus d'une centaine de chaînes, ainsi ils pouvaient continuer à se tenir au courant de ce qu'il se passait dans le reste du monde.

De temps en temps quand Nathan descendait pour faire les courses il en profitait pour appeler ses parents et leur donner un peu de ses nouvelles et bien entendu en prendre des leurs. C'est ainsi qu'il apprit que la police avait abandonné les recherches et que lui et Réyan avaient été déclarés morts, car des caméras de l'asile les avaient filmés ensemble, ils devaient donc en toute logique se trouver dans la même voiture. Pour les autres docteurs, bien que ne comprenant pas pourquoi Nathan avait voulu kidnapper l'enfant, il n'était pas étonnant qu'ensemble ils aient eu un accident. Car vouloir contrôler Réyan en pleine crise de folie aurait fait donner un coup de volant à n'importe qui. Après tout, ce garçon était dément.

— Et voilà Réyan, tu en as fini avec ces foutus cachetons, cela fait maintenant six mois que nous vivons ici et nous voyons déjà des progrès, arrête-moi si je me trompe. Tu as retrouvé toute ta mémoire. Tu as des souvenirs qui remontent à ton second anniversaire et qui vont jusqu'à ce que tu aies commencé à entendre les pensées des autres, ensuite tu as perdu le contrôle. Tu t'es retrouvé perdu dans le flot continuel d'informations qui te passait dans le crâne et ce jusqu'à, va savoir pourquoi, notre rencontre.
— Le mal ne passe pas à travers toi.
— Mouais, quoiqu'il en soit tant mieux si ma présence peut apaiser ton esprit. Durant ces six mois, tu as aussi appris à différencier mes pensées de mes paroles. Maintenant on va essayer de passer à une autre étape. Tu sais discerner les deux, maintenant je vais te demander de ne plus écouter mes pensées, de faire en sorte que tu puisses contrôler ce que tu veux entendre ou pas.
— Mais je ne peux pas c'est impossible, c'est comme si je te parlais et que je te demandais de ne pas m'entendre.
— *À moi il me suffirait de me boucher les oreilles.*
— La preuve, comment veux-tu que je n'entende pas ? Moi je ne peux pas me boucher les oreilles !
— Tu dois essayer Réyan, tu dois trouver une astuce. Peu importe le temps que cela prendra, mais il faut que tu apprennes à fermer ton esprit aux autres, ainsi ces hurlements cesseront de te hanter. *Je sais que tu peux y arriver. À te parler comme cela par la pensée, tu as appris à distinguer ce qu'est une pensée. Maintenant tu dois apprendre à la chasser. Ce que j'ai dans la tête et ce que les autres ont, ne doit pas envahir ton esprit, il n'est pas normal que le savoir des autres, les pensées des autres obscurcissent les tiennes jusqu'à en prendre le dessus et te faire perdre tout contrôle.* Tu comprends ?
— Oui, mais je…

— Tu y arriveras Réyan, quand tu te sentiras prêt nous descendrons ensemble faire les courses et tu pourras faire un bain de foule sans être sous médicaments. En attendant la vie continue, le repas est prêt, allons nous mettre à table.

Les jours puis les semaines s'écoulèrent, Réyan entendait et il n'y pouvait rien. Pourtant, quelque mois plus tard, il finit par trouver la parade : entendre ça il y était obligé, mais rien ne le forçait à traiter ces informations. Il parvint à aménager dans son cerveau une zone qui recevrait et traiterait toutes les pensées, et lui seul avait les clés de cette zone, libre à lui de la fermer ou de l'ouvrir plus ou moins. En clair Réyan était dorénavant capable de faire comme s'il n'entendait plus rien, en réalité les pensées étaient toujours là seulement Réyan pouvait s'empêcher de traiter les informations qu'elles transportaient, tous ces hurlements restaient coincés dans cette fameuse zone.
— Pardon ? Tu as fait quoi ?!
— J'ai réussi Nathan. Cette nuit, comme souvent tu as rêvé et pour la première fois, ce coup-ci je n'ai pas partagé ce rêve, j'ai réussi à faire comme si je ne l'entendais pas, comme si je ne le voyais pas. J'ai fabriqué dans ma tête un licu où je peux bloquer ces informations, elles sont là, mais je ne m'en occupe pas.
— C'est magnifique, je savais que tu y arriverais, tu as fabriqué un lieu dans ta tête !? Tu m'étonnes chaque jour un peu plus, je… Bravo tu veux qu'on essaye ? Tu veux qu'on descende ensemble de cette montagne, maintenant, là ?
— Oui je me sens prêt.
— Et bien en voiture. Depuis combien de temps n'as-tu pas mangé dans un restaurant ?
— J'y suis allé une fois, c'était avec ma mère pour fêter mon adoption, j'avais un peu plus de 4 ans, je m'en rappelle c'était un snack et dans le menu enfant il y'avait un petit jouet à monter, j'avais adoré.

— On va essayer de se trouver un bon truc tu vas voir, on va se miner l'estomac.

Après cinquante minutes à descendre sur des routes tout juste carrossables, nos deux amis n'étaient pas encore en vue du premier village. L'hiver serait bientôt là et Nathan devait commencer à prévoir de quoi tenir trois, quatre mois, car dès que la neige se mettrait à recouvrir la montagne, ces sentiers deviendraient impraticables en voiture. Certes il s'était acheté un scooter des neiges mais faire des allers-retours uniquement pour des courses et des barils de fiouls ne l'intéressait pas plus que ça. Ce scooter ne servirait qu'en cas d'urgence.

Chapitre 15 : Ingeniuman

<u>Ce chapitre se déroule de 1988 à 1992.</u>

Le 9 novembre 1989, la chute du mur de Berlin apparaît comme un moment majeur de l'histoire du XXe siècle. Il conduit à la disparition du « rideau de fer » qui, depuis la fin de la Seconde Guerre mondiale et durant toute la période de la guerre froide, sépare l'Europe en deux blocs. La fin de plus de quarante ans d'affrontement Est-Ouest conduit à une recomposition de l'espace européen qui permet la réunification de l'Allemagne, l'affranchissement de la tutelle soviétique des démocraties populaires d'Europe centrale et orientale et l'élargissement de l'Union européenne à l'Est. À travers le monde, cet événement est devenu un des plus forts symboles du peuple et de la démocratie. Un appel donné aux générations futures.

— Dis Nathan, on est bientôt arrivés ? Je commence à voir des gens dans ma tête.

— Oui, d'ici peu nous arriverons aux premières maisons, un petit kilomètre maximum. Comment tu te sens ?

— Ils sont nombreux, mais j'ai l'impression que cela n'a pas d'importance, j'arrive à tout bloquer, j'ai juste un léger mal de tête.

— Je pense qu'avec l'habitude ça passera. Je suppose que ton mal de tête est déclenché par le haut niveau de concentration dont tu fais preuve pour bloquer ces pensées. Je me doute bien que cela n'a rien de facile, arranger son cerveau à sa convenance comme tu as réussi à le faire est carrément impressionnant. Sache que normalement aucun homme n'en est capable. Je pourrais me boucher les oreilles, mais si cela ne suffisait pas je serais bien incapable d'empêcher mon cortex de traiter l'information.

— Tu crois ?
— Oui je le crois Réyan, je dirais même qu'avec le temps tu parviendras à faire le tri de façon naturelle. Tu ne t'en rends pas compte, mais ce que tu viens de faire est exceptionnel, ces derniers temps tu m'as déjà montré que tu résolvais les casse-têtes comme personne, niveau calcul mental on pourrait te comparer sans problème à une calculatrice. Tes compétences Réyan dépassent de loin ce que j'aurais pu imaginer. Qui sait jusqu'où tu peux aller.
— Déjà allons jusqu'au resto ça sera pas mal.
— Déjà, mais crois-moi, on essaiera d'aller beaucoup plus loin.

Les premières habitations furent dépassées et la route devint goudronnée. Réyan ne semblait pas plus troublé que ça. Nathan finit par se garer et tous deux sortirent de la voiture pour marcher un peu, histoire de se promener en attendant qu'il soit l'heure d'aller manger. Il s'agissait d'un tout petit village montagnard, on y trouvait une petite épicerie, ainsi qu'une boulangerie et un hôtel-restaurant. Habituellement, quand le jeune docteur allait faire ses courses, il ne s'arrêtait pas dans ce hameau, il continuait sa route jusqu'à une grande station de ski où il pouvait trouver tout ce dont il avait besoin.
— Dis-moi Réyan, on va essayer de te faire travailler un peu, tu vois l'homme là-bas ?
— Celui qui fume ?
— Oui, dis-moi à quoi il pense. Essaie de faire le tri. Tu dis pouvoir entrouvrir la porte et bien fais-le.
— Oh qu'est-ce que je l'apprécie cette clope, elle m'emmerde la grosse à vouloir me faire arrêter, plus le droit de fumer dedans maintenant, plus le droit de fumer chez moi putain.
— Très bien Réyan, très bien, qu'est-ce que tu peux me dire sur lui, cherche dans son esprit comme tu l'as fait avec moi, allez donne moi son nom par exemple.

— Je… Franck Albert, il est marié à Francine Pojul, il est moniteur de ski et hors saison il sert de guide pour randonneurs. Il aime, euh il aime… Il aime bien la tartiflette il… ah…

Réyan stoppa sa phrase et mit sa tête dans ses mains.

— Arrête Réyan tu en as assez fait, je te félicite, bloque tout, ça suffira pour aujourd'hui.

— Encore ces cris, je me suis laissé emporter.

— Ce n'est rien, comment tu te sens ?

— Je viens d'avoir très mal à la tête, mais cela va déjà mieux.

— Dorénavant si tu es d'accord, on tâchera de passer dans ce village le plus souvent possible. Il faut t'entraîner.

— Je suis d'accord.

— Et bien nous reviendrons dès demain, tu veux toujours aller au restaurant ou tu préfères que l'on rentre maintenant ?

— J'ai envie d'aller au restaurant. Ça me changera un peu de ta cuisine…

— Qu'est-ce qu'elle a ma cuisine ? Elle est très bien ma cuisine ! Si tu n'es pas content, tu n'as qu'à t'y mettre. Après tout, on va bientôt rencontrer un cuisinier, tu n'auras qu'à lire ses pensées et prendre ses connaissances culinaires, dit-il en plaisantant. Non, mais oh, elle est très bien ma cuisine. Il est bientôt midi allons-y.

— Bon il n'y a pas beaucoup de choix, mais cela ne veut pas dire que ça soit un mauvais restaurant, tu comptes prendre quoi Réyan ? Moi je pense que je vais opter pour le menu du jour.

— Je te le déconseille, les gens qui sont autour de nous ont pris ça et ils ne trouvent pas ça fameux.

— Ah oui ? Je vais plutôt commander à la carte alors.

— Pour moi ça sera deux gros cheeseburgers.

— Des cheeseburgers, un restaurant de montagne et tu commandes des cheeseburgers, tu vas te plaire aux États-Unis toi.

Pour moi ça sera une salade montagnarde avec un magret de canard et ses légumes.

Ainsi les jours passèrent et tous les midis nos deux amis vinrent manger à ce restaurant. Quand les premières neiges arrivèrent, c'est ensemble qu'ils descendirent à la station de ski pour prendre tout ce dont ils auraient besoin pour passer l'hiver. Il y avait là bien plus de monde que dans le petit village, mais cela ne semblait pas déranger Réyan. Il avait réussi. Maintenant il était capable de contrôler son esprit et il ne risquait plus de se perdre dans les pensées des autres. Tous les achats ne rentrant pas d'un seul coup dans la camionnette nos amis durent faire quelques allers-retours avant d'en avoir terminé. Un beau matin, au réveil, la neige avait fini de recouvrir toute la montagne. Bien entendu ce n'était pas la première fois que Réyan en voyait, le chalet se trouvait tout juste à quelques kilomètres des neiges éternelles et avec Nathan de temps en temps ils se rendaient jusqu'au glacier pour se faire une petite promenade. Malgré cela, voir ainsi du blanc à perte de vue le subjuguait. Il ressentait comme une impression de déjà-vu. Nathan qui avait lu tous les dossiers lui avait parlé de ces origines et donc de l'île Victoria. Ce nappage blanc devait lui rappeler cette île et cet homme qui l'avait sauvé ce Ralf Renou. Cette vision lui donna du baume au cœur et voulant faire plaisir à l'homme qui l'avait recueilli et aidé il prit la direction de la cuisine et se mit aux fourneaux. Nathan qui souvent se levait en dernier fut surpris de voir le jeune garçon en cuisine plutôt que devant la télé.

— Bonjour Réyan, comme ça tu te mets à la cuisine.

— Oui j'ai envie d'essayer et puis je sais qu'aujourd'hui c'est ton anniversaire, je t'ai déjà préparé des pancakes pour ton petit-déjeuner et là je prépare le repas de midi. Tu pourras m'en donner des nouvelles de ma cuisine et pour le gâteau j'ai opté pour un bon fondant au chocolat.

— Moi-même je ne t'en ai jamais fait et je ne crois pas qu'il y'ait de livre de recettes dans le coin, d'ailleurs où as-tu appris à faire tout ça ?
— Et bien c'est le cuisinier.
— Le cuisinier ?
— Oui celui du petit restaurant dans lequel on allait manger, tu m'avais dit de prendre son savoir.
— Mais… J'avais dit ça en plaisantant, tu… Tu t'es vraiment approprié ces connaissances ?
— Oui, qu'est-ce qu'il y'a, je n'aurais pas dû ?
— Euh non ce n'est pas ça, mais… comment as-tu fait, comment as-tu procédé ?
— C'est facile, j'ai copié ses connaissances dans ma tête.
— Toutes ses connaissances ?
— Non uniquement celles qui concernaient la cuisine.
— En gros tu as sélectionné ce qui t'intéressait et tu as fait un copier-coller. Ce n'est pas croyable comme un… comme un ordinateur.
— Je ne comprends pas, ce n'est pas bien ?
— Si, si au contraire j'essaie de comprendre, tu pourrais donc savoir tout ce que je sais sur la psychologie par exemple.
— Oui… Voilà, je sais ce que tu sais.
— Non !? Mais tu peux faire ça depuis longtemps.
— Depuis que j'arrive à compartimenter mon cerveau.
— Et… euh tu as beaucoup de place comme ça ? Tu peux stocker encore beaucoup de connaissance comme ça ?
— Je crois oui.
— Tu crois et bien essaies de t'y préparer, à la fin de l'hiver nous quitterons ce chalet je pense que le temps sera venu.
— Nous irons voir ma mère ?
— Oui et je te présenterai à mes parents.

La route demeura impraticable pendant plus de trois mois, durant tout ce temps Nathan entraîna Réyan à développer sa force et son endurance. S'il pouvait modifier son cerveau, il devait pouvoir en faire autant avec le reste de son organisme. Un des dortoirs avait été transformé en salle de sport. Nathan était un excellent coureur seulement Réyan dépassa rapidement son niveau. Il parvenait à courir sur le tapis roulant pendant de longues heures et cela à un rythme très élevé comme un véritable marathonien. Il développa ses muscles d'une façon qui pour lui semblait tout à fait naturelle. Il savait qu'il devait se rajouter des fibres musculaires et qu'il devait le faire doucement en suivant le rythme de sa croissance. Cela ne faisait aucun doute pour Nathan à voir les performances de Réyan après tout juste trois petits mois d'entraînement qu'il pourrait égaliser et peut-être même dépasser les plus grands champions, toutes disciplines confondues. Réyan parvenait de façon naturelle à réguler le taux d'oxygène dans son organisme et la production d'A.T.P qui en découlait. Si ces muscles étaient en manque, il lui suffisait comme il le disait d'en envoyer plus. Nathan n'en revenait pas, mais pour ce jeune garçon c'était comme si le fait de pouvoir tout contrôler dans son corps était une chose normale, une chose innée.

Dès lors que le sentier devint de nouveau carrossable, nos amis firent leurs bagages, sortirent la voiture du garage et quittèrent ce qui avait été leur refuge.
— Ah on ne pourra pas aller au petit restaurant.
— Pourquoi donc ?
— Le cuisinier est malade, son restaurant est fermé.
— Tu le vois dans ta tête c'est bien ça ?
— Oui, lui et les autres habitants de ce petit village.
— Tu te rappelles la première fois que nous sommes descendus ensemble, tu as senti leur présence, tu as pu voir leurs pensées alors que nous étions encore au moins à un kilomètre,

mais là Réyan, regarde où nous sommes il doit bien nous rester trois kilomètres à parcourir avant d'apercevoir les premières maisons. Il semblerait que tes perceptions augmentent.

Sur la route qui menait au Canada, Nathan fit une halte à l'université de Seattle.
— Réyan comme tu dois t'en rendre compte il y a ici un concentré d'un peu tous les savoirs que l'humanité possède.
— Oui j'ai envie de savoir, je vais me relier aux différents professeurs. Math, physique, biologie, histoire, géographie, je… je n'en reviens pas, toutes ces informations qui affluent, toutes ces données.
— Vas-y doucement quand même.

« … »
— Je continue, je continue… Informatique, astronomie.
— C'est incroyable. Un véritable ordinateur.

« … »
— Ça y est j'ai terminé. Je sais ce que les gens d'ici savent, j'en veux plus, j'en veux beaucoup plus.
— Tu es sûr ? Dans ce cas on va se rapprocher de l'hôpital, tu pourras y apprendre tout sur la médecine.
— Super, laisse-moi deux minutes, le temps que je finisse de trier tout ça.
— Oh, mais prends ton temps, apprendre en deux minutes le savoir de plusieurs individus à qui il a fallu des années d'études et de travail acharné pour pouvoir accumuler toutes ces connaissances et bien c'est plutôt rageant pour les simples mortels comme moi. Prends tout ton temps. Réyan je suis très fier de toi et des progrès que tu as accomplis en moins d'un an. Je suis sûr qu'un jour tu pourras aider l'humanité.
— Oh Nathan, si seulement un jour je pouvais faire cesser ces cris alors je le ferais, les Hommes ont mal, je peux ressentir leur douleur.

— Tu les aideras Réyan, nous les aiderons. Tu as suffisamment de place pour stoker tout ça ?
— Oui, j'ai bientôt terminé. Tu peux commencer à y aller.

À la fin de la journée, Réyan avait accumulé plus de connaissance qu'aucun homme avant lui. Peu de temps après en avoir fini avec les savoirs médicaux il tomba de sommeil et dormit plus de 24 h. Jamais il n'avait fait subir à son cortex une telle activité, son cerveau avait besoin de repos et de temps pour bien tout organiser. Et donc, comme à l'aller il ne vit pas la frontière.
— Bonjour Mr, ah, mais c'est vous, ça pour faire que dormir il ne fait que dormir. En tout cas il a poussé le petit gars.
— Je ne sais pas comment il fait, j'aimerais pouvoir en faire autant.
— Oui, mais dans ce cas-là qui conduirait ? Hein ? Alors vous revenez passer des vacances au Canada.
— Et oui, les grands-parents veulent voir leur petit-fils.
— Hmm, hmm ça, ça signifie de bons petits repas de famille.
— Oh oui et puis après tout, pour dormir bien faut dormir plein.
— Y'a pas plus vrai, vous pourriez m'ouvrir votre coffre ?
— Voilà qui est fait.
— Et bien je vous remercie et je vous souhaite un bon séjour, peut-être qu'à votre retour vous tomberez encore sur moi.
— Qui sait ? Et peut-être que vous verrez mon fils éveillé. Aller, bonne fin de journée monsieur et au revoir.

Avant de se rendre chez ses parents, Nathan prit la direction du cimetière dans lequel était enterrée Madalaine Gork. Réyan déposa un bouquet de fleurs sur sa tombe et put enfin lui faire ses adieux. Cette femme l'avait recueilli, aimé, elle était sa mère et elle le demeurerait pour toujours. Comment diable avait-il pu l'oublier ? Elle qui si souvent était venue le voir. Aujourd'hui grâce à Nathan il pouvait lui montrer, où

qu'elle soit, à quel point il tenait à elle. Le lendemain ils se rendirent chez Patrice et Florence Lorif qui les attendaient avec impatience. La table était déjà mise et comme l'avait prédit l'agent des douanes, le repas s'annonçait succulent, seuls les hors-d'œuvre avaient pris place sur la table. Quant au reste du repas, l'odeur qui se dégageait de la cuisine présageait du meilleur.
— Ah bonjour mon fils, salut Réyan je suis content de faire ta connaissance.
— Salut Papa.
— Bonjour Mr Lorif.
— Oh, appelle-moi Patrice, allez-y entrez, Florence !!! Ils sont arrivés.
— Ah, enfin, dit-elle en sortant de la cuisine, attendez que je vous embrasse. Prenez une chaise, l'apéro est déjà servi.

Le repas se passa dans les meilleures conditions. La petite famille reconstituée parla de tout et de rien, Patrice ne put s'empêcher de tester Réyan sur ses fameuses capacités et il en fut plus qu'impressionné. Cet enfant était bel et bien capable de lire dans les pensées. Depuis leur « évasion », il s'était, à quelques jours près, écoulé une année entière. Les parents étaient fiers d'avoir pu contribuer à aider ce jeune garçon, en effet, aujourd'hui se trouvait devant eux un enfant possédant toute sa raison et disposant de capacités hors du commun. Nathan avait eu raison de le kidnapper. Nos deux amis y passèrent le reste de la journée et partirent le lendemain matin.

Arrivant à la station de ski ils achetèrent autant de courses qu'ils pouvaient en mettre dans la voiture. En quatre jours la neige avait suffisamment fondu pour que l'on puisse apercevoir par-ci par-là quelque point d'herbe. Bientôt Réyan pourrait continuer son entraînement à l'air libre, car courir sur un tapis roulant n'avait rien de bien intéressant. Les mois s'écoulèrent tranquillement, Réyan en avait terminé avec ces maux

de tête, bloquer les pensées était devenu pour lui une chose tout à fait normale. Avec Nathan ils prirent conscience, à force de se rendre au village, qu'il existait dans l'esprit de Réyan une sorte de radar qui le reliait à toutes les personnes proches de lui et la « portée » de son radar s'était au fil du temps développée. Au début il ne sentait la présence des personnes qu'une fois arrivé à la périphérie du village, maintenant il parvenait à les voir à plus de trois kilomètres. Avec Nathan il multipliait les expériences pour en découvrir toujours plus sur ses fabuleuses capacités. Un jour Nathan s'éloigna de plus de trois kilomètres et demanda à Réyan d'essayer de rester connecté à lui, en réalité il roula pendant plus de quatre heures pour se retrouver à plus de deux cents kilomètres de son jeune ami. Puis il composa le numéro d'un bar se trouvant sur la station et quelqu'un décrocha.
— Salut Nathan.
— *Salut Réyan, si tu sais que c'est moi, c'est que tu dois sûrement pouvoir « entendre » mes pensées. J'ai attendu d'être très loin pour t'appeler à ce numéro que j'ai pris dans les pages blanches il y'a de ça une vingtaine de minutes.*
— Oui je t'entends très bien et j'étais avec toi quand tu as choisi ce numéro et j'ai pu par ton intermédiaire, voir l'adresse à laquelle ça correspondait, tu m'as d'ailleurs laissé ces vingt minutes pour que je puisse m'y rendre étant donné que tu m'avais laissé dans un autre bar.
— Pourtant je ne suis pas dans ta « zone », dans ton « radar » ?
— Non tu l'as quittée depuis un sacré moment, c'est différent.
— C'est comme pour mes parents ?
— Oui c'est comme je te l'ai dit depuis que je les ai rencontrés j'arrive à avoir accès à leurs esprits.
— C'est très intéressant. Avec ce petit exercice on vient de prouver que la notion de distance n'est pas pour toi un facteur réellement déterminant. On va pousser un petit peu l'exercice si tu veux bien. Je vais regarder de nouveau dans l'annuaire et

je vais te donner un nom. Denis Foncé, que peux-tu me dire sur lui ? Est-ce que tu arrives à voir qui c'est ?
— Je… Non, je peux te dire que personne dans cette station ne porte ce nom et que personne ici ne connaît quelqu'un s'appelant ainsi.
— D'accord, d'accord, personne dans ton entourage ne le connaît… personne dans ton entourage ne le connaît, attends un peu, attends, j'ai une idée. Tu te rappelles de la première fois que nous nous sommes rencontrés tu m'as parlé de Karine.
— Je m'en souviens oui.
— Tu m'as dit que tous ces gens que j'aimais m'aimaient eux aussi, mais comment pouvais-tu le savoir ? Je ne percute qu'aujourd'hui, il doit te falloir un lien sinon comment pourrais-tu retrouver une personne que tu n'as jamais rencontrée parmi 6 milliards d'individus. On va voir si je suis sur la bonne voie, essaie, sans trop forcer, de me parler un peu de Karine.
— Elle travaille actuellement dans l'informatique.
— Essaie de me dire une chose que j'ignore.
— En ce moment même elle se rend au cinéma avec une de ses amies.
— Maintenant !? Là tout de suite ? Tu es donc avec elle.
— Oui, je vois ce qu'elle voit.
— C'est fantastique. Parle-moi un peu de son amie.
— Elle s'appelle Jocelyne Porti, elle est actuellement au chômage. Après le cinéma elle doit se rendre chez ses parents pour fêter l'anniversaire de son père. J'arrive à suivre. Je peux continuer et me retrouver dans la tête de son père, je peux y prendre toutes les informations que je souhaite.
— Tu es incroyable, tu es relié à toute l'humanité. En cherchant tu pourrais trouver qui est ce Denis Foncé car il y'a forcément quelqu'un qui connaît quelqu'un qui connaît cet homme. On va essayer plus simple, je vais regarder dans l'annuaire et te donner un nom d'une personne vivant dans la ville

où je me trouve, attends, OK voilà un joli nom tient, Marine Jolie.
— Et bien je vais essayer, l'homme que tu as croisé juste avant d'entrer dans la cabine téléphonique ne la connaît pas. En revanche, je vois qu'il fréquente un peu tous les bars du coin, je vais essayer avec les barmans… Certains connaissent des Marine, mais ce ne sont pas des Jolies, avec ces liens j'ai accès aux différents docteurs du coin, je cherche… J'ai trouvé un médecin généraliste avec dans ces souvenirs ce nom, très bien, je vois le visage et elle est très belle et ça y'est je suis avec elle.
— Superbe, son adresse correspond-elle à celle que j'ai sous les yeux ?
— Oui.
— OK et bien dorénavant on travaillera sur cette aptitude, tu peux rentrer au chalet si tu veux.
— C'est toi qui as la voiture.
— Oh, mais tu peux courir, ça ne te fera pas de mal, je te l'ai déjà dit je pense que ton développement physique est au moins aussi important que ton développement mental. Il faut que ton corps puisse suivre ton esprit.
— Oui je sais, je sais, pour être bien dans sa tête il faut être bien dans son corps.
— C'est exactement ça, à tout à l'heure.

Le temps passa, Réyan avait pris le contrôle total de ses capacités, il savait suivre des liens pour trouver des réponses à ses questions. Grâce à cela il avait pu se connecter aux plus grands scientifiques de notre temps et ainsi s'enrichir de leurs connaissances. Physiquement il parvenait à accélérer sa guérison, lors d'une coupure par exemple, quand il fallait une semaine à un individu normal pour cicatriser lui, en une paire d'heures, c'était réglé. Il arrivait à se projeter dans son propre organisme et pouvait en maximiser le fonctionnement. Peu de

temps après son quatorzième anniversaire il désira quitter le chalet pour découvrir le monde et le voir par ses propres yeux. Nos deux amis firent en deux ans le tour de la planète, dès que Réyan, grâce à ses connaissances, pouvait se rendre utile à quelque chose il le faisait sans hésiter. Arrivé à ses 16 ans il déclara à Nathan vouloir aider l'humanité, il devait essayer. Il devait lutter pour qu'il n'y ait plus de cris, plus de douleur, tous ces maux qu'il ressentait à chaque instant de sa vie, tout ce désespoir, tout ce malheur, toute cette tristesse dont souffrait le monde il fallait que ça cesse.
— Ce serait un honneur pour moi de faire le bien à tes côtés, ça fait longtemps que je vois en toi un super héros, tu es un cadeau que la nature a fait aux hommes. J'espérais que tu choisisses cette voie, tu ne lis plus dans mes pensées depuis pas mal de temps donc normalement mes espoirs non pas dû t'influencer.
— Oui, ceci est ma décision.
— Il faut te trouver un nom, j'en ai un pour toi : Ingeniuman.
— Pfff, tu as trop lu de BD quand tu étais jeune.

Chapitre 16 : Le nettoyage

<u>Ce chapitre se déroule entre 1992 et 1993.</u>

1994 : sortie en salle de Forest Gump et parution du premier tome de l'épée de vérité (la première leçon du sorcier).

Le 6 avril 1994 débuta une boucherie qui dura jusqu'au 4 juillet : le génocide du Rwanda, un pays d'Afrique de l'Est. Il fut commis dans le cadre d'une guerre civile opposant le gouvernement rwandais, constitué de Hutu, au Front patriotique rwandais (FPR), accusé par les autorités d'être essentiellement « Tutsi ». Le 1er octobre 1990 des Rwandais exilés et regroupés au sein du FPR décidèrent de revenir au pays à partir de l'Ouganda, et de prendre le pouvoir par les armes. En réponse, les autorités rwandaises menèrent une double stratégie : se défendre avec l'armée contre l'agression militaire du FPR et « liquider » tous les Tutsis de l'intérieur du Rwanda. Les autorités rwandaises perdirent la guerre civile au profit du FPR mais atteignirent en revanche leur objectif génocidaire contre les Tutsis.

Les massacres atteindront des sommets dans l'horreur. L'ampleur du massacre (en trois mois, 1 million de personnes sont tuées selon les autorités rwandaises après recensement, 800 000 selon l'ONU et l'OUA), sa cruauté (des femmes enceintes sont éventrées pour tuer les fœtus, la violence sexuelle est fréquemment employée, des tueries ont lieu au sein de familles mixtes, le sadisme se manifeste dans de nombreux cas) et le nombre d'exécutants en font un des événements les plus atroces du XXe siècle.

— J'aime beaucoup les comics, c'est vrai. Et je suis assez content de ma trouvaille, acquiesça Nathan le sourire aux lèvres.
— Bref, reprit Réyan. Pour commencer, tant que nous ne serons pas bien en place, nous devrons stopper tout contact avec

ta famille, il en va de leur sécurité je suis sûr que tu peux le comprendre. Mais cela ne durera qu'un temps.

— Oui je m'y attendais et je pense qu'ils y sont préparés.

— Ensuite il nous faut quitter le chalet, trop de gens là-bas connaissent nos visages. Il nous faut trouver de nouveaux locaux, mais pour ça on aura besoin d'argent, de beaucoup d'argent. Je sais qu'il ne nous en reste plus beaucoup et qu'une fois de plus tu t'apprêtais à demander à ton père de réaliser un autre virement. Dans un premier temps avec le peu d'argent qu'il nous reste je vais nous fabriquer plusieurs identités dans différents pays. Ensuite je compte participer à quelques jeux télévisés et divers tournois pour lesquels les vainqueurs reçoivent beaucoup d'argent. Cet argent je vais le faire fructifier en bourse et ainsi nous pourrons nous acheter des locaux et l'équipement nécessaire pour combattre le mal. Il est vrai que nous pourrions facilement trouver de l'argent mais, si je souhaite faire ces tournois c'est avant tout afin de me tester.

— Hmm hmm, je vois que tu as bien réfléchi à la question.

— Oui, et pendant le temps qu'il nous faudra pour nous rendre opérationnels, je t'apprendrai tout ce que tu auras à savoir.

— C'est donc toi qui vas devenir le professeur et moi l'élève.

— Exactement, on va pouvoir échanger les rôles.

— J'espère que tu seras aussi bon professeur que je l'ai été. Ça, ça va être dur.

— Mais non, mais non, je serais même meilleur.

Réyan s'intéressa surtout aux émissions du genre de « qui veut gagner des millions », « questions pour un champion »… Il faisait parfois exprès de se tromper pour ne pas éveiller la méfiance du public, il tachait au maximum de participer aux émissions qui rapportaient le plus d'argent et il faisait un jeu télévisé par pays. Dès qu'ils disposaient d'un peu de temps et cela était souvent le cas entre chaque émission, Nathan apprenait de nouveaux savoirs. Durant les 5 mois qu'il fallut à

Réyan pour posséder plusieurs comptes bien remplis à travers la planète, Nathan apprit la chirurgie pour être en mesure de soigner son ami si celui-ci venait à se blesser. Après avoir réuni suffisamment d'argent, ils achetèrent ce qui allait devenir leur première « base ». Il s'agissait d'une sublime maison se trouvant dans une grande propriété en bord de falaises sur les côtes islandaises.

— C'est vrai qu'il s'agit d'une maison de rêve, mais pourquoi avoir pris celle-là plutôt qu'une autre ?

— À en croire les relevés géologiques du coin, le sol est ici plutôt friable.

— Tu veux te creuser un sous-sol ?

— C'est exactement ça.

— Non ?! Autrement dit tu veux te faire ta bat cave si j'ai bien compris.

— Euh oui, on peut dire ça.

— La Ingenium cave, j'ai hâte de voir ça.

— On appellera ça tout simplement le sous-sol si tu veux bien.

— Je t'assure qu'il te va bien ce nom, tu connais toutes les déclinaisons de ce mot latin ingenium, juste pour voir, essaye de me donner un mot, un adjectif, ce que tu veux qui te correspondrait mieux que celui-ci.

— Je n'en ai pas, mais de toute façon je n'ai pas besoin d'un quelconque surnom.

— Tu n'en as pas… je t'aurais donc posé une colle, raison de plus pour garder cette appellation, Ingeniuman, nos ennemis en trembleront.

Par la suite la villa fut entièrement équipée de tout ce qui se faisait de plus pointu en technologie. En ayant terminé avec la chirurgie, Nathan apprit à piloter le jet que nos deux amis venaient de s'offrir.

— Et bien Nathan, nous voilà fin prêts, que dirais-tu de commencer en Angleterre ?

— Pourquoi pas, qu'est-ce qui nous y attend ?
— Rien de bien difficile pour toi, tu n'as pas la chance de savoir tout sur tout en matière d'armement, de combat et d'infiltration, mais ça viendra. Pour le moment on va essayer de « nettoyer » les différentes agences qui luttent du côté de la justice. Il se trouve qu'au MI6 certains hauts dirigeants n'hésitent pas à se servir de leur pouvoir pour quelques mauvaises actions, mais surtout pour détourner pas mal d'argent et s'en mettre plein les poches. Nous devons donner à ces agences, MI6, CIA, FSB, DGSE et compagnie, la possibilité de faire leur travail sans être minées de l'intérieur.
— Et bien ça tombe bien je n'ai encore jamais mis les pieds à Londres. Je suppose que tu as un plan.
— Oui, dans un premier temps nous allons récupérer les données qui se trouvent sur leur serveur interne. Pour cela tu vas te présenter à leur bureau et te faire passer pour un nouvel agent qui vient d'être muté. Une fois à l'intérieur tu m'ouvriras la voie qui mène à la salle des serveurs et là je récupérerais toutes leurs informations.
— Mais…
— Non je ne connais pas l'intégralité de ces informations, cela représente le fruit de plusieurs années de recherche et de travail sur le terrain. Pour être vraiment opérationnels, on doit s'approprier ces connaissances et on en fera de même avec les autres agences. On croisera toutes ces données ce qui nous donnera une base complète sur le fonctionnement du monde et la vermine qui le ronge.

Le jet s'envola pour Londres, Nathan prit l'identité d'un certain Thomas Anderson, celui-ci servait en tant que garde du corps du premier ministre et suite à sa demande il put obtenir sa mutation pour intégrer le MI6. Comme stipulait son ordre de mission, il devait prendre ses fonctions aujourd'hui. Une fois arrivé au sol, Réyan alla à sa rencontre et le maîtrisa en un clin d'œil. Il le prit sur son dos et entra dans l'immeuble qui se trouvait sur sa droite. Il força la serrure d'un des appartements qu'il savait être libre et l'allongea sur le lit en lui injectant dans les veines de quoi dormir pendant plus de 24 h. Durant le vol, Nathan s'était évertué à mémoriser l'itinéraire qu'il devrait suivre au sein des bâtiments du MI6 pour accomplir sa mission. Lui faire porter un micro pour que Réyan puisse le guider semblait trop risqué. Surtout qu'Ingeniuman savait très bien que son ami pouvait tout retenir. Nathan présenta ses faux papiers à l'accueil, on l'installa dans une salle d'attente pour qu'il patiente en vue de son entretien avec le responsable des ressources humaines.

Réyan de son côté se trouvait dans les égouts et s'apprêtait à pénétrer dans les sous-sols du MI6. Après avoir désactivé l'alarme, il découpa à l'aide d'un chalumeau la grille d'évacuation qui reliait les sous-sols aux égouts et pénétra dans les bâtiments. Nathan quitta la salle d'attente, visualisa mentalement l'itinéraire qu'il devait suivre et se mit en route. Il n'en revenait pas, il se baladait dans le MI6 et jouait les agents doubles, rien ne le destinait à ça, jamais il n'avait été aussi tendu. Malgré cette tension, il ressentait également de la joie, de l'excitation du bonheur même car pour lui, c'était exactement là où se trouvait sa place, juste aux côtés de Réyan. Il tourna au bout du couloir et continua son chemin, une fois arrivé devant la porte du poste de sécurité, il composa le code d'accès et entra dans la pièce. Les deux personnes présentes le regardèrent et avant même qu'ils n'aient pu dire quoi que ce soit Nathan sortit son arme et décocha deux fléchettes tranquillisantes à effet immédiat. Les deux gardes s'écroulèrent avant même de pouvoir réagir. Réyan quant à lui, progressait sans trop de problèmes, dès qu'il savait que quelqu'un approchait, il se cachait et continuait sa route une fois la menace écartée en prenant toujours bien soin d'éviter les caméras. Arrivé à la salle des serveurs il attendit que son ami en ait terminé. Nathan sortit un déplié de sa poche et suivit les consignes qui y figuraient. Après quelques minutes passées sur l'ordinateur, la sécurité du sas se désactiva et Réyan put entrer. Nathan quitta le poste de sécurité et sortit du bâtiment comme si de rien n'était. Ingeniuman n'avait pas de temps à perdre, les deux agents endormis ne tarderaient pas à être découverts. Il relia son ordinateur portable à une des bornes et lança le téléchargement. Son ordinateur ne servait que de relais, car à lui seul il ne pouvait stocker les téraoctets pour ne pas dire les pétaoctets d'information que contenaient ces serveurs. L'ordinateur portable renvoyait le flux vers une antenne située à l'extérieur du bâtiment dans un van qui transmettait ces données à un satellite qui lui-même amenait tout ça directement dans la villa en Islande. Dès que ce fut terminé, Réyan récupéra son matériel et s'en alla.

Il avait fait d'une pierre deux coups. En récupérant les données, il avait ajouté dans l'ordinateur certaines de ses propres informations de façon à ce que les experts qui viendraient contrôler les serveurs suite à l'intrusion qui sera bientôt constatée puissent remonter les pistes qu'il avait laissées et ainsi découvrir les agissements de certains directeurs et sous-fifres fraudeurs. Avec ces preuves des têtes tomberaient.

— Alors ? s'empressa de demander Nathan lorsque Réyan le rejoint dans la voiture.

— C'est bon, mais nous partons immédiatement pour la Turquie.

— Que se passe-t-il ?

— Le MI6 a dans ses murs un prisonnier, ils sont en train de l'interroger. Peut-être finira-t-il par parler, quoi qu'il en soit moi je n'ai pas besoin d'attendre qu'il le fasse. Lui et le groupe auquel il appartient ont préparé l'enlèvement du président turc

dans le but de faire pression sur le gouvernement afin que celui-ci libère quelques amis à eux et leur accorde une immunité. Ils passent à l'acte dans deux jours.
— Nous n'avons donc pas de temps à perdre.

Rapidement nos deux héros retournèrent au jet et décollèrent en direction de la Turquie. Une fois sur place, et après s'être couverts, nos deux amis se rendirent à une grande station de ski où le président était venu avec sa famille passer quelques vacances. Ingeniuman alla directement à la rencontre des terroristes, ceux-ci se trouvaient dans un chalet et terminaient leurs préparatifs. Leur objectif premier étant le président, ils étaient cependant prêts à se contenter d'un des membres de sa famille. Le plan était simple, 10 individus soit 5 motoneiges attendraient le président au détour d'une piste. À son arrivée, ils tueraient ses gardes du corps, endormiraient le président et le transporteraient à un hélicoptère qui franchirait la montagne pour passer de l'autre côté.

En cas d'échec, 4 hommes surveillaient en ce moment même la fille du président. Celle-ci avait refusé de skier avec sa famille préférant faire les boutiques de la station avec une amie et il y avait seulement deux gardes du corps pour assurer sa sécurité. Nathan devait s'occuper de ces quatre-là pendant que Réyan se chargeait des dix qui se trouvaient dans le chalet. Au signal de Réyan, Nathan alla voir les deux gardes du corps et se fit passer pour un agent secret. Il les prévint de la présence des 4 terroristes et leur donna discrètement leurs positions. Un des gardes du corps appela des renforts et la fille du président et son amie furent rapidement évacuées et les 4 malfrats arrêtés. Au même instant Ingeniuman lança une grenade au travers d'une des vitres du chalet, celle-ci était remplie de gaz somnifère. Il se plaça sur le côté de la porte de façon à ne pas être vu lorsque celle-ci s'ouvrirait et attendit. Les terroristes qui purent sortir n'allèrent pas bien loin, car à leur passage chacun reçut une fléchette tranquillisante. Les autorités furent prévenues et nos deux amis s'évanouirent dans la nature.

— Voilà notre deuxième mission qui se termine par un succès Nathan. Nous partons maintenant pour Langley.

— Visiter la CIA.

— Oui.

— Réyan, tu as conscience que tu, que nous ne pourrons pas être partout en même temps. Aujourd'hui en est la preuve, à quelque chose près on serait arrivés trop tard. J'y ai réfléchi durant tout notre trajet aller et…

— Moi aussi Nathan et même bien avant cela.

— Et maintenant que l'on est dans le « milieu » si je puis dire, il est sûr que tu vas être en contact direct avec tout ce qui t'a rongé et ce qui te ronge encore aujourd'hui, le malheur est présent partout. Tu vas devoir sélectionner nos priorités.

— C'est ce que je fais, cette mission en était une, sinon j'aurais choisi de rester en Angleterre et de m'occuper par exemple du braquage de la bijouterie qui se trouvait en face de notre hôtel.

— Les as-tu prévenus ?

— Oui je leur ai laissé un mot dans leur boîte. Ça n'a servi à rien, ils ne l'ont pas pris au sérieux. Le braquage à eu lieu il y'a maintenant 5 h, heureusement il n'y a pas eu de blessé.

— Pourquoi ne me l'as-tu pas dit ?

— Tu étais occupé à apprendre l'itinéraire qu'il te fallait suivre dans le MI6.

— Tu aurais quand même pu me prévenir, nous aurions réfléchi ensemble quant à la conduite à tenir.

— C'est vrai, je suis désolé, je voulais juste…

— Faire quelque chose tout seul.

— En gros oui, c'est toi qui lis dans mes pensées maintenant ?

— L'idée de la lettre était bonne et c'est là où je voulais en venir, en soit aujourd'hui il nous aurait suffi de prévenir les bonnes personnes.
— Et prendre le risque de ne pas être pris au sérieux.
— Tu te rappelles de notre première rencontre ?
— Oui bien sûr comment pourrais-je oublier ?
— Te rappelles-tu comment tu m'as convaincu de t'aider ?
— Je t'ai prouvé que je pouvais lire dans les pensées.
— Même plus que ça, tu m'as sorti des choses personnelles sur mon compte. En attirant l'attention de l'auteur sur ta lettre en y inscrivant par exemple une chose que personne d'autre que lui n'est censé savoir…
— Il fera plus attention au contenu de la lettre et il est beaucoup plus probable que celle-ci soit prise au sérieux, ce n'est vraiment pas bête. Si nos avertissements fonctionnent, cela nous permettrait de lutter efficacement contre le crime.
— Exact, quant à nous on pourra se concentrer sur les affaires que toi seul seras capable de régler, avec mon aide bien entendu.
— On va essayer, je vais tâcher de prévenir le plus tôt possible comme ça si certaines de mes lettres ne sont pas prises au sérieux nous aurons le temps d'intervenir.
— Oui, cela étant convenu, je suis curieux, dis-moi Réyan, durant le trajet aller tu as tenté de te connecter à tous les présidents ainsi que leur entourage alors, qu'as-tu à me révéler ?
— Énormément de choses, dont une que tu ne vas pas croire.
— Ah ouai ??? C'est quoi ? Les Men In Black existent ?
— La zone 51, la véritable zone 51, pas celle qui porte ce nom dans le Nevada, existe bel et bien, à dire vrai elle s'appelle la zone 15 comme les 15 axes de recherches qu'il y'avait au départ. C'est lors d'une fuite que les nombres ont été inversés. Je n'ai rien trouvé là-bas qui puisse être lié à moi.
— Je t'avais bien dit que tu n'étais pas un extraterrestre.

— Je ne sais pas si l'on saura un jour ce que je suis, quoi qu'il en soit les spécimens présents dans cette zone n'ont rien d'humain.
— Sont-ils vivants ?
— Non.
— Cesse de te tourmenter à propos de tes origines, tu es pour moi l'homme le plus fantastique qu'il y'ait, tu vas être amené à changer le monde, le sauver.
— C'est nous qui allons le sauver, sans toi je n'en serais pas là.
— Et ça, ce n'est rien de le dire, la vérité Réyan c'est que sans toi je n'en serais pas là non plus et je t'en remercie. Allez, tu me révéleras d'autres secrets pendant le trajet. Après le MI6, la CIA, je n'en reviens pas. C'est tout simplement incroyable.
— À quelque chose près on procédera de la même manière.

Il ne fallut pas moins d 'un an à nos deux amis pour nettoyer toutes les agences et collecter leurs informations. Durant cette période beaucoup de lettres furent envoyées, et Réyan put constater avec plaisir que celles-ci étaient prises au sérieux à plus de 70 %. Prévenir des attaques avant que celles-ci ne surviennent évitait un grand nombre de victimes innocentes. Quand il s'agissait de graves menaces, Réyan écrivait directement aux personnes concernées dans ces agences qu'il savait maintenant à peu près « propres » et inscrivait dans sa missive tous les éléments nécessaires afin de permettre à des agents d'intervenir à temps. Pour ce qui était des actes criminels moindres dont il prenait connaissance par pure coïncidence comme pour le braquage de la bijouterie. Il téléphonait à la gendarmerie du coin, se faisant passer pour quelqu'un du gouvernement en question et prévenait simplement de l'attaque à venir.

Après avoir récupéré toutes ces données, Réyan et Nathan s'attaquèrent au grand banditisme et à la lutte antiterroriste.

Rapidement ils devinrent d'une efficacité redoutable, ils démantelèrent les réseaux un par un. Réyan continuait à se développer, physiquement il avait atteint des niveaux bien supérieurs que ceux de n'importe quel athlète. C'était un surhomme à tout point de vue. Malgré tout il n'était pas invincible et Nathan avait dû, plus d'une fois, transformer son savoir théorique en savoir pratique. Dès lors que Réyan n'avait d'autre choix que de foncer dans le tas à sa manière, il lui arrivait parfois d'être touché et même plus rarement d'être gravement blessé. Il incombait donc à Nathan, qui dans ces cas-là devait rester en arrière, de soigner son ami. Ses facultés de cicatrisations aidant, Ingeniuman s'en remettait toujours rapidement et sans séquelles.

Chapitre 17 : Élianord

<u>Les chapitres 17 à 23 se déroulent en 2000. Réyan à 24 ans. Les citations suivantes sont légèrement décalées dans le temps afin de rattraper les années écoulées.</u>

En 1997 sortit en salle de Titanic, première parution de One Piece et début de la saga d'Harry Potter.

Depuis les premières opérations de nettoyage, huit années s'étaient écoulées et nos deux amis pouvaient être fiers du travail accompli jusqu'à présent. Peu de temps après son vingtième anniversaire, Réyan avait pris conscience de ses limites, ses neurones commençaient à se désagréger et il ne pouvait pas en créer d'autres, son temps était donc compté. Bientôt, il en aurait 25 ce qui signifiait qu'il avait certainement plus d'années derrière lui que devant. 45 ans, c'était selon lui le maximum qu'il pouvait atteindre s'il maintenait son cortex à cette tension actuelle. Il vivrait encore moins s'il devait augmenter l'activité de ses neurones. Ce qu'il faisait parfois en fonction de certaines affaires sans trop se soucier des conséquences que cela engrangeait sur sa santé.

— 45 ans tu dis !!!? Comment le sais-tu maintenant ? Tu disais ne pouvoir le dire avec certitude.

— Je le sais maintenant que j'ai passé la moitié.

— Je… je suis désolé Réyan, je… J'avais bien compris quand tu me l'as expliqué que c'est ça qui te tuerait, mais je ne pensais pas que… 45 tu es sûr ?

— Oui, au mieux.

— Comment ça au mieux ? Tu veux dire si tu évites de faire n'importe quoi avec ton cerveau, comme la dernière fois où tu as voulu passer de 10 en 10 ?

— Par exemple oui.

— Arrêtons tout.
— Pardon ?
— Mettons fin à tout ceci, arrêtons et rentrons en Islande. Tu dois pouvoir vivre beaucoup plus que ça si tu cesses dès maintenant d'user de tes facultés. Tu en as assez fait.
— Jamais je ne ferais ça et tu le sais, toi à ma place est-ce que tu pourrais abandonner ?

— … Je… Non, non je ne pourrais pas.
— Je me dois de faire tout mon possible, chaque vie que je sauve donne un sens à la mienne, ne plus le faire reviendrait à rejeter mes dons et à faire preuve d'un égoïsme surprenant. Je suis né pour ça Nathan et mourir avant la vieillesse en est la contrepartie, et ça je l'accepte volontiers. Qui plus est, avec la vie que nous menons il se peut que je meure bien avant.
— Surtout si tu continues à foncer dans le tas comme il t'arrive parfois de le faire, ajouta Nathan.
— Je n'ai pas le choix mon ami, mais je t'assure que la dernière fois c'était vraiment un coup de pas de chance.
— Pas de chance tu dis ? En ce qui me concerne, je dirais que tu en as eu ! À quelques millimètres c'était ton cœur, et même toi tu ne peux vivre sans.
— Wof tu aurais su me le réparer, tu as bien réparé mon âme. Pour en revenir à ce qu'on disait, nous devons nous rendre à San Francisco.
— Pour aller arrêter ce tueur en série, je sais. Je comprends pourquoi tu m'as dit ton espérance de vie juste après ça. Cette nouvelle faculté Réyan remet en question tout ce que l'on sait sur toi.
— Mais non.
— Mais si, nous sommes en Thaïlande. Ce meurtrier quant à lui se trouve aux États-Unis, il n'est donc pas dans ton radar. Tu n'as jamais rencontré sa dernière victime pourtant tu t'es

retrouvé en elle sans suivre aucun lien. Comment l'expliques-tu ?
— Je te l'ai dit, j'ai entendu son appel, j'ai ressenti sa terreur avant qu'elle ne meure.
— Comment ?
— Je ne sais pas.
— C'est bien ce que je dis. Réyan je suis convaincu que ton développement n'est pas terminé, à en croire ceci je dirais que tu es véritablement relié à l'humanité toute entière, dieu seul sait ce que tu peux accomplir Ingeniuman.
— Arrête avec ça. Sa prochaine victime est un agent d'Interpol, elle s'appelle Élianord Pascale. Je ne sais pas où se trouve le meurtrier actuellement, j'ai pu entrer en lui uniquement quand j'étais dans sa victime. L'homme qu'il a tué : un détective privé renommé m'a donné un accès direct via le regard. Je n'ai pas eu le temps de voir grand-chose si ce n'est que son intellect est vraiment différent. Je ne sais pas pourquoi, mais dès lors qu'il l'avait tué me privant ainsi d'un accès direct, j'ai perdu tout contact. Je n'ai plus accès à son savoir. Et du temps où j'y étais je ne suis pas parvenu à décrypter toutes ses pensées c'était vraiment étrange. Je ne connais pas sa véritable identité et je ne sais pas comment il a fait pour me rejeter. À dire vrai, je ne sais pas grand-chose d'utile si ce n'est qu'il avait ce nom à l'esprit : Élianord Pascale et qu'il avait commencé à l'étudier.

Nous devons sauver cette femme et mettre la main sur cet homme. L'idée qu'un meurtrier puisse échapper à tes facultés est très dérangeante.
— C'est peut-être bien pire, il se peut qu'il soit comme moi. Ce n'est peut-être pas la victime qui a attiré mon esprit, c'était peut-être lui, si nous sommes pareils peut-être que la distance n'a pas d'importance.
— Tu crois cela possible ? Un meurtrier disposant de tes facultés, je n'ose le croire. Les recherches que j'avais menées

seul quand je t'ai recueilli et que l'on a menées ensemble par la suite, nous l'ont bien montré. Nous n'avons trouvé encore aucun autre enfant susceptible de disposer de tes facultés. Toi-même tu as pénétré l'esprit de ceux qui souffraient des mêmes symptômes que toi à l'époque et tu n'y pas entendu des voix de personnes réelles.
— Je sais bien oui, mais comment se fait-il que je n'arrive plus à accéder au savoir de cet homme ? Nathan je n'étais peut-être pas le premier, il se peut que cet homme soit venu avant moi. Si c'est le cas et qu'il a su effacer sa trace, alors les recherches faites ne le concernent pas.
— Et comment aurait-il réussi à reprendre le contrôle ? Pourquoi ne serait-il pas en ce moment dans une chambre capitonnée en train de se tenir la tête ?
— Je ne sais pas, les choses peuvent être différentes, je n'en sais rien et il faut que je sache. Si nous partons maintenant nous serons sur place tôt dans la matinée, heure locale.

Dès qu'ils arrivèrent à San Francisco et ne sachant pas à quel moment le meurtrier comptait passer à l'action, Réyan choisit de se présenter directement. C'est ainsi qu'il se rendit à l'immeuble dans lequel vivait la jeune inspectrice et attendit qu'elle le quitte pour se rendre à son travail. Alors qu'elle passait devant lui, il l'aborda.
— Bonjour Mademoiselle Pascale, je suis venu vous mettre en garde, un tueur en série en a après vous.
— Et je peux savoir qui vous êtes ?
— Oui bien sûr, je suis Franck Merson, FBI, voici ma carte.
— Et vous ne pouviez pas téléphoner plutôt que de débarquer devant chez moi ?
— Je ne sais pas quand il compte s'en prendre à vous.
— Ça je m'en doute, vous n'êtes pas devin, si ? Dois-je comprendre que j'ai un garde du corps ?
— En quelque sorte.

— C'est gentil de votre part, mais je sais me protéger toute seule.
— Je n'en doute pas, mais…
— Vous n'avez qu'à me suivre à mon bureau, vous m'en direz plus là-bas.
— Non, personne ne doit savoir que je suis là, vous ne devez rien changer à vos habitudes. Il pourrait se rendre compte d'un changement et m'échapper.
— Ce que vous faites là n'est pas dans votre intérêt alors…
— Je ne suis qu'un voisin qui drague sa voisine.
— Vous me draguez ? Hmm hmm un garde du corps qui ne sait pas rester professionnel, je pense que je vais en changer.
— Mais non ! Je peux vous assurer qu'il ne se trouve pas dans les parages.
— Pardon ?
— … Non c'est que…
— Le FBI disposerait-il donc de moyens que je ne connais pas ? Alors vous me suivez au bureau.
— Je vous ai dit que non.
— Très bien, moi j'y vais.
— Mais…
— Soit vous venez avec moi et vous me parlez de ce tueur, soit vous restez là et j'appelle votre agence qui me renseignera aussi bien que vous.
— Pfff vous êtes butée, on voit bien là la New-Yorkaise.
— Comment…
— J'ai lu votre dossier. Je ne connais pas les moyens dont il dispose, je ne sais pas comment il fonctionne. Il saura peut-être se renseigner sur ce que vous faites en se trouvant loin de vous m'empêchant ainsi de le localiser. Je peux juste vous assurer qu'il n'a aucun contact avec les gens qui travaillent avec vous.
— Encore heureux j'ai toute confiance en eux.

— Vous ne devriez pas, sachez que Paul Kormil bat sa femme et il serait tant que cela cesse.
— Je ne peux pas le croire.
— C'est pourtant vrai.
— Mais qui êtes-vous véritablement ?
— Je vous l'ai dit, Franck Merson FBI. Maintenant, allez à votre bureau. Je ne viens pas avec vous, mais je ne serais pas bien loin. Personne ne doit me voir et je compte sur vous pour ne parler de moi à personne. Tenez, ceci est un portrait-robot de l'homme que je recherche.
— Ce n'est pas un ordinateur qui a fait ça ? C'est vous ?
— Oui.
— Vous dessinez drôlement bien, vous avez donc déjà eu affaire à lui ?
— En quelque sorte oui.
— Alors ce coup-ci rendez-moi service, ne le laissez pas s'enfuir.
— Je suis là pour l'arrêter et faire en sorte qu'il ne vous arrive rien.
— Je devrais partir, je risque d'être en retard.
— Je vous en prie.

Élianord monta dans sa voiture à la fois inquiète et soulagée puis s'en alla. Réyan rejoignit Nathan qui lui observait la scène dans un véhicule se trouvant en amont de la rue.
— Dis donc elle est sacrément jolie ton agent d'Interpol.
— Oui, pas mal.
— C'est bon tu l'as mise en garde ? Qu'est-ce qui a pris autant de temps ?
— Elle n'arrêtait pas de m'interrompre, elle a même réussi à me mettre mal à l'aise ce qui a failli me faire commettre une gaffe.

— Elle t'a mis mal à l'aise !? Toi Ingeniuman, serait-ce sa beauté qui t'a subjugué ? Il est vrai que niveau femme tu as encore beaucoup à apprendre.
— Oh ferme-la et démarre plutôt la voiture. Nous allons la suivre de loin.

Avant de se rendre au travail, Élianord fit un détour par le domicile de Paul Kormil pour en avoir le cœur net. Elle n'avait encore jamais rencontré sa femme et c'était là une très bonne occasion de le faire. Une fois arrivée au seuil de la porte elle enclencha la sonnette et une femme portant de grosses lunettes noires lui ouvrit. *Il semblerait que ce Franck Merson ait raison*, pensa-t-elle.
— Bonjour je me présente, je suis Élianord Pascale, je travaille avec votre mari.
— Élianord Pascale… Vous êtes Élianord Pascale ? Euh mon mari est parti il y'a une dizaine de minutes.
— Je sais je viens de l'appeler pour m'en assurer. C'est vous que je suis venue voir. Est-ce que vous pourriez retirer vos lunettes ?
— Je…
— Je vous en prie, je suis là pour vous aider, de plus ces lunettes ne dissimulent pas totalement ce coquard, c'est votre mari n'est-ce pas ?
— Oui, c'est vous qui avez déposé cette lettre à mon attention ?
— Pardon ?
— Oui… Cette lettre, elle était dans ma boîte ce matin, il y'est marqué que vous passeriez, que je dois vous faire confiance.
— Je n'ai rien déposé, je peux voir cette lettre ?
— Oui, entrez, tenez, la voilà.

Bonjour Élisabeth, je sais que votre mari a remis ça, il est temps pour vous de le dénoncer, vous devez porter plainte. Je sais que vous avez peur et je le comprends. Mais maintenant, vous devez faire preuve de courage car cette situation met en danger votre enfant. Il est plus que temps de le quitter, pour vous et pour cette vie qui grandit en vous. Vous avez encore tellement de choses à faire, de belles choses à vivre. Cessez d'avoir peur de cet homme. Une femme va passer tout à l'heure, elle s'appelle Élianord Pascale, elle travaille avec votre mari, vous pouvez lui faire confiance, elle saura quoi faire. Ne cherchez pas à lui mentir, elle vous aidera et grâce à cela vous pourrez démarrer une nouvelle vie.

— Paul, il sait pour l'enfant ?
— Non, normalement personne n'était au courant.
— L'auteur de cette lettre à raison, il faut que vous veniez avec moi.
— Si je le quitte, il me retrouvera, il travaille pour Interpol.
— Non, il travaillait, il va perdre son emploi et il fera de la prison et si par la suite il cherche à vous retrouver, je vous protégerai, je vous le promets. Vous avez suffisamment laissé faire, maintenant battez-vous, Paul ne doit plus jamais poser la main sur vous et encore moins vous battre.
— Je n'ai pas de travail, je…
— L'état vous aidera. Ne vous inquiétez pas pour ce genre de chose, pour le moment votre seul souci doit être celui de vous protéger et de protéger votre enfant. Vous avez le droit de vivre comme tout le monde, vous avez le droit d'être heureuse.
— Je… Je vais venir avec vous.
— Vous prenez la bonne décision, nous allons nous rendre au commissariat le plus proche.

Élianord qui laissa Élisabeth aux mains de l'inspecteur pendant qu'elle déposait sa plainte prévint son bureau et s'y rendit. Elle avertit son agence qu'elle tenait à arrêter elle-

même Paul. Une fois sur place elle se dirigea vers la machine à café où se trouvait cet homme sans honneur et sans principes.
— Salut Élianord comment vas-tu ?
— Mieux que toi dans quelques secondes.

Et bim elle lui asséna un puissant coup de pied dans l'entrejambe à lui faire remonter les joyeuses dans la gorge. Plié au sol, les larmes aux yeux et le souffle coupé elle lui passa les menottes et le confia à deux policiers.
— Ouille, je n'aurais pas aimé subir ça, confia Ingeniuman.
— Quoi donc ?
— Ce Paul a eu ce qu'il méritait, je ne sais pas s'il pourra avoir d'autre enfant.
— Je vois, il a pris un bon coup dans les couilles.
— C'est bien ça.
— Ces hommes qui battent leur femme ne sont vraiment que des merdes, dis-moi Réyan, qu'est-ce qui nous attend pour la suite, on va rester dans cette voiture ?
— Je ne sais pas Nathan, je n'ai toujours rien trouvé, je ne sais pas où se trouve ce meurtrier. Pour l'instant le seul plan consiste à attendre qu'il attaque Élianord et intervenir à ce moment-là.
— Crois-tu qu'il peut rester invisible à tous tes sens ?
— Certainement pas à ma vue.
— Qu'as-tu découvert sur la précédente victime ?
— Comme tu le sais déjà il travaillait en tant que détective privé, ses affaires en cours ne m'ont rien appris, c'était un des meilleurs dans son pays. Cela m'amène à dire que notre homme s'en prend principalement aux enquêteurs. Nos ordinateurs en Islande sont en train de regrouper toutes les affaires non résolues de meurtres sur agent, inspecteur, détective et policier qu'il y a eu durant les dix dernières années. On devrait bientôt recevoir les résultats sur le PDA. Du côté d'Élianord,

il n’y a rien dans ses affaires, dans son entourage qui me mette sur la voie. Donc pour l’instant on continue comme ça, on reste à proximité et on surveille.
— Et tu ne veux pas rester à ses côtés parce que ?
— Parce que je ne connais rien de notre adversaire, je ne voudrais pas qu’il me repère le premier.
— As-tu pensé à un tireur d’élite ?
— Oui, mais malgré le peu que j’ai vu dans sa tête, je peux quand même affirmer que ce n’est pas sa façon de faire. Il tue à bout portant, il a besoin de voir la défaite dans les yeux de sa victime. Attends « … » Putain elle en fait vraiment qu’à sa tête.
— Que se passe-t-il ?
— Elle veut me voir, elle se rend à un des carrefours les plus exposés de la ville uniquement pour me forcer à la rencontrer.
— C’est plutôt une bonne idée.
— Absolument pas non.
— Moi je pense que tu devrais rester à ses côtés.
— Si le meurtrier dispose des mêmes facultés que moi, il me repérerait aussi sec.
— Faux s’il était comme toi, vraiment comme toi, il saurait déjà que tu es là via Élianord, il n’a pas besoin d’être à ta périphérie.
— Correct, mais je ne pense pas qu’il soit tout à fait comme moi, à dire vrai je n’en sais rien. Ce qui est sûr c’est qu’il l’observe, et si j’apparais comme ça, même si ma couverture est bonne, ça va forcément éveiller sa méfiance.
— Tu prends trop de précautions, je suis sûr que s’il se trouve dans ton radar tu le verras.
— J’en suis beaucoup moins sûr que toi. J’étais dans sa tête et pourtant je suis incapable d’y retourner, je suis incapable de le localiser. Aussi bien il se trouve sur le toit de l’immeuble en face alors que mes sens me disent qu’il n’y a personne.

— Mouais, de toute manière tu ne vas pas la laisser poiroter toute la journée à son carrefour non ?
— Non, je vais aller la voir maintenant avant qu'elle n'y aille.
— Et que vas-tu dire ?
— Je ne sais pas encore.
— Ne te laisse pas subjuguer ce coup-ci.

Alors qu'Élianord quittait les locaux d'Interpol et s'apprêtait à monter dans un taxi sanfranciscain, Réyan l'interpella.
— Venez avec moi.
— Vous tombez à pic, je cherchais à vous voir.
— J'ai cru le comprendre oui.
— Ah vraiment ? Eh bien moi je crois comprendre que vous en savez beaucoup plus que vous ne le dites et que vous n'êtes pas qui vous prétendez. J'ai vérifié, très idéal la fonction que vous occupez « agent libre ». Vos papiers sont en règle, vous êtes bien dans les registres, seulement il n'y a personne que je puisse contacter directement, pas de supérieur, pas de collègue, personne du FBI pouvant m'affirmer que vous êtes bien du FBI et en ce qui concerne votre dossier il est plus que verrouillé. À part votre nom et une photo, je n'ai rien pu obtenir. Ce qui fait de vous soit un gros poisson soit un bel escroc et je mise sur l'escroc, car un gros poisson ne s'occuperait pas d'un tueur en série à moins que ce tueur soit vraiment spécial.
— Et si c'était simplement parce que je passais dans le coin, que j'ai eu connaissance de l'affaire et que l'envie de vous sauver m'a pris.

(Un sourire s'afficha sur le visage de la jeune femme)
— Peut-être, quoi qu'il en soit, je vous remercie pour Élisabeth. Très malin cette lettre pour la convaincre et la préparer à ma venue. Comment avez-vous su pour l'enfant ?
— Montez dans ce véhicule, je vous prie.
— Mais si vous êtes un escroc, je ne devrais pas monter n'est-ce pas ?

— Je ne suis pas un escroc, vous n'avez rien à craindre, je veux juste vous protéger, ensuite je disparaîtrai.

Après lui avoir ouvert la portière, Élianord monta à l'arrière du véhicule suivie par Réyan. Les présentations avec Nathan furent faites et la voiture démarra. Sachant que la jeune femme n'en ferait qu'à sa tête, Réyan changea son point de vue à l'image de celui de son ami et opta donc pour une autre approche. Ensemble ils se rendirent à l'hôtel dans lequel nos amis avaient pris une chambre et convainquirent Élianord de rester à leurs côtés.

Chapitre 18 : Les Évols

Le 20 avril 1999 au lycée de Columbine, à Littleton dans le Colorado, deux élèves, Éric Harris et Dylan Klebold, organisent une fusillade qui fait 13 morts et 24 blessés.

Ils organisaient cette attaque depuis plusieurs semaines, comme le montre le journal qu'ils tenaient. Ils y avaient détaillé le déroulement de l'opération, mais aussi leurs cibles principales. L'année précédente, les deux adolescents avaient été arrêtés pour vol, et avaient dû subir un traitement psychologique. Harris était suivi jusqu'aux mois précédant l'attaque, et était placé sous antidépresseurs. Il tenait depuis plusieurs années un blog, sur lequel il avait des propos extrêmement violents envers la société, mais aussi son entourage, et plusieurs menaces de mort, en particulier envers Brooks Brown, un ancien ami. La mère de ce dernier, ayant eu connaissance de ces menaces, avait contacté la police ; celle-ci avait découvert sur le site que Harris construisait des explosifs, et avait rédigé un rapport pour un mandat de perquisition chez l'adolescent, qui n'avait jamais abouti.

Le jour de la tuerie, les deux adolescents, munis de plusieurs armes obtenues grâce à des amis ainsi que de bombes artisanales fabriquées grâce à des instructions trouvées sur Internet, se retrouvent au lycée. Selon leur plan, ils posent d'abord deux bombes dans la cafétéria, et se postent aux sorties, dans le but d'abattre les étudiants tentant de s'enfuir. Mais les bombes n'explosent pas, et ils décident d'entamer la fusillade. Ils abattent d'abord plusieurs étudiants à l'extérieur du bâtiment, avant d'y entrer, en tirant sur élèves et professeurs. C'est dans la bibliothèque que le plus grand massacre a lieu, tuant dix élèves. Les adolescents parcourent ensuite les couloirs du bâtiment, menaçant les élèves qu'ils croisent, mais ne font plus de victimes. Ils reviennent finalement dans la bibliothèque, où ils se suicident tous les deux, quarante minutes après le début du massacre.

Peu de temps après être arrivé dans la chambre, Réyan reçut le rapport qu'il attendait sur son ordinateur, le recoupement des affaires non classées de meurtre sur agents. Il ne ressortait dans cette liste que ceux qui manifestement avaient été tués à bout portant et qui excellaient dans leur travail. Ce qui représentait malgré tout un grand nombre de victimes. L'ordinateur avait réussi à trouver un lien entre deux affaires et Élianord en fut toute retournée. Le dernier tué, l'homme dans lequel s'était retrouvé Ingeniuman sans avoir suivi aucun lien, était l'ex-mari d'une des autres victimes, une certaine Lexie. Et il s'avéra qu'Élianord connaissait cette femme, il s'agissait d'une vieille amie.
— Oui je vois, cette femme, c'est écrit là, vous avez fait l'école de police ensemble.
— Oui, je… Je ne savais pas qu'elle était morte, nous nous étions perdues de vue, à la sortie de l'école j'ai intégré Interpol et elle est partie à Washington au FBI.
— Je suis désolé que vous l'appreniez comme cela.
— Vous étiez proche ? questionna Nathan.
— Non pas vraiment, nous nous parlions de temps à autre, mais ça n'allait pas plus loin que ça. À ce que je vois, elle a subi un terrible sort, il faut vraiment mettre la main sur ce meurtrier.

« … »
— Franck ? Franck ?
— Oui, je vous demande pardon j'étais ailleurs, les collègues de cette femme ont rencontré notre homme.
— Je vous demande pardon ? Comment savez-vous ça ? Ce n'est marqué nulle part.
— Réyan tu as choisi de l'emmener ici, tu as donc choisi de lui dire la vérité.

Nos deux amis se regardèrent et Réyan hocha la tête.
— Je ne suis pas véritablement un agent du FBI.

— Non !? Vraiment !? fit l'inspectrice en feignant la surprise.
— Franck n'est pas mon vrai nom, je m'appelle Réyan, Nathan et moi sommes des freelances, nous luttons pour le bien. Tout ce que je vous ai dit sur le tueur est vrai, il en a bien après vous et tant qu'on ne l'aura pas trouvé il vous faudra rester avec nous.
— Ça ne me dit pas d'où vous tirez toutes vos informations.
— Je peux lire dans les pensées.
— Très drôle, et moi je sais voler. Je ferais mieux de partir et je vous conseille de rapidement déguerpir, car dès que j'aurais quitté cette chambre je préviendrai les autorités.

Élianord se retourna et se dirigea vers la porte.
— Comment aurais-je su pour l'enfant ?

La jeune femme s'arrêta.
— Lorsque vous aviez 7 ans, enchaîna Réyan, vous vous êtes perdue dans un parc d'attractions. Au départ vous voyiez là un simple jeu, vous désiriez jouer à cache-cache alors sans prévenir votre mère qui faisait la queue pour vous commander une glace, vous êtes partie vous cacher et vous l'avez si bien fait que vous n'avez pas vu vos parents qui paniquaient. De votre cachette à cause du bruit ambiant vous ne les avez même pas entendus vous appeler. Et quand vous avez décidé de sortir, ils n'étaient plus là. Votre père, Bradley, était parti à votre recherche alors que votre mère était partie avertir les autorités du parc. Jamais encore vous ne vous étiez sentie aussi seule et aussi bête. Suivant votre instinct vous avez décidé de retourner à la voiture, même si l'idée semblait bonne, il s'agissait d'un grand parc et vous n'étiez qu'une enfant alors vous vous êtes perdue. Vous vous êtes assise sur un banc et vous avez commencé à pleurer ce qui a attiré l'attention de l'employé qui s'occupait du stand se trouvant en face, il savait qu'une

petite fille dont la description vous correspondait avait disparu. L'employé prévint les autorités du parc et vint à votre rencontre pour vous rassurer.
— Très bien, *7519* je viens de penser à un nombre lequel était-ce ?
— 7519
— Et maintenant ?
— 17
— Bon maintenant je vais penser à une cou…
— Rouge… jaune… 785… vous me trouvez bel homme.
— OK stop !!! C'est bon j'ai compris, coupa la jeune femme alors que ces joues commencèrent à rougir
— *Là Réyan tu dois lui dire à ton tour que c'est une belle femme.*
— Vous êtes aussi une très belle femme.
— Je… merci… Mais ça je ne viens pas de le penser… Je
— Je ne fais pas qu'entendre les pensées du moment.
— Pour lui, intervint Nathan, nos esprits sont de grands livres ouverts.
— Et bien, cessez de lire.
— C'est entendu, vous voulez bien vous rassoir maintenant ? Merci, je disais donc que les collègues de cette femme ont rencontré notre homme, ils ont même travaillé ensemble, quand le corps de la victime a été découvert il a disparu.
— Mais comment faites-vous ?
— J'ai eu affaire au FBI de Washington, il m'a été facile de retrouver des agents qui ont connu cette femme. Je vous prie de rester tranquille je vais vérifier une théorie.

Réyan s'intéressa de près aux autres victimes et suivit différents liens pour se retrouver dans l'entourage de chacun des inspecteurs, agents et détectives présents sur cette liste. Pendant qu'il faisait ça, Nathan mena Élianord dans la pièce d'à côté et lui expliqua tout. Une trentaine d'individus présents

étaient à coup sûr des victimes du tueur en série. Chaque fois cet homme s'était présenté sous une fausse identité, chaque fois il avait travaillé avec les collègues de sa cible et parfois même directement avec elle. Grâce à ces nouvelles informations quelque chose avait changé pour Réyan.
— Venez avec moi je sais où il est.
— Tu as réussi à accéder à l'esprit de cet homme ?
— Pas entièrement Nathan, c'est bizarre, mais il semblerait que le fait que tant de gens aient eu affaire à lui m'ait aidé un peu. Son esprit est si différent, mais il n'est pas comme moi.
— Alors où est-il ? questionna Élianord.
— Il vient de finir de créer sa fausse identité, il se rend à votre bureau.
— Nous devons l'intercepter avant, déclara la jeune femme.
— Partons dès maintenant, nous le choperons à sa sortie du métro.

Tous montèrent dans la voiture et se rendirent aussi vite que possible à l'endroit indiqué par Réyan. Il était impossible d'éviter les bouchons, Réyan récupéra un sédatif, descendit du véhicule et courut à toute vitesse en direction de la gare de métro. C'était l'heure de pointe, le fait qu'il y'ait tant de monde autour pourrait lui permettre de l'approcher en toute discrétion. Arrivé sur place juste à temps, il alla dans la direction du tueur, se cacha à son passage et se mit dans son sillage. Alors qu'il s'apprêtait à lui faire l'injection se trouvant maintenant suffisamment proche pour pouvoir soutenir son poids quand il s'effondrerait et quitter la gare le plus discrètement possible, le meurtrier se retourna et lui saisit la main qui tenait la petite aiguille.
— Tu m'as vu venir, lâcha Réyan, tu es très fort, mais ça ne suffira pas.
— Je connais cette voix, ajouta le tueur. C'est toi, c'est toi que j'ai entendu hurler dans ma tête quand j'ai tué cet homme en

Thaïlande. Tu es comme lui n'est-ce pas ? Je lui ai dit que je ne rejoindrais pas son groupe, je ne suis pas un Évols, je suis le gardien de l'équilibre.
— Évols tu dis ? Piqué au vif, Réyan par contact visuel direct fouilla dans l'esprit de cet homme afin de comprendre. » Oui, je vois, un homme t'a contacté il y'a deux ans de ça n'est-ce pas ?
— Tu lis dans mon esprit !? C'est fascinant. J'espère que ce que tu y vois te plaît.
— Non absolument pas ! Et ne fais pas ça, ça ne marchera pas.
— Bien sûr que si, je ne me laisserais pas prendre aussi facilement, dommage que ça ne soit pas moi qui t'aie rencontré plus tôt, tu aurais fait un sacré adversaire, affirma le gardien de l'équilibre.

Alors qu'ils étaient entourés de civil, le meurtrier tenta de faire tourner le bras qui le tenait et voulut saisir avec son autre main l'arme qu'il avait à la ceinture. Seulement Réyan savait très bien ce qu'il comptait faire, cet homme était très fort, mais moins que lui, il ne parvint à faire tourner ni même bouger quoi que ce soit. Surpris par cette résistance qu'il n'avait pas prévue, le tueur perdit une précieuse seconde. Réyan saisit sa propre arme, tira et le toucha en plein cœur. Malgré le silencieux, la détonation fut remarquée par plusieurs personnes passant à côté qui se mirent aussitôt à hurler « Il a une arme !!! Il a une arme !!! » Ingeniuman profitant de la panique générale qui s'en suivit mit le cadavre sur son épaule et s'en alla par les tunnels du métro en évitant comme à son habitude soigneusement le champ des caméras. Il contacta Nathan pour lui donner rendez-vous à une sortie de service qui se trouvait bien à l'écart des bouchons. Il n'y avait pas de temps à perdre, les autorités seraient bientôt là et elles auraient vite fait de boucler les entrées et sorties du métro. Réyan sortit par une plaque

d'égout, glissa le corps dans le coffre et monta dans le véhicule. Nos trois amis se rendirent à l'aéroport, montèrent dans le jet et décollèrent en direction de Washington.
— Et ce jet est à vous je suppose ? questionna Élianord.
— Oui, lui répondit Réyan, si vous le voulez, vous pouvez monter dans le cockpit.
— Ça ne va pas déranger les pilotes ?
— Oh non, affirma Nathan, les pilotes sont plus que gentils, ils sont des modèles de bienveillances.
— C'est bon, j'ai compris, il n'y en a pas, l'un de vous sait piloter n'est-ce pas ?
— Nous le savons tous les deux, lui répondit simplement Réyan. Je vous en prie venez vous asseoir nous allons décoller.

Pour rejoindre Washington, il fallait traverser tous les États-Unis. Réyan souhaitait y apporter le corps afin de le remettre aux partenaires de la femme qu'Élianord avait connue à l'école de police. Sur le cadavre ils trouveraient tous les éléments reliant le meurtrier à ses victimes. Le corps avait été placé dans un cercueil, de faux papiers avaient été réalisés pour pouvoir passer les contrôles au départ comme à l'arrivée sans problème. Ils déposèrent le cercueil dans un hangar et le FBI fut prévenu.
— Voilà maintenant que c'est fait nous retournons à San Francisco, affirma Réyan.
— Vous comptez me laisser reprendre mon travail ? Malgré tout ce que je sais ?
— Élianord, j'ai confiance en vous et je sais bien que vous ne parlerez jamais de moi, à dire vrai c'est votre choix. Soit vous restez avec nous et vous dites adieu à votre ancienne vie, soit vous la continuez. En fait je retourne là-bas surtout pour suivre

une intuition. Un homme a contacté notre tueur pour le recruter dans son groupe qu'il a appelé les Évols, je veux savoir qui est cet individu et de quoi il parlait.
— Évols comme évolution ?
— Oui Nathan, c'est comme ça que je le comprends.
— Vous voulez dire un groupe d'individus comme vous ?
— Peut-être comme moi, peut-être pas, quoi qu'il en soit différents, comme l'était ce meurtrier. Élianord, vous avez le temps du trajet pour vous décider.
— *Tu devrais essayer de la convaincre, elle nous serait d'une grande aide et je ne pense pas qu'une femme à tes côtés te porte préjudice, bien au contraire d'ailleurs.*

Réyan regarda son vieil ami et lui fit non de la tête, en aucune manière il ne devait influer sur sa décision. Elle devait faire son choix toute seule, d'autant plus qu'il ne savait pas vraiment s'il devait la prendre dans l'équipe, lui et Nathan s'en sortaient très bien à deux. Avait-il le droit de changer la vie de cette femme ? Pourrait-il mettre délibérément sa vie en danger ? C'était la première fois que Réyan ressentait ce genre d'émotions, il les connaissait, car il les avait ressentis au travers d'autres personnes seulement jamais ce n'était venu de lui-même. Il doutait, son cœur avait envie d'être avec cette jeune femme, de travailler avec elle, en revanche sa tête lui disait qu'il ne fallait pas, que ce n'était pas le mieux à faire. Le plus simple et aussi la meilleure attitude était donc de la laisser librement choisir sans l'orienter vers une quelconque direction. Ingeniuman prit les commandes alors qu'Élianord et Nathan restèrent à l'arrière.
— Réyan ne veut pas que j'influe sur votre décision, par contre si vous avez des questions j'y répondrai, pas à toutes bien entendu, car si vous choisissez de reprendre votre travail à Interpol il ne serait pas bon pour nous que vous en sachiez trop.

— Je comprends oui. Dans votre équipe il n'y a que vous deux ?
— Oui.
— Devrais-je tout quitter ? Amis, parents, famille ?
— Vos collègues de travail oui, vos amis proches, votre famille non, mais pour leur sécurité il faudra leur mentir. Mes parents sont au courant et je suis souvent en contact avec eux mais ils disposent de moyens que peu de gens ont, c'est d'ailleurs eux qui m'ont aidé quand Réyan était plus jeune.
— Toutes ces facultés que vous m'avez expliquées ça doit quand même être fabuleux.
— Non, ne croyez pas ça. Je le connais depuis longtemps et j'ai toujours beaucoup de mal à imaginer à quel point ça doit être dur pour lui. Je pense d'ailleurs que c'est inimaginable.
— Vous m'avez dit qu'il pouvait tout savoir, tout ressentir, tout voir… Je suis idiote, il ressent tout, il ressent aussi la douleur c'est ça que vous voulez dire ?
— Oui.
— J'en suis désolée, mais ne peut-il pas bloquer cette douleur ?
— Si on veut, mais comment dire… Si par exemple il se retrouve dans la tête d'une personne qui vient de se faire tirer dans l'épaule, ce n'est pas pour autant que lui aura mal à son épaule, non, seulement il ressentira sa peur, sa détresse, sa douleur, et il ne pourra rien faire pour l'aider et c'est ça qui est le plus terrible. Il pourrait ignorer les informations qui transitent continuellement dans sa tête, il pourrait ne plus jamais se connecter directement à qui que ce soit, mais Réyan est avant tout un homme au grand cœur, il serait bien incapable d'abandonner l'humanité. Jamais il n'ignorera quoi que ce soit.
— C'est un héros, un super héros.
— Oui même que je l'appelle **Ingeniuman**. Nathan haussa bien le ton sur ce dernier mot.

— Arrête avec ça !!! Je ne lis pas dans vos esprits, mais j'ai encore des oreilles.
— Je trouve ça bien moi, faudrait lui faire un costume avec un gros I.
— Oh, mais jamais il ne l'enfilerait.
— Bon Nathan je vous remercie, mais je n'ai pas besoin d'attendre que l'on soit arrivé, à dire vrai c'est ce que je souhaitais à partir du moment où je me suis retrouvée dans votre appartement. Je voudrais faire partir de votre équipe.
— Réyan ! Elle souhaite rester avec nous.
— Eh Bien Élianord soyez la bienvenue. Une fois arrivé à San Francisco, je descendrais de l'appareil quant à vous, pardon, quant à toi tu iras en Islande avec Nathan il te présentera notre base et t'expliquera notre façon de fonctionner. Dès à présent tu ne travailles plus pour Interpol. Je me charge de t'en faire disparaître, on va dire que tu viens d'obtenir une mutation pour un bureau top secret qui n'existe pas, j'adore l'organisation américaine.

Réyan passa plus d'une semaine à San Francisco, il occupait ses journées à tourner dans toute la ville dans l'espoir qu'un individu entre dans son radar et attire son attention. La cité avec son agglomération comptait plus de trois millions d'habitants, mais il suffisait qu'un seul d'entre eux soit différent des autres et qu'il se trouve à la périphérie de Réyan pour que celui-ci le trouve et l'identifie. Élianord n'en revenait pas de tout ce qu'elle avait appris en une semaine, elle avait eu raison de faire ce choix. Ces deux hommes, ses deux nouveaux amis, ne vivaient que pour le bien des autres, elle était fière de pouvoir travailler avec eux. La villa qu'ils possédaient en Islande était magnifique, si grande qu'elle aurait pu accueillir plusieurs familles. Tout cet espace n'avait rien de superflu car rares étaient les pièces inutiles. C'est au rez-de-chaussée que l'on trouvait la zone vie. Il était composé d'un somptueux salon, d'une grande cuisine à l'américaine entièrement équipée, d'une bibliothèque et de cinq chambres, possédant chacune sa propre salle de bain. Deux étaient déjà occupés par Réyan et Nathan et une troisième fut donc aménagée pour Élianord. L'étage quant à lui était coupé en deux : d'un côté on avait la salle de sport et de l'autre, séparé par une solide cloison, la salle des serveurs. Le plus intéressant pour la jeune femme fut quand Nathan lui montra la Ingenium cave comme il aimait l'appeler. Pour s'y rendre il fallait passer par la bibliothèque, tirer sur un ouvrage spécifique qui actionnait un mécanisme faisant se déplacer un pan de mur sur lequel se trouvait des étagères remplies de livres. Derrière se trouvait un ascenseur qui menait au sous-sol. Celui-ci était encore plus grand que le rez-de-chaussée, on y trouvait une armurerie, un atelier de chimiste, une salle remplie de gadgets qu'Élianord n'avait encore jamais vus et une salle d'opération entièrement équipée. « Il est probable, lui dit Nathan, qu'un jour tu sois allongée sur ce lit avec Réyan en train d'essayer de te sauver la vie.

— Mais n'est-ce pas le meilleur chirurgien, docteur du monde ?

— En effet.

— Alors je n'ai pas à m'inquiéter. »

Et encore plus intéressant au centre de cette cave se trouvait un amoncèlement de pièces plus ou moins grandes, rangées et disposées avec une certaine logique. Avant qu'elle n'ait pu poser la question, Nathan lui apprit qu'il s'agissait là d'un projet de Réyan, un avion qui se déplacerait aussi vite qu'une fusée et qui aurait la possibilité de se changer en hélicoptère. Mais le montage d'un tel engin demandait à notre ami beaucoup plus de temps qu'il en avait à lui accorder.

Ce fut au 9ème^{e} jour que Réyan repéra dans son radar un individu « différent ». Il se rendit à sa rencontre, il s'agissait de l'employé d'une banque, c'est lorsqu'il fut devant lui, qu'il eut un contact visuel direct qu'il comprit cette différence. Dans son radar cette personne était apparue comme se trouvant dans une sorte de coma et malgré cela elle avait l'air de se déplacer normalement.

— Bonjour Monsieur, lui fit l'employé alors que Réyan s'avançait à son guichet.

— Qui êtes-vous ? demanda Réyan sans détour.

— Je m'appelle John Dillinger.

— Non cet homme, celui a qui appartient ce corps est endormi, mais vous qui êtes-vous ?

— Je suis impressionné, télépathe je suppose ? Intéressant, vous pouvez peut-être m'aider, vous pouvez d'ailleurs très certainement m'aider, je suis à la recherche…

— D'un homme mort, affirma Réyan.

— C'est bien ça, je doute que vous puissiez lire mes propres pensées, car en soi, je ne suis pas là, vous avez donc deviné de qui je parlais.

— Vous n'avez pas encore répondu à ma question ! renchérit Ingeniuman.

— Vous savez qui je cherche, vous n'avez pas l'air surpris de me voir, résonna calmement le « voleur de corps », je dirais que vous devez avoir une part de responsabilité dans la mort de…

— C'est moi qui l'ai tué et je vous attendais. Ce « gardien de l'équilibre » a mentionné votre existence avant de mourir.

— Vraiment très intéressant.

— Je vais reposer une dernière fois ma quest… Mais qu'est-ce que… ? Ah ! fit-il en saisissant sa tête entre ses mains. Non… Non !!! Tu ne rentreras pas.

— In… incroyable, tu as su fermer ton esprit, tu as réussi à me rejeter. Tu mérites que je te réponde, lui dit-il le sourire aux lèvres. Mon nom est Snake. Tu es le premier à réussir cet exploit et là je vois que ton cerveau m'est complètement inaccessible. Tu es un sacré Évols. Nous nous reverrons.

Sur cette dernière phrase l'employé de la banque s'effondra inconscient. Ce corps n'était plus habité que par un seul esprit. Réyan se tenait encore la tête, cela faisait longtemps qu'il n'avait pas eu aussi mal. Bien plus fort, bien plus violente, que toutes les pensées d'autrui, cette intrusion avait failli faire mouche. Ingeniuman avait dû employer toutes les barrières mentales qu'il avait mis, avec l'aide de Nathan, des années à bâtir. La chute du corps ayant attiré l'attention, Réyan quitta les lieux et se volatilisa.

Chapitre 19 : Snake

1999, sortie en salle de « Fight Club ».

Au même instant à des milliers de kilomètres de là, un homme ouvrit les yeux. Il quitta son lit et sortit de sa chambre. Parcourant le couloir, un second homme vint à sa rencontre.
— J'ai senti que tu avais regagné ton corps. Alors ? Tu en sais plus sur ce qui est arrivé à ce tueur ?
— Oui j'ai même pu rencontrer son meurtrier, il s'agit d'un télépathe comme toi, cependant il a un niveau supérieur au tien, il a su me repousser.
— Il n'y a pas de télépathe plus fort que moi.
— Maintenant si.
— Si c'est le cas, il faut l'avoir de notre côté. Nous n'avons encore jamais rencontré un télépathe qui soit meilleur que moi.
— Je suis tout à fait d'accord Fabrice, mais nous allons devoir être très méfiants, nous serons bientôt prêts à nous dévoiler à la face du monde et il ne faudrait pas que quiconque vienne se mettre sur notre chemin. Dans le comportement et surtout dans les yeux de cet homme j'y ai vu un ennemi à notre cause.
— S'il n'est pas avec nous et qu'il s'avère être un obstacle alors seule la mort l'attend. Où se trouve-t-il ?
— C'est là le plus étrange, je suis incapable de le localiser. Alors qu'il se trouvait en face de moi dans la banque, mes sens me disaient qu'il n'y avait personne, je ne le voyais ni comme un humain, ni comme un Évols. Je ne le voyais tout simplement pas.
— Tu as toujours été capable de repérer les Évols parmi les hommes, c'est comme ça que tu m'as trouvé, c'est comme ça que tu nous as tous trouvés.

— Je sais, son don lui permet peut-être de se cacher au mien, ou peut-être n'est-il pas un des nôtres, peut-être est-il autre chose. Quoi qu'il en soit ne changeons rien à nos plans, tâchons d'être encore plus discrets.
— Je vais faire venir un renifleur dans cette banque, il pourra suivre la piste de ce télépathe.
— Je ne sais pas si c'est une bonne idée, cet homme nous cherche également. Il va sûrement garder un œil sur cette banque. Je ne sais pas comment il fonctionne, mais peut-être sera-t-il capable, à sa manière, d'extirper des informations dans son cerveau et ainsi de nous retrouver. Je sais, on va passer par l'effaceur, demande-lui de supprimer tous ses souvenirs à propos des Évols, ensuite fais appel à Marcus pour qu'il insinue dans son esprit ce qu'il doit faire. Il devra le convaincre que sa vie est en jeu s'il ne trouve pas cet homme, ça doit devenir son obsession.
— Cela nous fera perdre un renifleur.
— Nous en avons d'autres, sonde leurs esprits et choisis celui qui semble être le moins convaincu par notre cause. Quant à moi je suivrai de loin les déplacements de ce renifleur et je prendrai son contrôle si je juge cela utile. Regarde aussi du côté de notre tueur dingue. Que faisait-il là-bas, a-t-il tué quelqu'un, sinon qui était sa cible ? On ne sait jamais, des fois que tu trouves quelque chose.

À son tour Réyan quitta San Francisco et se rendit en Islande où Élianord et Nathan l'attendaient. Il leur expliqua qu'il existait bel et bien des individus dotés comme lui de facultés mentales spéciales et que ces hommes, ou plutôt ces surhommes en quelque sorte, semblaient s'être regroupés sous un même drapeau : les Évols. Le tueur était manifestement quelqu'un de mauvais, mais pour les autres Réyan n'aurait pas su le dire.

— Posséder le corps d'autrui n'a rien de très honnête, remarqua Nathan.
— Non c'est vrai, et bien Élianord on dirait que ton arrivée ne va pas être des plus simples.
— Je ne suis pas à la recherche de la facilité. Comment souhaites-tu procéder ?
— Pour le moment nous allons continuer comme si de rien n'était et petit à petit nous finirons bien par recueillir des informations sur ce groupe. De plus, je pense qu'ils vont venir par eux-mêmes, pour l'instant nous allons partir au Brésil. Nathan, toi tu te rendras en Italie, à Venise, ma lettre n'a pas été prise au sérieux.
— La tentative d'escroquerie à l'assurance ?
— Oui, s'ils font ce qu'ils ont prévu ce n'est pas que leurs propriétés qui vont en subir les conséquences, c'est toute la ville qui est en danger, tu as deux jours pour t'y rendre.
— Je pars dès maintenant.
— Qu'allons-nous faire au Brésil ?
— Un groupe de trafiquants de drogue cubain s'est installé sur les bordures de l'Amazone, ils souhaitent répandre leur nouveau produit dans tout le Brésil nous allons les déloger, j'espère que tu aimes le canoë.

Ensemble ils prirent la route de l'aéroport, Nathan embarqua dans le premier vol en partance pour l'Italie, alors que les deux autres montèrent dans le jet. Ils se posèrent à Manaus, récupérèrent du matériel et se rendirent sur les berges de l'Amazone. Ces trafiquants étaient très mobiles et très bien organisés, ils étaient passés par le Mexique, la Colombie et le Paraguay pour aujourd'hui atterrir au Brésil. Cette nouvelle drogue, la fleur du paradis, s'avérait vraiment dangereuse, car très addictive et bon marché. Réyan n'avait pas l'intention de faire dans la dentelle, ces dealers étaient des gens de la pire espèce qui n'hésitaient pas à assassiner quiconque les gênait.

Plusieurs petits laboratoires s'étaient installés dans la jungle le long du fleuve et dans son idée, il comptait bien tous les détruire. Ingeniuman savait qu'Élianord serait à la hauteur, car pendant plus d'une semaine Nathan lui expliqua comment les choses fonctionnaient. Ajouté à cela son entraînement et ses connaissances de base qu'elle tenait de sa précédente fonction en tant qu'agent d'Interpole, il ne faisait aucun doute que sa présence ajoute une réelle plus-value à l'équipe. La jeune femme s'apprêtait à devenir une très bonne alliée.

Un peu avant d'être en vue des premières sentinelles nos deux amis accostèrent et pénétrèrent dans la jungle. Le premier laboratoire se trouvait à deux kilomètres de là.

— Il y'a douze gardes armés en plus des trois chimistes, ce sont des trafiquants Élianord, les membres des Cartels sont des humains capables des pires horreurs, on va essayer d'en épargner un maximum, mais il ne faut pas hésiter à les tuer si ta vie est en jeu. Si tu savais comment ils traitent leurs ennemis…

— Je comprends. Et je sais, leurs exécutions filmées sont terribles ! Comment va-t-on procéder ?

— Nous allons nous approcher au plus près puis on va se séparer, dans un premier temps tu resteras en arrière pendant que je me charge d'un maximum de gardes avec les fléchettes tranquillisantes, et dès qu'ils auront remarqué qu'il se passe quelque chose je t'appellerai et il ne sera plus question d'user des fléchettes. Il te faudra faire tout ce que je te dis. Tu dois même être plus concentrée sur ce que tu entendras dans ton oreillette que sur ce que tu verras.

— Oui je sais, si tu me dis plonge, je plonge, si tu me dis vas à droite, j'y vais, etc.

— Ton gilet par balle est bien mis ?

— Quoi, en plus de me dire ce que je dois faire tu voudrais aussi m'habiller ?

— Non, c'est que…
— Ne t'en fais pas Réyan, j'ai déjà fait ce genre de choses, certes le milieu était tout de même un peu plus urbanisé, mais une fusillade reste une fusillade. C'est dangereux et on peut être touché à n'importe quel moment. Tu aurais pu me dire d'aller en Italie et choisir Nathan à tes côtés, mais tu ne l'as pas fait ce qui me prouve que tu as confiance en moi et je t'en remercie, rassure-toi je ne compte pas te décevoir.
— Oh, mais tu ne peux pas me décevoir. Comme tu le sais nous avons cinq laboratoires comme celui-ci à détruire. Il va falloir faire vite, bien et sans se blesser ce qui nous ralentirait où nous obligerait à arrêter. Pour éviter que trop de renfort n'arrive, il faut que demain à la même heure tout soit terminé.
— Et bien qu'est-ce qu'on attend ?

À ces mots, Réyan lui adressa un sourire et l'invita à le suivre. Arrivés à portée d'oreille nos deux amis tachèrent de se déplacer en faisant le moins de bruit possible. À 500 m du camp, Ingeniuman fit signe à sa partenaire de cesser sa progression et de bien rester à l'écoute de sa radio. « *Je sais* » pensa-t-elle bien fort. Quant à lui il reprit sa route, on pouvait entendre le rire de certains mercenaires. Seul il avança bien plus vite et ses déplacements étaient quasi silencieux. Le premier camp ne se trouvait guère loin du fleuve, des cabanons avaient été montés et le laboratoire se trouvait dans le plus grand d'entre eux. Ces gens-là recevaient leur matière première soit par petits avions bimoteurs qui larguaient des colis dans la jungle, soit par bateau. Le produit fini lui, prenait la voix du fleuve et était récupéré un petit peu en amont du village d'Amanã. Réyan commença son travail par les sentinelles isolées, celles qui actuellement étaient de garde et ne se trouvaient donc pas dans le camp. Ces fléchettes, de sa propre conception, s'avéraient d'une efficacité redoutable, tout juste les gardes étaient touchés qu'ils s'écroulaient sans pouvoir émettre le moindre son. Cela faisait déjà cinq hommes de moins et plus personne ne se trouvait maintenant à l'extérieur du camp. Réyan récupéra les vêtements d'un des dealers et se changea. Il prévint Élianord qu'elle pouvait avancer en toute quiétude et lui dit où elle devait s'arrêter. Ensuite il se mit à vue du camp, à l'opposé de là où se trouvait la jeune femme et, tout en faisant en sorte que les mercenaires ne puissent voir son visage, il hurla en adoptant leur langage et leur accent

— Venez j'ai aperçu quelque chose et j'ai perdu contact avec Paolo.

Deux hommes se postèrent devant la cabane du laboratoire et tous les autres se précipitèrent sur Réyan. « Occupe-toi des deux gardes qui restent puis des trois chimistes qui eux ne sont pas armés. » lui dit-il, alors qu'il attirait les gardes dans la jungle. Élianord ne se fit pas prier, elle déboula à toute vitesse, tira deux fléchettes sur les deux sentinelles qui avaient eu tout juste le temps de l'apercevoir et de se retourner vers elle avant de s'effondrer sur le sol. Elle entra dans la cabane et fit de même avec les chimistes. C'est alors qu'elle entendit des coups de feu, les dealers s'étaient rendu compte de la supercherie, ils prenaient Réyan pour cible. Élianord rangea son pistolet à fléchette et s'arma de son P90. Réyan faisait déjà état du bilan dans les rangs adverses, il en avait déjà eu trois, il n'en restait donc plus que deux qui parvinrent à trouver un refuge derrière de gros troncs. « Très bien Élianord tu as fait du bon boulot, maintenant avance d'environ 50 mètres à 10 h… OK stop, tu as une ligne de feu possible. Prends ta visée à 9 h.

— *Je ne vois rien il y'a plein de branchage*, pensa-t-elle.

— Ne t'en fais pas, moi je vois pour toi, vise un peu plus à gauche, encore, stop, feu !!! Touché, plonge !!! Le second vient de tirer dans ta direction, il ne te voit pas, mais ton tir l'a attiré. Sur ta droite il y'a un rocher mets-toi à couvert, OK, je veux que tu arroses la zone qui se trouve maintenant à tes 11 h.

Suivant la consigne elle vida son chargeur et découpa un bon nombre de branches dans la direction indiquée. Réyan profita de cette diversion pour changer de position et rapidement il put avoir à son tour une ligne de tir correcte et ouvrit le feu. Touché en pleine tête, l'homme tomba raide mort. Le mercenaire qu'Élianord avait touché était mortellement blessé, Ingeniuman se dirigea vers lui et mit fin à ses souffrances.

— Je suis désolé, mais il n'est plus possible de te soigner.

Désolé, en réalité Réyan ne l'était pas, il s'agissait là d'un tortionnaire, son travail consistait à découper à la machette ses ennemis en morceau et tout ça devant une caméra afin d'envoyer ces vidéos au cartel adverse. Il commençait par les extrémités, puis finissait par une décapition, ses gestes étaient si « précis et rapides » que la victime en état de choc restait le plus souvent consciente jusqu'à la toute fin. Malgré toute son empathie, cet amour pour la vie qui le poussait toujours à éviter au maximum de tuer de sang-froid, Ingeniuman savait que certains individus méritaient de mourir et ces tortionnaires faisaient partie du lot.

Ensemble ils rassemblèrent tous les individus endormis dans la jungle à une cinquantaine de mètres des cabanons et les attachèrent solidement à un arbre.

— Notre prochaine étape se trouve à 6 km en aval, on va aller récupérer nos barques, il nous faudra agir différemment, nos coups de feu ont été perçus, comme ils n'ont pu rentrer en contact avec les gens d'ici ils savent que ce laboratoire a été attaqué, ils sont en train de se barricader à l'intérieur de leur hameau.

— Tu as dit que cela arriverait certainement, ils ont dû aussi prévenir des renforts ainsi que les autres labos.

— En effet. On va donc comme prévu placer des pièges en amont sur le fleuve et dès que leurs bateaux arriveront je les déclencherai.

Le labo fut détruit et une charge incendiaire y fut placée. Nos deux amis retournèrent à leur canoë, récupérèrent des mines à effet horizontal et remontèrent un peu le fleuve. Ces mines furent camouflées et placées à 50 mètres d'intervalle le long de la rive. Une fois que ce fut fait, ils montèrent dans leurs embarcations respectives et se rendirent au deuxième hameau. La disposition était quasiment identique, comme dans le premier, les cabanons se trouvaient très proches de l'Amazone et une plage y avait été également aménagée. Dans celui-là les soldats s'étaient mis en position défensive, il n'y avait donc pas ce coup-ci de sentinelles isolées.
— On va accoster là, ils ont formé un cercle autour des cabanons et s'attendent à une attaque massive, ils ne soupçonnent pas que nous ne sommes que deux.
— Faut dire qu'à leur place je ne penserais pas ça non plus.
— Je vais te demander de rester là.
— Tu vas foncer dans le tas ?
— Oh, je ne sais pas ce que Nathan t'a dit, mais ce n'était que des égratignures.
— Mais tu pourrais le savoir, il m'a dit qu'il n'aimait vraiment pas ça et de mon côté je ne pense pas que je vais apprécier ça non plus. Je suis là pour aider.
— Je sais, mais laisse-moi faire une brèche dans leur dispositif et alors tu pourras venir. Comme je le dis à Nathan, il y'a certaines choses que je ne peux pas faire tout seul, mais il y'en a d'autres que je dois faire tout seul.
— Tu vas procéder comme ça pour les quatre prochains ?
— Non uniquement pour celui-là, nous attaquerons les trois suivants dans la nuit. Bon j'y vais, reste là et attends que je t'appelle.

Ingeniuman partit en sprint à une vitesse folle considérant le milieu dans lequel il courait. Il sautait par-dessus les troncs et les branches, esquivait les arbres centenaires, passait au travers des buissons sans même ralentir. Il choisit d'attaquer le dispositif par le milieu, il tira et tua les trois hommes qui se trouvaient là avant même que ceux-ci ne le voient et ne répliquent. Ne ralentissant en rien sa course, il sauta par-dessus les trois cadavres en évitant les trajectoires des balles qui fusaient dans sa direction. Il entra dans le dispositif, qui faisait penser à un cercle, dégoupilla et lança deux grenades sur les mercenaires qui se trouvaient sur sa gauche et alla s'occuper du demi-cercle de droite. Un par un il traita les cinq hommes qui se trouvaient là. Hébétés par les deux grenades les autres n'avaient pu réagir, ils s'étaient regroupés à couvert derrière la cabane du labo sans vraiment comprendre ce qui venait de se passer. Élianord, suivant les consignes de Réyan s'approcha, contourna le hameau et se plaça à une centaine de mètres de ces hommes qu'elle ne voyait pas et qui ne pouvaient la voir. Une fois de plus elle tira à l'aveugle en rafale et toucha 4 des 7 mercenaires qui se trouvaient là, puis elle se jeta au sol. Réyan déboula sur le côté et tua les trois autres. Les deux derniers soldats se regroupèrent avec les chimistes et après ce qu'ils venaient d'entendre ils n'avaient pas du tout envie de sortir du labo. Leurs armes étaient pointées vers la porte et ils avaient bien l'intention de tirer sur tout ce qui entrerait. Nos deux amis se placèrent devant le cabanon suffisamment loin pour que les individus ne les entendent pas et prirent leur visée.

— Très bien Élianord, tu vois la porte, je veux que tu vises entre la poignée et le haut, OK va plus à gauche, un peu plus haut OK ne bouge plus.

— C'est ta vue d'ensemble qui te permet de faire ça ?

— Oui.

— Tu vois au travers des murs ?

— Non pas vraiment, comme te l'a expliqué Nathan je peux voir ce que tout le monde dans ma périphérie voit. Ils sont 5 là-dedans, les trois chimistes et les deux qu'on va tuer. Je vois ce qu'ils voient, ça, plus ce que je vois et ce que tu vois me donne comme tu l'as dit une vue d'ensemble, ces murs sont là, mais pour moi en regroupant tous les points de vue je peux les rendre transparents.
— D'accord je comprends la nuance, si ses hommes avaient les yeux fermés ou s'ils fixaient tous le sol tu ne verrais pas.
— Et bien ça serait différent, mais en fait si, j'y verrais, je ne passerais pas par leurs yeux, mais par leur savoir, par contre je ne pourrais déterminer exactement où ils se trouvent, toi-même si tu te trouves dans une pièce, que tu fermes les yeux et que tu t'y déplaces tu sauras vers où tu te trouves, mais tu ne le sauras pas précisément. Remontes un peu ton tir, OK à mon signal, feu.

Et les deux dealers restants reçurent une balle dans la tête.

De son côté Nathan venait d'arriver à Venise, sa mission à lui n'avait rien de bien dangereux mais il fallait intervenir. Des individus de la mafia italienne, propriétaires de toute une rue de Venise avaient choisi d'inonder complètement leurs bâtisses afin de toucher un bon pactole de la part des assureurs. Ces maisons ne leur servaient plus à rien et il était bien plus bénéfique pour eux de les submerger que de les entretenir. Pour y arriver, il fallait au moment de la marée haute faire sauter intelligemment quelques petits barrages et le tour serait joué, cette rue et peut-être une ou deux autres à côté se retrouveraient ainsi complètement dévastées. En réalité du point de vue d'Ingeniuman cela pourrait toucher toute la ville en déclenchant unc réaction en chaîne, Venise au fil des siècles était devenue très fragile. Nathan se rendit au commissariat le plus

proche et se fit passer tout simplement pour un touriste canadien qui ne parlait pas un mot d'italien ce qui d'ailleurs était son cas. Un inspecteur parlant l'anglais lui fut présenté. Il lui expliqua que pendant sa promenade en pirogue il avait vu un groupe d'hommes en tenue de plongée au niveau d'une retenue d'eau et l'un d'eux tenait un objet qui faisait penser à une bombe. Dès que ces hommes avaient aperçu la pirogue ils ont disparu dans l'eau. Les autorités prirent très au sérieux cette menace et se rendirent sur place, l'objet fut découvert et rapporté à la surface. Nathan qui avait conduit les policiers sur place fut remercié, c'est alors qu'il glissa cette petite remarque : « Heureusement pour les assurances qu'il n'y a rien eu sinon elles auraient certainement dû casquer. » C'est en entendant la traduction qu'un expert qui avait été dépêché sur place réagit. Il disait que seul, la destruction de ce barrage ne ferait pas grand-chose, pour que cela soit utile il faudrait en détruire d'autres qui se trouvent plus en arrière, pour avoir ainsi une veine directement reliée au lagon. Les plongeurs inspectèrent tous les barrages se trouvant en arrière de celui-ci et finirent par trouver tous les dispositifs, heureusement car la prochaine marée haute devait avoir lieu dans moins de 10 h. Réyan suivant l'affaire arrêta sa progression, prit son téléphone satellite et contacta le commissaire dans sa langue.
— Allo Mr le commissaire, je suis l'agent Talu de la A.I.S.I, on a suivi votre histoire et on a regardé qui cela pouvait arranger. Cela va vous intéresser. Certaines des maisons qui auraient pu être touchées appartiennent à des hommes soupçonnés d'appartenir à la mafia.
— Vous avez leurs noms, leurs adresses ?
— J'ai mieux que ça, on a mis toute la zone sur écoute et un appel vient d'être passé disant que les autorités se trouvaient sur place et qu'elles avaient trouvé les charges. Voici l'adresse de cet appel… Dépêchez-vous, ils y sont peut-être encore.
— Nous partons de suite Merci.

— J'en conclus que Nathan en a terminé, lui fit Élianord alors que Réyan raccrochait.
— Oui, il est en train de se chercher un restaurant, il n'est pas vraiment l'heure de manger en Italie, mais avec notre travail, si l'on se souciait des décalages horaires nos estomacs se plaindraient souvent. En parlant de ça, si on accostait.
— Oui je suis d'accord, je commence moi aussi à avoir faim.

Pendant qu'ils mangeaient leurs sandwichs, les renforts arrivèrent au niveau des mines, il y'avait là trois embarcations de 12 hommes. Réyan attendit que la dernière soit alignée avec sa mine située la plus en amont et la déclencha. Paniqués par cette explosion les deux premiers bateaux accélérèrent, le premier passa la seconde mine, en revanche le second lui sauta et 50 mètres plus loin ce fut le tour du premier.
— Voilà qui est fait. À moins qu'ils ne soient tous des champions de natation, ils ne nous rattraperont pas.
— À quand les prochains renforts ?
— Pas avant 24 h et d'ici là nous aurons fini et le feu que l'on va déclencher dans chaque laboratoire plus le petit coup de fil que je vais passer va attirer les autorités sur place. Et puis si malgré tout, les cinq à six hommes qui leur restent décident de venir avec de nouvelles embarcations pour récupérer les naufragés sans attendre d'avoir reçu des renforts et bien il nous reste encore 5 mines. Finissons de manger tranquillement, on va rester là à attendre la nuit.
— Il nous attend quoi par la suite ?
— Le prochain hameau sera le même, à quelque chose près. Ils ont opté pour la même configuration défensive. Celui d'après sera renforcé par des gens du dernier. Leur nombre n'a aucune importance, car de nuit ils ne me verront jamais arriver.
— Je vais encore devoir rester en arrière ?

— Oui et non, comme tu as pu le remarquer, ils disposent de générateurs, qui alimentent le labo ainsi que des projecteurs. Ils ne sont pas assez nombreux pour éclairer tout le secteur.
— Mais il y en a assez pour te gêner c'est ça ?
— Oui, il me faudra donc à chaque fois une petite diversion. Par exemple, si je compte arriver par l'est tu iras te placer au Sud et tu tireras à mon signal.
— Et forcément les lumières se tourneront dans ma direction.
— En effet, mon premier objectif sera de détruire le cabanon dans lequel se trouvent les générateurs et là ils seront complètement perdus.
— Mouais tu es sûr de toi Ingeniuman… ?
— Totalement Interpolwoman.
— Oh non, ça sonne pas très bien ça hein ?
— Pas mieux qu'Ingeniuman en tout cas.
— Ola, tu es susceptible comme garçon.
— Pas du tout.
— Si, si.
— Non, absolument pas.
— Si, si tu l'es.
— Oui et puis toi tu es gonflante.
— Ce qui entre nous est une très bonne qualité.
— On verra, on verra.
— C'est tout vu.
— Je ne crois pas non, après tout même moi je ne peux tout voir. Bon la nuit commence à tomber nous devons partir, une fois arrivés à notre prochain objectif il fera complètement noir.

De nuit, les dealers n'avaient plus aucune chance, chaque fois Réyan déboulait sur eux à l'image d'une tornade. Pour les trois hameaux restants il essaya de faire le moins de victimes possible en usant au maximum de son pistolet tranquillisant. Bien sûr dès qu'il devait tirer au travers de cabane, buisson, arbustes, il n'hésitait pas à utiliser son fusil d'assaut. Élianord quant à elle servait uniquement pour la diversion du début et intervenait à la fin pour aider à attacher les survivants endormis. Une fois les 5 zones nettoyées, Réyan fit sauter les mines restantes, prévint les autorités brésiliennes et déclencha les charges incendiaires qu'ils avaient placées dans chacun des laboratoires. Les explosifs, plus les produits chimiques suffirent à mettre le feu à chaque hameau. Les mercenaires et chimistes restant quant à eux avaient été attachés à une bonne distance de chaque repaire pour éviter qu'ils ne soient brûlés.

De son côté le groupe d'Évols n'avait pas beaucoup progressé sur la piste de Réyan, le renifleur s'était rendu à la banque, seulement il y'avait tellement eu de passages dans ces lieux que suivre chaque trace, chaque odeur et trouver celle appartenant à Réyan relevait de l'impossible. Le corps du meurtrier avait été incinéré, il était donc de la même manière impossible de trouver l'odeur d'Ingeniuman sur lui. Il fallait trouver autre chose. Snake savait que ce tueur, ce « gardien de l'équilibre » s'en prenait souvent à différents inspecteurs, il décida donc de chercher de ce côté-là pour voir s'il pouvait trouver quelque chose d'intéressant.

Chapitre 20 : Le joueur d'échecs

Quand la bêtise prend le pas sur l'intelligence, *le 26 juin 2000 lors d'un concert de Pearl Jam, neuf fans trouvent la mort, écrasés et étouffés par la foule qui se pressait vers le devant de la scène. Avec les 37 blessés qui s'y ajoutent, ce drame aurait pu être encore plus lourd.*

Élianord souhaita, avec suffisamment d'insistance pour que Réyan se laisse tenter, profiter un peu de Manaus avant de retourner en Islande. Il s'agissait là de la capitale de l'État d'Amazonas, c'est la plus grande ville du Nord-Ouest du Brésil avec ces 1 700 000 habitants. Elle se trouvait tout juste à 10 km de l'aéroport international Eduardo Gomez là où le jet avait atterri. C'est ainsi que nos deux amis passèrent leur première véritable journée à faire du tourisme. C'était la première fois que Réyan se détendait de cette manière, et à aucun moment de la journée, il ne regretta le fait d'avoir laissé le monde un peu de côté.

— Il est très bon ce restaurant Réyan, tu l'as bien choisi.

— Je me suis juste rangé à l'avis général. Apparemment c'est le meilleur de la ville.

— Dis-moi Réyan, y'a-t-il déjà eu une femme dans ta vie ?

— Tu es plutôt directe.

— Je suis une enquêtrice et j'essaie de me mettre à ton niveau, toi tu n'as pas besoin de demander quand tu veux savoir quelque chose et j'avoue que j'aimerais le savoir. Je suis désolée mais je suis sûre que si je ne demande pas je ne le saurais jamais, tu n'es pas du genre à te confier n'est-ce pas ?

— Il n'y en a jamais eu.

— J'en suis désolée, vraiment. Tu me plais Réyan, je me sens attirée par toi et je ne me l'explique pas. Je vois bien que tu as

des sentiments pour moi, on ne peut pas dire qu'on se connaisse vraiment, c'est peut-être ça un coup de foudre, quoi qu'il en soit j'ai envie de t'embrasser et je vais le faire sans me soucier des conséquences.
— Élianord, ça me touche énormément et oui, il y'a quelque chose, quelque chose que je ne m'explique pas, c'est comme si nos esprits s'appelaient. Malheureusement, je ne suis pas un homme normal, je ne puis te promettre une vie longue et calme.

C'est alors que la jeune femme se pencha en avant par-dessus les assiettes et chuchota : « je sais qu'il ne te reste plus qu'une vingtaine d'années à vivre, c'est pourquoi tu ne serais jamais allé vers moi ni vers qui que ce soit, et toi tu sais que je ne cherche pas forcément une vie calme, je ne serais pas là sinon. Juste un baiser Réyan sans penser aux conséquences » termina-t-elle en se penchant en peu plus. Alors que ses lèvres effleurèrent celle d'Ingeniuman, celui-ci ne recula pas, non au contraire il lui rendit son baiser et tout d'eux s'embrassèrent passionnément.

Ces émotions étaient toutes nouvelles pour lui, il les connaissait, mais jamais il ne les avait ressenties par lui-même et à sa surprise il se rendit compte que celles-là, il n'arrivait pas à les contrôler, non jamais il ne s'était détendu comme aujourd'hui. Cette journée passée en compagnie de la jeune femme lui avait fait le plus grand bien. Sur le trajet de retour qui les ramenait en Islande aucune gêne, ni aucun malaise ne s'installèrent, les deux amis formaient maintenant un couple et cela leur semblait tout naturel. Il avait suffi qu'Élianord se jette à l'eau. Une fois arrivé à l'aéroport, Nathan qui les attendait dans la voiture se rendit de suite compte de ce qu'il se passait et alors que les deux amis se rendaient au parking il put les apercevoir se diriger vers lui. Leurs yeux se fixaient, ils avaient cessé de se fuir, tous deux avaient le sourire aux

lèvres et l'air joyeux. C'était la première fois qu'il voyait Réyan comme ça.
— Salut vous deux, alors ça s'est bien passé ? demanda-t-il.
— Oui très bien, mais j'ai un peu été laissée de côté.
— Ah ça, il faudra t'y habituer.
— Vous êtes marrants tous les deux, vous préféreriez peut-être vous blesser.
— Non quand même pas, eh bien de mon côté aussi ça s'est très bien passé, Venise demeurera tel quel, et sinon rien de neuf ? fit-il avec un regard insistant. *Il s'est passé quelque chose entre vous deux n'est-ce pas ?*

Alors que Nathan ne regarda plus que Réyan au moment où il pensa à ça, Élianord le fixa puis se tourna vers Ingeniuman et s'exprima « Il a deviné c'est bien ça ? »
— Oui il a deviné, nous nous sommes embrassés Nathan.
— Et même plusieurs fois, ajouta Élianord. Autrement dit, nous allons sortir ensemble, je ne sais pas si c'est une bonne idée, je ne sais pas si ça va marcher, mais de mon côté j'ai envie d'essayer.
— Et bien je suis très content pour vous deux, je pense sincèrement que vous êtes faits l'un pour l'autre. *Là, Réyan tu dois la rassurer.*
— C'est vrai qu'il le pense, ne t'inquiète pas Élianord ça marchera et quoi qu'il arrive nous avons dit sans conséquence.
— *Pas mal vieux, pas mal. Va falloir voir à prendre la même chambre*, pensa-t-il le sourire aux lèvres.
— Oh, mais je ne suis pas inquiète. Et Nathan arrête ça.
— Arrête quoi ?
— Tu viens de sourire et ce rictus n'avait rien d'innocent, je suis sûre que tu lui as parlé par la pensée.
— *Très forte, vraiment très très forte.*
— Quoi qu'il en soit, ajouta-t-elle, nous n'avions pas l'intention de te le cacher.

— Et cela ne gênera en rien notre travail.
— Au contraire Réyan, reprit Nathan, c'est ce travail qui gênera votre relation, ne crois-tu pas que c'est pour toi l'occasion d'arrêter, d'essayer de vivre comme tout le monde, ne pourrais-tu donc pas te contenter d'envoyer des lettres, des mails, de passer des appels anonymes.
— Nous avons déjà eu cette discussion Nathan, et la réponse est toujours non, je ne pourrais pas. Je ne pourrais me regarder dans la glace en sachant que des gens meurent par le fait de mon inaction, et toi Élianord aussi belle que tu sois je ne pourrais croiser tes yeux, car sachant cela je serais bien incapable de supporter l'image qu'ils me renverraient.
— Mais je ne veux pas que tu changes moi. Et merci du compliment.
— Ce travail, c'est ma vie, je veux faire stopper ces cris.
— Et on t'aidera à le faire Réyan, je… Je suis désolé, je ne veux que ton bien.
— Je le sais Nathan, je le sais. Bon si tu nous ramenais maintenant ?
— Oui bien sûr, bien sûr.

Peu de temps après être arrivé dans leur villa, alors qu'Élianord dormait à poings fermés, Réyan fut réveillé par l'alarme de son PDA, il le saisit, regarda l'écran et se précipita dans la salle informatique, manifestement quelqu'un était en train de faire des recherches sur une de ses sociétés bidon. Il s'agissait des Évols, ceux-ci venaient de retrouver sa trace. Dans un premier temps ils découvrirent qu'une jeune inspectrice d'Interpol semblait avoir disparu de la circulation du jour au lendemain. Fait étrange qui tiqua leur intérêt et comme ils ne parvinrent pas à obtenir aucune information quant à sa nouvelle fonction, ils comparèrent sa photo avec toutes les vidéos des caméras de sécurité de la ville qu'ils avaient pu pirater ou bien encore s'approprier. Le champ de recherche étant beaucoup trop grand pour un résultat qui au final s'avéra ridicule, ils changèrent d'approche et firent appel au renifleur qui se trouvait déjà sur place. Celui-ci se déplaça donc jusqu'à l'appartement d'Élianord afin de le « renifler » et arriva ainsi à la suivre dans ses derniers déplacements, d'abord jusque chez la femme battue, ensuite jusqu'au bâtiment d'Interpol, puis l'odeur le mena jusqu'à un second appartement, celui dans lequel résidaient Nathan et Réyan au moment des faits.

Là le renifleur affirma qu'il avait déjà sur le trajet senti une de ces deux nouvelles odeurs, en effet devant l'immeuble dans lequel vivait la jeune femme, cet individu y avait été présent, ses traces et celle d'Élianord étant à cet endroit bien marqué cela signifiait que l'inspectrice avait dû y tenir une discussion avec cet homme. Pour Snake cela ne signifiait rien, ça pouvait être n'importe qui : son voisin, son ami, son amant, son cousin, n'importe qui. Snake demanda donc à Marcus de renvoyer le renifleur à la banque pour qu'il puisse comparer celle-là avec toutes celles présentes là-bas. Le renifleur ayant ce coup-ci une base pour chercher il put dire que l'homme qui avait discuté avec Élianord était bien venu dans cette banque. Il était donc maintenant probable que cet homme soit bien celui qu'ils recherchent. Une fois cela fait, le renifleur repartit au précédent appartement, celui de Nathan et Réyan et suivit leur trace. Les trois individus étaient montés dans un véhicule. L'un d'eux, l'homme de la banque, l'avait quitté pour se rendre dans une gare de métro où ses traces disparaissaient, car il y'avait là énormément de passage et il était impossible même pour un renifleur de faire le tri. Celui-ci repartit là où le véhicule s'était arrêté, et le suivit. Au bout d'un certain temps, l'odeur de l'homme de la banque réapparut et celle-ci rejoignit les deux autres. Ces trois odeurs le menèrent tout droit à un aéroport où il perdit leurs traces. À partir de cet instant, les Évols ne s'intéressèrent plus qu'à cet aéroport et là, la photo

donna quelque chose. Avec une des caméras on arrivait à entrapercevoir son visage, de là on savait comment elle était habillée et on pouvait la suivre à la vidéo même si après ça on n'a plus jamais revu son visage, c'était comme si à chaque fois elle savait où se trouvait la caméra.
— Non, ce n'est pas elle qui sait, elle doit se laisser guider par notre homme, l'un des deux hommes que l'on voit toujours avec et dont on ne voit jamais les visages, affirma Snake.

Avec la date et l'heure de la vidéo ils se renseignèrent sur tous les départs et ne trouvèrent rien pour les avions de ligne. Ils s'intéressèrent donc aux jets privés : quatre avaient décollé dans le créneau horaire qui correspondait, tous appartenaient à diverses entreprises. Et ce fut au moment où les Évols lancèrent une recherche sur la société qui possédait le jet de Réyan que celui-ci fut alerté par ses programmes-espions. Cette société était manifestement bidon, car elle appartenait à une autre qui appartenait à une autre qui…
— Quoi ? Qu'est-ce qui y'a ?
— Une intrusion, boss, quelqu'un vient de pénétrer dans notre serveur.
— C'est lui, coupe tout.
— Je suis entrain… C'est bon.
— Comment cela est-possible ? Comment a-t-il pu passer nos pare-feux aussi vite ?
— Je ne sais pas Snake.
— Qu'a-t-il pu récupérer comme information ?
— Peut-être rien, je ne pense pas qu'il ait disposé d'assez de temps.
— Comment se fait-il que tu ne saches rien ? Tu es censé être un des meilleurs informaticiens au monde.
— Mon don pour l'analyse m'aide beaucoup c'est vrai, mais il y'aura toujours plus fort. Pour ce poste il te faudrait un Évols qui a pour don le cryptage ou la compréhension du langage

informatique ou je ne sais quoi. Là, tu aurais un pirate quasi imbattable.
— Et bien dès que j'en trouverais un tu seras le premier informé. Démerde-toi pour que, quand tu te rebrancheras, il ne puisse pas revenir aussi sec et ne relance pas de recherche sur ces sociétés.
— Je vais le faire boss, je vais tout changer.
— Très bien, je vais appeler Marcus pour lui dire de revenir.
— Et pour le renifleur ?
— On va effacer le peu de mémoire qui lui reste et on le fera se présenter à un hôpital avec sur lui une nouvelle carte d'identité ainsi qu'un numéro de compte que l'on va remplir à son attention. Il pourra ainsi démarrer une nouvelle vie. C'est le mieux que je puisse faire pour lui. Préviens-moi quand on pourra de nouveau se servir de l'informatique.

De son côté, à bien des kilomètres de là, Réyan se rendit à la cuisine dans laquelle Nathan préparait le repas du midi.
— Alors Réyan c'était qui cette fois-ci ? NSA, CIA, MI6, DGSE ?
— Non c'était eux, c'était les Évols, leur sécurité s'avère bien plus développée, plus avancée. J'ai franchi leur pare-feu, malheureusement pour nous ils s'en sont rendus compte et ils ont tout coupé.
— Tu as pu récupérer quelque chose ?
— Oui un seul fichier, il se trouvait dans la mémoire vive, sans doute venaient-ils de le consulter et ils ne l'avaient pas fermé. Regarde je viens de l'imprimer il s'agit d'une fiche de renseignement sur un jeune garçon allemand. Il s'appelle Michael Sholtz, il a 8 ans et c'est un champion d'échec.
— Un génie ou un Évols ?
— Je ne sais pas encore, je suis en train de chercher, mais pour qu'ils s'intéressent à lui ça doit forcément être un Évols.

— Comment peux-tu être sûr qu'il s'agit d'eux, nulle part sur leur serveur il devait y avoir d'écrit : property of Évols n'est-ce pas ?
— Non bien sûr que non, je le sais car cela fait quelques jours maintenant que j'ai repéré l'un d'eux à San Francisco. Il s'agit d'un homme ayant l'odorat surdéveloppé et il a réussi à nous suivre à la trace jusqu'à l'aéroport. Et là comme par hasard il y a des recherches qui sont lancées sur les sociétés bidon que j'avais utilisées cette fois-là en couverture pour notre jet.
— Et cet homme, qui-est-ce ?
— Lui-même ne le sait pas, sa mémoire a été effacée, la seule chose qu'il savait c'est qu'il devait nous suivre, il agissait comme un robot, quelqu'un dans son entourage devait certainement le manipuler.
— Tu es en train de me dire que l'on poursuit des hommes capables de prendre possession des corps, d'effacer la mémoire, de manipuler une personne à distance, de renifler des pistes encore mieux qu'un chien. On nage en plein fantastique là.
— Me connaissant cela te parait vraiment si extraordinaire que ça ?
— Non, mais quand même, ce n'est pas anodin et puis on ne sait toujours rien de leurs intentions.
— En tout cas leurs méthodes ne me plaisent pas trop, l'homme chien vient de nouveau d'avoir sa mémoire complètement effacée. Il doit tout juste savoir parler, lire et écrire et l'on vient de placer une idée dans sa tête : il doit se rendre à l'hôpital le plus proche.
— Ils s'en sont servis, maintenant ils le jettent.
— Ah ça y est, j'ai enfin trouvé quelqu'un d'Issing, le village du jeune garçon. Il s'agit d'un petit hameau situé à environ 50 km au Sud-Ouest de Munich, cet homme connaît les parents du garçon, c'est bon je suis avec lui et je confirme, il s'agit bien d'un Évols, son esprit est différent.

— Laisse-moi deviner, nous partons en Allemagne ?
— C'est bien ça, ce Michael est sûrement une cible de Snake, nous devons nous rendre sur place. Je vais réveiller Élianord.
— Et moi j'arrête ça et je vais plutôt préparer des sandwichs.

Nos trois amis se posèrent à Munich, louèrent une voiture et se rendirent au domicile du garçon. Avec ses sens, Réyan n'ayant rien trouvé d'alarmant dans les environs, demanda à ses amis de le laisser là et de repartir à Munich pour prendre une chambre d'hôtel. Cela faisait maintenant 2 h que le garçon était revenu de l'école. Réyan frappa à la porte et ce fut le père qui vint lui ouvrir, la mère se trouvant encore au travail.
— Bonsoir Mr Sholtz, je me présente je m'appelle Réyan Frar. Je suis un des organisateurs du championnat national d'échec qui se tient ce week-end. Je sais que votre fils y participe, est-ce qu'il serait possible de le rencontrer ?
— Oui, oui, bien sûr, je vous en prie entrez. Faites comme chez vous, vous pouvez aller vous asseoir, je vous l'appelle, il est dans sa chambre.
— Michael !!! Descends, il y'a un organisateur du tournoi qui est venu te voir.
— J'arrive !!!

Réyan s'installa à la table du salon et accepta un verre de coca. Dès que Michael arriva, il se leva et se présenta :
— Bonsoir Michael, je m'appelle Réyan Frar. Je suis heureux de te rencontrer. Comme j'étais de passage à Munich j'ai eu envie de venir te voir. L'an passé quand tu as gagné au dernier championnat tu m'as réellement impressionné. Tu me reconnais n'est-ce pas ?
— Oui, vous avez été champions du monde, j'ai pu voir la vidéo de votre finale. Vous étiez d'ailleurs plus jeune.
— En effet, j'avais 16 ans.

[…]

— À ton avis Nathan, pourquoi a-t-il voulu se présenter ? questionna Élianord.
— Oh c'est simple il doit vouloir jouer une partie.
— Jouer une partie ?
— Oui, je pense qu'il souhaite tester ce garçon et il a toujours aimé ce jeu, d'ailleurs à 16 ans il a été champion du monde.
— Rien que ça, mais bon en lisant dans les pensées cela ne doit pas être bien compliqué pour lui.
— Non détrompe toi, lors de ces parties, il ne se servait que de son intellect. Il ne trichait pas.
— Il ne fait pas que lire dans les pensées n'est-ce pas ? Je m'en suis doutée quand j'ai vu votre sous-sol et la salle informatique.

[…]

— Après vous ne vous êtes plus présenté à aucun tournoi.
— J'ai arrêté la compétition, mais je sais toujours jouer et c'est ce qui m'amène.
— Vous voulez faire une partie.
— Oui, j'en serai ravi.
— Venez avec moi, on va monter dans ma chambre il y a une petite table et on pourra être tranquilles.

Après deux heures d'une partie acharnée, ce fut Réyan qui remporta la victoire, il venait là de jouer sa plus belle partie, jamais il n'avait rencontré un tel adversaire, pour le battre il avait dû user de toute sa réflexion.
— C'est la première fois que je perds, vous… Vous êtes meilleur.
— Non je suis juste un peu plus vieux, tu as été l'adversaire le plus coriace que j'ai jamais eu, je te félicite. Selon toi, à quel moment as-tu perdu la partie ?
— Au treizième coup, quand j'ai voulu attaquer pour inverser la tendance, car je ne faisais que défendre et je subissais votre jeu.

— Donc ?
— Je vois, en fait je ne pouvais pas gagner.
— Bravo, très bonne analyse de la partie, en vérité je ne suis pas plus fort que toi, j'ai gagné pour deux raisons, la première, tu as voulu que je prenne les blancs et la seconde, tu voulais tellement gagner que tu as décidé de changer ton jeu à ce treizième coup. Si tu ne l'avais pas fait, cette partie se serait finie sur un pat et je crois bien que je n'aurais rien pu y faire.
— J'ai donc commis une erreur.
— En quelque sorte, mais si tu avais fait ça contre un autre adversaire ça aurait certainement marché, quoi qu'il en soit il vaut mieux un match nul qu'une défaite. La prochaine fois, pour la revanche, c'est toi qui commenceras avec les blancs. Bon je vais te laisser Michael et je te remercie encore pour cette partie, peut-être qu'on se croisera à Berlin je suis sûr que c'est toi qui vas gagner.
— Dites, pourquoi avez-vous arrêté la compétition ?
— Je n'ai jamais voulu dédier ma vie aux échecs. Il y a tellement de choses plus importantes à faire. Il est probable qu'un jour ton intelligence puisse aider beaucoup de monde.
— Sauver des gens ?
— Par exemple oui.
— Je… Merci.
— Allez Michael passe une bonne soirée.
— Au revoir Mr.
— Tu peux m'appeler Réyan.

Arrivé au rez-de-chaussée, Ingeniuman salua les parents, la mère étant revenue de son travail peu de temps après le début de la partie. Il quitta la maison, plaça son pull autour de sa taille et entreprit de faire les 50km qui le séparaient de ses amis en courant. Un petit footing ne pouvait pas lui faire de mal et il se devait de maintenir ses performances physiques. Deux heures plus tard, il arriva à l'hôtel que ses amis avaient choisi et ne s'arrêta qu'une fois sous la douche. Puis il mena Élianord dans un restaurant et laissa Nathan seul. Nous étions jeudi soir et le championnat commençait samedi à la capitale. Le vendredi fut consacré aux recherches, tous les participants, arbitres et organisateurs subirent une enquête. La seule chose que nos amis savaient de cette affaire c'était que Michael représentait une cible potentielle des Évols, hormis ça, que voulait-il faire de lui et pourquoi ? Et bien pour l'instant, ils n'en avaient pas la moindre idée. Souhaitaient-ils le kidnapper, le recruter, ou seulement l'observer ? Quoi qu'il en soit pour Réyan ils seraient certainement présents durant ce championnat, comme lui, les Évols devaient avoir envie de le voir à l'œuvre. Manifestement tous les individus qui seront présents à ce tournoi semblaient clean. En milieu d'après-midi, Nathan et Élianord décollèrent de Munich pour se poser à Berlin et partir repérer les lieux. Réyan de son côté prit la voiture en début d'après-midi et se rendit à Issing afin de suivre la famille sur les 500 bornes qui devaient les conduire à Berlin. Il se plaça à un kilomètre derrière eux de façon à ne pas se faire voir tout en les ayant bien dans son radar pour pouvoir assurer leur protection en cas de besoin. En tant qu'ancien vainqueur du tournoi, Michael avait droit avec ses parents à un logement gratuit à proximité de l'université Wilhelm von Humboldt là où se tiendrait le tournoi. Nos amis restèrent sur la même voie à savoir l'avenue Unter Den Liden et prirent une chambre à proximité de la porte de Brandebourg qui termine ce boulevard. Cette construction étant l'un des principaux monuments historiques de la capitale allemande, il aurait été bête, quitte à choisir une chambre, de ne pas en prendre une avec vue sur cet édifice. Surtout qu'à la nuit tombée il était mis en valeur par plusieurs néons de couleurs.

Le lendemain, à l'université il ne fallut pas longtemps à Réyan pour repérer l'un d'eux, celui-ci était encore différent,

Ingeniuman n'arrivait pas à accéder à ses pensées, elles étaient bien là, seulement « un mur » l'empêchait de passer. Il demanda à ses deux équipiers de rester surveiller le garçon alors que lui partit à la rencontre de cet homme. Arrivé à sa hauteur l'homme en question se retourna et prit la parole :

— Vous êtes l'homme de la banque n'est-ce pas, vous ressemblez à la description que l'on m'a donnée ?

— Oui, mais vous qui êtes-vous ? demanda Réyan calmement.

— Vous vous doutez bien que si je vous donne un nom, rien ne vous prouvera qu'il s'agisse réellement du mien, surtout que vous serez bien incapable de vérifier si je dis la vérité. J'ai senti votre tentative d'intrusion, c'est d'ailleurs comme ça que j'ai pu vous repérer. Ce qui m'amène à vous demander comment fonctionnez-vous ? Tous les télépathes sont différents et je serais curieux de savoir comment vous avez pu me trouver en premier.

— Que voulez-vous à cet enfant ?

— Qu'il se joigne à nous. Et nous aimerions que vous en fassiez autant, proposa le télépathe.

— Et que comptez-vous faire ? ajouta Réyan.

— Je vous demande d'attendre, il va arriver.

— En effet, il approche, il vient de prendre possession d'un corps.

— C'est bien ce que je pensais, vous n'avez pas besoin d'un contact visuel, la proximité vous suffit, jusqu'à quelle distance vous pouvez faire ça.

— Environ 50 mètres, mentit Ingeniuman.

— Il te ment Alfred, intervint un troisième homme qui venait d'arriver dans ce couloir. Ça doit être plus, beaucoup plus. Salut l'ami.

— Je ne suis pas ton ami et je n'ai pas vraiment apprécié ce que tu as voulu me faire la dernière fois.

— Mais moi je ne peux faire comme toi, c'est là le seul moyen que j'ai pour savoir à qui j'ai à faire et je m'en excuse. Je ne voulais pas te blesser, affirma Snake.
— Non tu voulais juste prendre possession de mon corps. Alors, pourquoi recrutez-vous ?
— Je souhaite tous nous rassembler.
— Oui, mais dans quel but ? demanda Ingeniuman tous ses sens en alerte.
— Apporter la lumière. Faire avancer les choses.
— C'est très noble de votre part, mais vos méthodes sont un peu extrêmes n'est-ce pas ? Et je suppose qu'il n'y a pas d'humain normal avec vous.
— Non.
— Vachement sectaire votre rassemblement. Et vous laissiez agir ce tueur, sachant très bien ce qu'il faisait, vous auriez pu l'arrêter. Le fait que des hommes meurent ne vous dérange donc pas, peut-être même que toi tu en as déjà tué.
— Ces humains sont de l'histoire ancienne, complètement aveuglés, ils ne pensent qu'à leur petite personne. Nous sommes la prochaine étape, nous sommes l'évolution, ce n'est pas à eux de nous guider !
— Mais à vous ?
— Oui.
— Vous voulez diriger, vous voulez prendre le pouvoir. Tu veux monter un coup d'État à l'échelle mondiale sans te soucier des pertes que cela causera. Tu es fou ! lança Réyan
— Ces insectes ne sont rien ! Ils se croient puissants alors qu'ils appartiennent au passé ! se défendit Snake.
— Ce sont des hommes, tu n'as pas à parler d'eux comme ça, vous pourriez les aider, vous pourriez vous montrer au grand jour. Ils ont autant le droit de vivre que vous.
— Non, ils nous chasseraient, ils auraient peur, je te rassure nous allons nous montrer au grand jour et nous allons leur donner raison d'avoir peur et cela se fera en minimisant au

maximum les pertes. Toi, tu pourrais nous aider et t'assurer que les choses soient ainsi.
— Je ne vous aiderai pas, bien au contraire.
— Si tu n'es pas avec nous, alors tu es avec eux.
— Crois-moi, tu ne prendras pas le pouvoir et tu ne toucheras pas à ce garçon, assura Réyan.
— Michael est un tacticien hors pair, je pourrais avoir besoin de lui par la suite et tu n'y pourras rien, car si tu m'empêches de l'avoir à l'amiable je n'aurais qu'à prendre possession de son corps et l'emmener où je le souhaite. Va-t'en Alfred !

Sur ce, il attaqua Réyan et celui-ci plus rapide parvint à contrer le coup de poing. C'était la première fois qu'il se battait sans pouvoir lire dans les pensées de son adversaire ; seulement sa vitesse, sa force et ses connaissances en matière d'arts martiaux étaient bien supérieures à la moyenne. Il n'avait donc aucun mal à contrer son adversaire, mais il s'agissait là d'un corps possédé et il n'avait pas envie de le blesser. Alfred s'éloignait et il se devait de le rattraper, c'était son seul lien avec des Évols, une fois prisonnier il arriverait certainement à obtenir des informations. Il assomma cet homme et partit à sa poursuite, il contacta Nathan et Élianord pour les avertir de ce qui se passait et leur demanda de ne surtout pas bouger, il ne fallait pas qu'ils s'approchent de ce télépathe. Chaque individu que croisait Réyan l'attaquait, Snake prenait possession des corps au fur et à mesure de sa progression et cela le ralentissait, car il était obligé de les contourner quand il le pouvait et sinon il devait les maîtriser en faisant attention de ne pas trop les blesser. Alfred allait s'échapper et cela ne faisait aucun doute, il venait de quitter l'université et s'engageait sur l'avenue Unter Den Liden. Réyan courrait vite, très vite… Il ne put continuer plus loin, car dès qu'il arriva sur la route, Snake prit le contrôle d'un conducteur, il accéléra et envoya la voiture sur Réyan qui l'évita sans problème

avant que celle-ci ne s'écrase dans un mur et deux des trois occupants furent tués sur le coup. Ingeniuman avait compris le message, s'il continuait, toutes les voitures partiraient dans le décor, il s'arrêta donc, prévint les secours et alla voir le blessé.
— Surtout ne bougez pas Mr, ne vous… Snake.
— Ta vitesse et ta force sont très impressionnantes, les Évols à ma connaissance ne disposent que d'un seul don, mais pas toi n'est-ce pas ?
— Je vais te retrouver et je t'arrêterai.
— Tu ne peux rien contre nous. À bientôt l'ami. Fit-il en bougeant violemment.

Il s'agissait du passager, suite au choc le moteur s'était enfoncé dans l'habitacle et avait écrasé ses jambes, ce mouvement avait eu pour conséquence de déchirer ses chairs et de sectionner l'artère fémorale. Cet homme se vidait de son sang et Réyan ne parvenait pas à suffisamment dégager l'aine pour exercer une pression afin de stopper le saignement, il était fort, mais pas assez.
— NON, non, non, non. **L'enfoiré !!!!**
— Je veux les gouverner, pas les tuer alors ne m'y force pas. Avec ton aide les choses pourraient se passer encore plus en douceur, réfléchi à ma proposition, dit-il en abandonnant le corps du passager.

Les secours arrivèrent rapidement sur place mais il était déjà trop tard. Nos trois amis quittèrent l'université et se rendirent à l'aéroport.
— Je ne pense pas qu'il s'en prenne à Michael. Il doit se douter que cela serait une bêtise. Je serais constamment avec lui. Et au besoin, on interviendra.
— Et s'ils s'en prennent à lui, il te servira d'appât ? supposa Nathan.

— D'appât ? répéta Élianord. Je ne sais pas si j'apprécie beaucoup l'idée, ce n'est qu'un enfant.

— Nous ne pouvons nous permettre de rester à ses côtés pour le protéger directement. Les Évols sont une menace pour la terre entière, j'ai bien vu qu'ils étaient prêts à tout. Élianord, il faut qu'on parte tout de suite à New York.

— Mes parents ?

— Oui, ils sont sur ta piste, j'ai effacé toute trace de ton passé seulement ils disposent de moyens hors norme, une recherche informatique sur toi ne donnera rien si ce n'est que tu as été mutée dans un poste secret défense.

— Ses collègues de travail, intervint Nathan.

— Quoi mes collègues de travail ? Jamais ils ne me balanceront… À moins que, les télépathes.

— Oui, ils n'ont pas besoin de poser de question et parmi tes anciens amis, il y'en a qui savent que tu es originaire de New York et que ta famille s'y trouve. J'ai effacé ton passé, mais ils connaissent ton nom et il n'y pas 50 familles de Pascale. Il leur suffit de contrôler chaque famille et de tomber sur des parents qui dans leurs esprits ont une charmante fille qui s'appelle Élianord. De là ils comparent l'apparence de cette femme à celle qui est présente dans l'esprit de tes collègues et si ça correspond…

— C'est que c'est moi.

Chapitre 21 : New York

En 2000 sorties des films « Gladiator » et « la Ligne Verte »

Réyan avait raison, alors qu'eux se trouvaient en Allemagne afin d'empêcher les Évols de s'en prendre à Michael, un autre télépathe, Fabrice, le bras droit de Snake, s'était rendu à San Francisco et avait rapidement trouvé les informations qu'il cherchait. Dans moins de 24 h il arriverait à New York et il commencerait à passer en revue tous les Pascale de cette ville. Snake venait de le contacter pour l'avertir de ce qui s'était passé. L'homme de la banque était donc un ennemi, sa mission devenait prioritaire, il fallait mettre rapidement la main sur cette femme pour pouvoir le retrouver.

Les parents d'Élianord avaient toujours vécu dans la grosse pomme. C'étaient de véritables citadins, la maman, Évelyne Pascale travaillait dans l'éducation, elle était institutrice et s'occupait d'une classe de CM2. Le papa, Bradley Pascale, était cadre dans la société qui gérait les métros new-yorkais. Autant dire que rien ne prédestinait leur fille unique à quitter le foyer pour entrer à l'école de police. Ils s'étaient rencontrés dans le métro. Encore simple contrôleur, Bradley avait été pris de court par une très belle femme. Évelyne, comme la plupart des usagers dans son cas essaya de l'endormir en lui racontant comment son réveil avait oublié de sonner la mettant ainsi terriblement en retard. N'ayant pas une seconde à perdre elle dut se précipiter et partir à la va-vite, car cela ne faisait que deux semaines qu'elle avait commencé son métier d'institutrice et elle ne pouvait pas se permettre d'arriver après ses élèves. C'était ainsi que son portefeuille contenant le passe justifiant de l'abonnement annuel, que possèdent toutes bonnes New-Yorkaises qui se respectent, était resté sur la table et blablabla et blablabla. La jeune institutrice après avoir fini son laïus vit

un sourire sur le visage de ce beau contrôleur qui paraissait sous le charme. Néanmoins, il était clair pour Bradley qu'il n'allait pas se laisser avoir comme ça. Alors qu'il commençait à sortir son calepin pour lui donner l'amende, Évelyne ajouta :
— Mr, si vous gardez ce carnet dans votre poche, vous pourrez m'inviter à boire un verre !
— Est-ce que j'ai l'air d'avoir envie de vous inviter ? À dire vrai oui j'en ai envie donc si je comprends bien, vous ne payez pas l'amende et moi je vous paie le verre. Très malin ça, de cette manière vous vous en tireriez à très bon compte… Vous finissez à quelle heure ?
— 17 h 30.
— Et bien on dit 19 h à l'arrêt où vous êtes montée, ça vous va ?
— Ça me va.

Bradley rangea son carnet et alla contrôler les autres clients. À 19 h tous deux se retrouvèrent et Évelyne lui montra son passe. Le verre se passa très bien, ils enchaînèrent donc avec un restaurant et passèrent ensemble une très bonne soirée. Après s'être embrassés, ils choisirent de se revoir dès le lendemain. Ils avaient à l'époque, 25 ans pour elle et 27 ans pour lui, ils se marièrent deux ans plus tard et eurent Élianord 3 ans après s'être promis l'éternité.

Le jet arriva à New York vers les 21 h et Élianord prévint ses parents qu'elle arrivait et qu'elle ne venait pas seule
— C'est donc ça l'excuse que tu as trouvée pour que je te présente à mes parents. Tu brûles un petit peu les étapes là ?
— Tu trouves ? Moi qui pensais voir ton père pour lui demander ta main.
— Ouais, ouais, remarque tu peux toujours essayer, il te dira que ça ne le regarde pas et que ce n'est pas à lui qu'il faut le demander.

— Houla, ça parle mariage, Réyan j'espère bien que je serais ton témoin.
— Plus sérieusement, ajouta Élianord, je préférerais leur dire la vérité.
— Alors c'est ce qu'on fera, mais ça ne va pas être facile pour eux.
— Je sais, mais ils comprendront, ce sont mes parents. Si eux savent, je serais prête à faire comme Nathan.
— Faire croire à tout le monde excepté mes parents que j'étais mort a été très dur pour moi et surtout pour eux. Chaque fois qu'ils seront en compagnie des autres membres de ta famille, oncles, cousins et grands-parents, tes parents devront leur mentir. Il faudra qu'ils fassent semblant et pour toi cela signifie que tu ne pourras plus voir ni tes amis, ni eux. Élianord ne prend pas cette décision, contrairement à moi tu n'y es pas obligée. J'avais enlevé Réyan, je me devais de maquiller notre mort.
— Oui, mais voyez, aujourd'hui je les mets tous en danger. S'ils trouvent mes parents alors ils trouveront tous ceux à qui je tiens.
— Élianord, je ne sais pas ce que va donner notre lutte contre les Évols, et je ne peux qu'imaginer ce dont ils peuvent être capables. Mais faire ça, n'empêchera pas un télépathe de trouver les personnes auxquelles tu tiens. Et si nous mettons fin à leurs agissements tu n'auras plus rien à craindre pour tes proches, car n'oublie pas que je t'ai déjà fait disparaître. Pour la société tu n'as jamais existé et les moyens de recherche conventionnelle ne peuvent les trahir. De ton côté tu leur as dit que maintenant tu travaillais sous couverture et que si jamais on venait les voir à ton sujet, ils devraient prétendre ne pas te connaître. Et c'est bien ce qu'ils feront surtout que jamais personne ne viendra les voir.
— Mais cela serait plus facile pour toi. Tu n'aurais pas à te sentir responsable, tu n'aurais pas à garder un œil sur eux.

— Peut-être, mais ce n'est pas du tout ce que je veux. Nathan, ses parents, ma mère, je ne veux plus que quiconque ne sacrifie quoi que ce soit pour moi et surtout pas toi. Donc nous allons voir tes parents, nous allons leur dire la vérité et je t'assure que nous les protégerons et quand cela sera fini tu pourras faire comme tout le monde et aller fêter Noël avec eux et toute ta famille.
— Et vous deux seriez invités, d'accord, je retire ce que j'ai dit. Et j'admets que je préfère cette solution. Voilà nous y sommes, ils vivent dans cet immeuble.
— Les environs me paraissent clairs je ne perçois aucun Évols.

Leur appartement se trouvait au dernier étage, il disposait d'une surface de plus de 90 m² et avait un petit jardin à ciel ouvert. Peu après 21 h nos amis arrivèrent sur le seuil et sonnèrent. Une femme leur ouvrit, il s'agissait de la mère d'Élianord.
— Bonsoir Élie, comment ça va ?
— Ça va très bien, lui répondit sa fille, et toi ?
— Au top, je te remercie, tu m'as juste laissé le temps de préparer le repas, entrez, entrez et faites comme chez vous.
— Salut tout le monde, lança le père en arrivant derrière sa femme.
— Salut Pa, bon je vous présente, voici mes deux amis, Réyan et Nathan et eux ce sont mes parents Évelyne et Bradley Pascale.

Le père leur serra la main et la mère leur fit la bise, tous se voyaient enchantés et allèrent s'installer dans le salon.
— Vous pouvez nous appeler Ève et Brad, annonça Bradley. Et surtout pas de Mr, on n'est pas si vieux, en ce qui me concerne je n'ai pas encore passé le cap de la soixantaine.
— Ça marche Brad, assura Nathan.

— Oui, mais tu t'en rapproches dangereusement mon chéri, le taquina Ève. Alors qu'est-ce qui vous amène ? En tout cas je suis très contente que vous soyez passés, cela faisait quelque temps que l'on ne s'était pas vue Élie.
— Élie ??? tiqua Réyan qui savait bien que la jeune femme n'aimait pas beaucoup ce surnom.
— Oui, bon je préfère Éliane quand même. Euh… Ce qui nous amène, je viens à propos de mon nouveau travail.
— Qui y a-t-il ? Cette mutation ne te plait pas ? s'inquiéta son père.
— Oh, si bien au contraire. Non ce n'est pas ça. J'aime beaucoup mon nouveau travail, dit-elle en adressant un sourire à Réyan.
— En ce qui nous concerne, un emploi secret comme ça, ça ne nous plait pas trop, admit sa mère. En réalité, ça m'a l'air encore plus dangereux qu'avant.
— Quoi qu'il en soit nous sommes très fiers de toi, affirma Brad, et si tu souhaites nous en parler je suppose que vous deux êtes au courant, vous travaillez ensemble peut-être ?
— Oui, nous sommes dans la même équipe, acquiesça Réyan.
— Votre fille est un très bon atout et nous sommes devenus de bons amis, ajouta Nathan.
— Seulement, oui Maman, c'est un peu plus dangereux et je ne vais pas tourner autour du pot. C'est pour ça que je suis là. Nous formons une équipe plutôt spéciale, je ne travaille plus pour le gouvernement.
— Pardon ? firent ses parents d'une même voix.
— Nous sommes autonomes et n'agissons que pour le bien commun, les gouvernements, quoi qu'ils fassent, le font d'abord par intérêt, expliqua Réyan.
— Élianord… Élie, rectifia Nathan, nous a rejoints alors que nous tentions de la sauver d'un tueur en série assez particulier. Elle était devenue sa cible, mais les choses se sont arrangées.
— Un tueur en avait après toi ? s'inquiéta sa mère.

— C'cst bon Maman, grâce à eux il ne m'est rien arrivé. Ce tueur ne fera plus de mal à personne.
— Dans ce cas merci à vous. Mais du coup, si vous n'êtes sous couvert de personne, vous êtes des quoi ? Des sortes de mercenaires ? questionna Brad.
— En quelque sorte, on doit pouvoir dire ça. répondit Réyan.
— Non !!! intervint Élianord. Je ne suis pas d'accord, Papa, Maman, les mercenaires on les emploie, c'est leur travail et ils ne se préoccupent que de l'argent que cela leur rapporte. Certains tuent pour un chèque. Réyan et Nathan ont dédié leur vie entière aux autres, à eux deux ils ont certainement sauvé plus de vie que n'importe quelle agence gouvernementale. Ce sont de véritables héros. Jamais je n'aurais pu imaginer côtoyer un jour des gens comme eux et pouvoir les aider à faire ce qu'ils font.
— Arrête Élie, tu vas nous faire rougir, plaisanta Nathan.
— Si nous sommes venus ici ce soir c'est pour vous protéger, annonça Réyan. Le tueur qui voulait s'en prendre à votre fille était doué de facultés surhumaines. Par son intermédiaire nous avons découvert l'existence d'un groupe qui se fait appeler les Évols. Ces gens-là n'ont aucun respect pour la vie humaine, leur chef a comparé les hommes à des insectes. Ils sont actuellement sur la piste d'Élianord. Comme elle vous l'avait dit, j'ai fait disparaître toutes traces d'elle. Pour la nation vous n'avez jamais eu de fille. Normalement cela aurait dû suffire à assurer votre protection et celle de tous les membres de votre famille, malheureusement les facultés psychiques de ce groupe font qu'ils vous retrouveront. Ce n'est plus qu'une question de temps, vous m'en voyez désolé…
— Les télépathes n'ont pas besoin d'Internet, pour eux nous sommes des livres ouverts, nous sommes leurs propres réseaux sans fil, ajouta Nathan.
— Je suis sincèrement désolée de vous mettre dans une telle situation, mais c'est la vérité. Ces individus me cherchent et

pour me trouver ils devront passer par vous. Aujourd'hui je vous mets en danger. Je…

— Par nous ? coupa sa mère. Bon on se calme, si je comprends bien vous êtes une sorte d'agence tous risque sans le côté mercenaire et en ce moment vous combattez les x-men et nous sommes devenus une cible, mais c'est complètement fou. Et ce n'est pas ta faute Élie.

— Comme tu l'as dit chérie on se calme. Que devons-nous faire ? demanda Brad.

— Rien pour le moment, vous ne devez rien changer à vos habitudes, je resterai à vos côtés un peu comme le ferait un garde du corps. Je les verrai arriver bien avant qu'ils ne se présentent à votre seuil, rassura Ingeniuman.

— Et comment pouvez-vous nous certifier ça ? releva Brad.

— Je suis télépathe.

— Vous êtes l'un d'entre eux ? supposa Ève.

— Non Maman, Réyan dispose de certains dons, mais il n'a jamais fait partie de leur groupe. Et oui il les verra arriver. Vous êtes en sécurité avec lui.

— Très bien, je vous crois, reconnut Brad, mais concrètement, quels dangers nous menacent ? À quoi doit-on s'attendre ?

— Eh bien, ils pourraient vouloir vous kidnapper afin de nous faire chanter. Ou simplement vous faire du mal pour nous donner une leçon, supposa Réyan.

— Mais cela n'arrivera pas, intervint Nathan. Réyan à vos côtés, vous ne craigniez rien. Je peux vous le garantir.

— Je vais rester à vos côtés jusqu'à ce qu'ils se manifestent. Et il est bien possible que l'on ait très bientôt de leurs nouvelles, affirma Réyan.

— Mais si je comprends bien ces gens sont très dangereux, ne devriez-vous pas plutôt les chasser que rester ici ? suggéra Ève.

— Dans l'immédiat, votre sécurité est plus importante. En vérité Élianord et Nathan vont repartir pour continuer notre travail et moi je vais rester ici avec vous. Nous connaissons le but des Évols, mais nous ne savons pas où ils se cachent, ni comment ils comptent s'y prendre. Pour l'instant le seul moyen que l'on ait pour les retrouver c'est qu'ils viennent ici et non je ne vous considère pas comme des appâts.
— Vous venez de lire dans ma tête n'est-ce pas ? devina Brad.
— Oui. Vous êtes devenus leur cible, ce n'est pas moi qui l'ai voulu, je viens vous protéger ici, car je ne peux aller à leur rencontre ne sachant pas où ils se trouvent, et je peux vous assurer que je les verrai bien avant qu'ils ne nous voient. C'est une solution passagère, je ne souhaite pas chambouler vos vies.
— Si j'avais pu ne pas vous mettre dans cette situation… Je suis désolée, mais d'un autre côté je suis contente que vous sachiez maintenant la vérité, ajouta leur fille.
— Vous aidez les gens, vous sauvez des vies, vous luttez contre les malfaiteurs. Tu as bien fait de nous le dire, assura sa mère.
— Et nous sommes d'autant plus fiers de toi, reprit son père, nous préférons connaître la vérité. Merci ma fille.
— Eh bien Réyan, soyez le bienvenu dans notre humble demeure, nous avons une belle chambre d'ami qui vous attend. Allez !!! adressa Ève à tout le monde. Si nous passions à table et que vous nous en disiez en peu plus ?

Le repas fut très animé, les parents voulaient tout savoir et ils n'avaient de cesse de poser des questions. Comme à chaque fois Réyan dut répéter leurs pensées afin de prouver ses facultés. Nous étions samedi soir et Ingeniuman prévint les parents qu'il valait mieux pour eux qu'ils ne retournent pas au travail dès lundi. Ève ne souhaitait pas laisser tomber sa classe. Brad lui, pouvait faire son travail sans forcément se rendre à son bureau donc pour que tout le monde soit content, les deux hommes passeraient ensemble leur journée proche de l'école. Le midi Ève partirait avec eux pour passer au bureau de son mari histoire de déposer certains dossiers et en récupérer d'autres puis ensemble ils retourneraient à l'école au moment de la reprise. À aucun moment de la soirée ils ne parlèrent de la liaison toute nouvelle entre Élianord et Réyan. Nathan expliqua qu'il avait dû maquiller sa mort et que cela n'était pas tous les jours facile à vivre pour ses parents. Le repas terminé, Nathan et Élianord s'en allèrent. Cela était convenu depuis le début, il ne fallait surtout pas qu'un télépathe croise leur chemin, car ils seraient bien incapables de l'empêcher de sonder leurs esprits. En tout état de cause Réyan avait changé les codes d'accès de la villa sans le leur dire et comptait via son PDA leur ouvrir dès qu'ils arriveraient. En plus de ça il disposait d'une copie à jour de tout ce que contenaient ses serveurs, celle-ci se trouvait dans une seconde demeure dont même Nathan ignorait l'existence.

Ils prirent le jet et décollèrent. En attendant que Réyan en découvre plus sur les Évols, ils devaient de leur côté assurer les missions en cours et se rendre sur place chaque fois qu'un avertissement d'Ingeniuman n'avait pas été pris au sérieux. Aucun Évols ne pénétra dans son radar durant la nuit de samedi. Ce fut le cas le dimanche après-midi. Fabrice avait déjà contrôlé dix familles de Pascale et se rendait maintenant à la onzième adresse de l'annuaire : Bradley Pascale. Réyan, comme les autres fois, partit à sa rencontre, néanmoins, ce coup-ci, il préféra rester légèrement à distance. Il sentait que le savoir de cet homme lui était inaccessible. Pour son radar, il s'agissait bien d'un homme disposant d'un certain savoir mais il était comme illisible. Et tenter de le lire aurait certainement trahi sa présence. Comment prendre contact avec lui sans que le chef, celui qui possède les corps fasse son apparition et mette en danger les civils new-yorkais ?

Réyan comprit qu'il devait agir vite. Il s'arma de son pistolet tranquillisant, monta dans le bus dans lequel se trouvait Fabrice. Dès qu'il le vit, celui-ci sortit son arme et reçut une fléchette avant de pouvoir faire feu. Tout le monde se mit à crier et se bouscula pour sortir. Réyan se fraya un chemin, prit le corps endormi sur son dos, descendit à son tour et courut en direction d'un parking souterrain qu'il avait repéré. Il entra dans une salle sécurisée et s'y enferma. Il posa Fabrice sur une chaise, se servant du contact visuel et profitant qu'il soit endormi, il chercha à sonder son esprit. Il constata qu'il n'y avait que le corps d'assoupi. Comme lui, cet homme était capable de conserver tout son appoint, sa conscience n'était pas du tout affectée par la présence de drogue dans l'organisme. Les informations que Réyan désirait étaient là, mais il lui était impossible de les récupérer. Il préleva ses empreintes puis lui injecta un produit qui le réveilla.

— Je me doutais bien que tu n'allais pas me laisser dans cet état, déçu je suppose.

— Pas vraiment, j'espérais que t'endormir me faciliterait les choses, mais après tout moi-même quand je suis drogué je suis tout à fait conscient de mon état. Pourquoi es-tu ici ?

— Tu dois le savoir sinon tu ne serais pas là, nous te cherchons. Et il semblerait que seule cette femme, Élianord Pascale, possède un passé.

— Tu ne réponds pas vraiment à ma question.

— Je n'avais pas l'intention de leur faire du mal, je ne suis pas toujours d'accord avec les méthodes qu'emploie mon chef, Snake.

— Snake, c'est lui qui m'intéresse. Où puis-je le trouver ?

— C'est son surnom, je ne suis pas toujours d'accord avec ses méthodes, certes, toutefois j'ai beaucoup de respect pour lui et je crois vraiment en notre cause. Ne crois pas que tu obtiendras quoi que ce soit de moi. Je voulais bien essayer, mais tu es réellement un mentaliste je n'arrive pas à rentrer dans ta tête. Il existe plusieurs catégories d'Évols et les télépathes, comme toi et moi, rentrent dans celle des mentalistes. Bien entendu il y'a plusieurs domaines dans chaque catégorie et plusieurs niveaux dans chaque domaine. Les mentalistes ont un certain contrôle sur leur psychique c'est pour ça que tu n'arrives pas à lire en eux, tout comme toi ils peuvent installer des barrières. Tu as croisé Alfred n'est-ce pas ? Et bien lui, son don se trouve dans la même catégorie et le même domaine que nous seulement il est moins doué que moi et beaucoup moins que toi. Moi qui pensais être le meilleur.

— Et bien tu te trompais. Merci de me dire tout ça.

— Moi je pense que tu pourrais encore nous rejoindre, si tu nous aidais, si tu étais avec nous et bien on t'écouterait et les choses pourraient se passer plus en douceur.

— Je ne veux absolument pas de ce coup d'État. Si vous tenez tant à faire avancer les choses, rien ne vous en empêche, au contraire, mais vous ne devez pas le faire à leurs dépens.

— Selon toi, si tu devais résumer la cause de tous ces problèmes, de toutes ces inégalités, de toute cette violence en un mot lequel choisirais-tu ?

— L'égoïsme.

— Je vois que tu as étudié le monde au moins autant que moi. Certains à cette question, me répondent que c'est la religion, d'autre me disent que cela vient de l'histoire où encore de la soif de pouvoir.

— Soutenir sa religion et dénigrer les autres est une forme aiguë d'égoïsme, nous vivons dans le présent et les faits du passé sont obsolètes : monarchie, rivalité territoriale, guerres pour imposer ses idées… Nous venons d'entrer au XXIème siècle, il faut aller de l'avant et essayer autre chose. Quant à la soif de pouvoir elle représente le summum de

l'égoïsme, ne penser qu'à soi en écrasant les autres : Voici les objectifs de Snake. Tu m'as l'air d'être un homme sensé, pourquoi ce n'est pas toi qui me rejoindrais ?
— Je te l'ai dit, je crois en ce que l'on fait. Ce que je voulais te faire dire c'est, crois-tu que si nous nous présentions à eux ils nous accueilleraient à bras ouverts ? Je suis sûr que même toi tu ne penses pas que cela soit le cas. Tu l'espères, mais au fond de toi tu sais bien ce qu'il se passerait. Ils prendraient peur, ils verraient là une menace pour leurs acquis et ce sont eux qui nous déclareraient la guerre les premiers. Ce coup d'État aura lieu et si tu souhaites les protéger tu ferais bien de nous rejoindre.
— Ce n'est pas la solution, vous allez tuer trop de gens, beaucoup trop. Vous pouvez leur laisser du temps, je ne sais pas combien vous êtes, mais je suis sûr que votre nombre ne va pas cesser d'augmenter. Nous devons travailler ensemble, hommes et surhommes et non pas nous battre.
— Nous souhaitons prendre le contrôle en douceur et minimiser les victimes. Les innocents seront épargnés, nous ne sommes pas des terroristes qui tuent au hasard.
— Les occupants du véhicule que Snake a envoyé dans le décor n'avaient rien demandé à personne. J'ai pu voir de quoi il était capable. Je vous empêcherai de nuire.
— Tu l'as forcé à agir ainsi. On savait te trouver ici, c'est pour ça que je suis là, en revanche on ne t'attendait pas à Berlin. Le télépathe que tu y as rencontré, Alfred, se trouve à un niveau moindre, il sait lire les pensées du moment et cela suffit pour évaluer un tacticien, mais contraiement à nous, il ne possède pas de monde intérieur. Si tu l'avais endormi, tu aurais pu t'approprier ses connaissances et donc en savoir plus sur nous. Il ne pouvait permettre ça. Toi tu n'as jamais tué personne ?
— Si, mais pas par plaisir et jamais une famille innocente, j'aurais pu comprendre son geste s'il en était resté à m'en-

voyer la voiture, seulement il m'a empêché de sauver une personne qui aurait pu l'être, il l'a délibérément fait bouger pour déclencher une hémorragie. Son sourire, son sourire m'a glacé le sang.

— Je ne savais pas. Ses méthodes sont extrêmes, et je ne souhaite pas l'excuser, néanmoins cela ne change rien pour moi. Tu ferais mieux de me relâcher maintenant, tu n'obtiendras rien de moi, aucune drogue ni même la torture ne te permettront jamais de sonder mon esprit.

— Je ne torture pas, la fin ne justifie pas les moyens. Mais je ne peux pas te relâcher.

— Tu dois te douter qu'il est déjà au courant, il dispose d'un radar et sait donc pertinemment qu'en ce moment je me trouve seul avec un homme dont il ne connaît pas la nature et il sait que cet homme ne peut-être que toi. Je le sais, car moi-même je suis en ce moment avec lui. Il a confiance en moi et il vient de penser à une façon de le prévenir. Si tu ne me laisses pas partir je tenterais une intrusion dans son savoir alors il le sentira et saura que je suis en danger.

— Et si je te drogue ?

— Je pourrais toujours l'avertir et comme il a déjà pris possession de mon corps il saura constamment où je suis. Pour couper le lien, tu dois me tuer.

— Je ne ferais pas ça, j'ai le sentiment que tu sauras voir la vérité, si je te relâche que diras-tu pour les parents ?

— Que tu les as déplacés.

— C'est bien ce que je vais faire, mais je n'en ai pas envie. Et si simplement tu lui dis, il enverra quelqu'un pour vérifier.

— Ou il prendra possession de mon corps et saura la vérité, pour ça je suis moins fort que toi, il ne le fait pas sans mon consentement mais en vrai, il n'a pas besoin de mon accord.

— Et comment t'appelles-tu ?

— Fabrice.

— Et bien Fabrice, moi c'est Réyan, je vais te rendormir et à ton réveil tu seras détaché et tu pourras t'en aller.

Ingeniuman quitta le parking, se rendit chez les Pascale et leur expliqua qu'il ne pouvait assurer leur protection ici, qu'ils devaient partir avec lui immédiatement. Il joignit Nathan qui contacta ses parents, ceux-ci étaient très heureux de pouvoir aider et donc ravis à l'idée d'accueillir des gens dans la même situation qu'eux. Brad et Ève ne se firent pas prier comprenant l'urgence de la situation, bien que l'idée de quitter leurs emplois ainsi que leurs responsabilités de cette manière nc leur plaisait guère. Réyan tenta de camoufler leur départ sans pour autant les faire disparaître. Pour tout le monde les Pascale avaient dû partir en urgence suite à un décès dans la famille, pour l'occasion Brad avait dû s'inventer un frère. Cette excuse pouvait fonctionner pour une semaine ou deux mais il fallait trouver autre chose pour la suite. Si l'affaire des Évols perdurait, Réyan n'aurait d'autre choix que de leur faire perdre leurs emplois.

Chapitre 22 : La vie de famille

Un million de personnes par an meurent par suicide, soit plus que les victimes de guerres et d'homicides réunies. Un problème qui, selon un rapport de l'OMS, va en s'aggravant. Le nombre de tentatives de suicide est encore plus important, avec 20 millions de tentatives par an. À savoir que de nombreux pays africains et certains pays d'Asie du Sud-Est n'entrent pas en compte dans ces statistiques, ce qui signifie que ces nombres sont encore en dessous de la réalité. ***Je dois donc pouvoir dire sans trop me tromper, que cela nous fait un suicidé toutes les secondes. Autrement dit depuis que vous lisez ces mots 20 personnes ont tenté de se donner la mort et certains ont réussi.***

Une semaine, deux semaines, puis un mois s'écoulèrent. Les parents d'Élianord avaient dû se résigner et même si les choses venaient à s'arranger, ils ne pourraient certainement pas retrouver leur ancienne vie. Maintenant, pour toutes les personnes qui les connaissaient, les Pascale, suite au décès de ce frère qui n'existait pas, avaient décidé de tout abandonner pour partir vivre au Nigéria afin de reprendre la société que possédait le défunt. Bien entendu Réyan s'était employé à créer ce frère ainsi que cette société, de façon à éviter tout problème en cas de recherches. Évelyne et Bradley s'entendaient très bien avec les Lorif, leur maison était suffisamment grande pour deux couples et leur présence ne dérangeait absolument pas, c'était d'ailleurs tout le contraire. Ils avaient tous les quatre à peu près le même âge et ensemble ils passaient leurs journées à jouer aux cartes, à regarder des films ou bien encore à faire du tourisme.

Et de temps à autre quand ils pouvaient se le permettre, nos trois amis venaient leur rendre visite. Les empreintes que Réyan avait relevées sur Fabrice n'avaient strictement rien donné et on peut dire que vis-à-vis des Évols ça n'avançait pas du tout, ils étaient au point mort. Ce fut à leur troisième visite que Réyan et Élianord avouèrent leur relation, cela ne choqua personne et Nathan précisa que cela faisait maintenant quelque temps que les deux tourtereaux partageaient la même chambre. Après un mois de cohabitation, les Pascale souhaitèrent déménager afin qu'eux et les Lorif puissent retrouver leur intimité. Ce qui au début devait être une situation provisoire s'était avérée beaucoup plus long que prévu. C'est ainsi qu'ils prirent possession d'une maison à environ dix kilomètres de là. Réyan leur donna une nouvelle identité et des cartes bancaires pour qu'ils puissent se sentir libres et parfaitement autonomes.

Quand Fabrice vint faire son rapport, il affirma à Snake n'avoir pu lire en cet homme, ce Réyan. Malgré tout, lors de son échange avec lui, il parvint à percevoir à la surface de ces défenses mentales une image ainsi qu'un nom. Pour Fabrice c'était comme si cet homme qu'il avait vu, ce Nathan était la représentation des défenses de Réyan. Les Évols tenaient à attraper Ingeniuman, la première phase de leur plan aller bientôt se terminer. Celle-ci consistait à être en mesure de prendre le contrôle de l'armement mondial, cette phase était de loin la plus longue des quatre qui devaient assurer leur suprématie. Une fois qu'ils en auraient terminé avec cette étape tout le plan s'accélérerait, les phases deux et trois étant étroitement liées à savoir se révéler aux yeux du monde et prendre le pouvoir. La quatrième consistait, elle, au développement des Évols. Sachant que deux Évols donnaient forcément naissance à l'un d'eux, un Évols et une personne normale donnaient une chance sur deux et pour deux individus normaux c'était une sur 100 000, voire moins. Pour l'instant tout se passait comme prévu et Réyan était le seul nuage à l'horizon, il fallait l'arrêter, le convertir ou mieux encore le posséder.

Avec le temps Élianord et Réyan devinrent de plus en plus proches, on peut dire qu'ils étaient faits l'un pour l'autre, de véritables âmes sœurs. Chose rare et vraiment étonnante car il s'agissait bien là, de la première fois qu'il partageait tout ça avec une femme. Élianord était une jeune femme fantastique elle savait prendre les devants et lui tenir tête quand il le fallait, à ses côtés il se sentait évoluer en tant qu'homme et tous les moments privilégiés qu'il partageait avec elle le faisait se sentir plus humain. Les voir si heureux avait poussé Nathan à mettre fin à sa vie de célibataire, ne faisant que mentir, il ne pouvait se permettre de démarrer une liaison sérieuse, mais cela ne l'empêchait pas de prendre du bon temps en compagnie de la gent féminine et cela faisait longtemps qu'il ne se l'était pas autorisé. Ensemble ils accomplirent diverses missions en attendant que les Évols se montrent.

Noël arriva et toute la famille recomposée se retrouva au Canada, chez les Lorif pour le fêter. Les parents de Nathan avaient souhaité passer par un traiteur pour offrir à tous un somptueux repas, en revanche ceux d'Élianord s'étaient montrés particulièrement contre. Pour eux, un vrai repas de Noël est un repas que l'on prépare avec amour, ce sur quoi la jeune femme avait rebondi en disant que Réyan n'avait qu'à s'occuper de concocter le repas car après tout, ne prétendait-il pas savoir tout faire ? Réyan finit par céder et se mit au fourneau tout l'après-midi en compagnie d'Élianord. Nathan et son père, Patrice, se chargèrent de ramener un sapin. Ève, Florence et Brad partirent acheter des cadeaux et de quoi décorer le sapin. Tous ensemble ils passèrent une excellente soirée, le dîner était délicieux, il faut dire que Réyan avait un petit peu triché en cherchant à connaître les goûts de chacun et ainsi tous les convives adoraient au plus haut point chaque plat qui se présentait devant eux. Souhaitant respecter la tradition Réyan avait même préparé 12 desserts correspondant aux

12 coups de minuit. Alors qu'ils allaient passer au quatrième tant bien que mal (cela faisait déjà un petit moment que la plupart des convives étaient rassasiés) Réyan se leva d'un coup.
— Que se passe-t-il, lui demanda Nathan ?
— Un suicide, continuez sans moi, fit-il en se précipitant vers l'extérieur.
— Élianord, tu devrais aller avec lui, normalement c'est moi, mais je sais aujourd'hui que ta présence lui fait beaucoup de bien. Il va l'aider, il va essayer de le sauver, mais cela va lui faire ressentir le vide immense qui emplit une personne s'apprêtant à mettre fin à ses jours et comme tu le sais Réyan est loin d'être insensible. Il va avoir besoin de toi.

La jeune femme attrapa sa veste et partit à sa poursuite, Réyan l'attendit dans la voiture et démarra en trombe pour parcourir les deux kilomètres cinq cent qui le séparait d'un homme bien. Élianord ne dit mot et se contenta d'apposer sa main sur la cuisse de celui qu'elle aimait. Arrivés au bas de l'immeuble le véhicule stoppa et ensemble ils se précipitèrent sur le toit. Bien moins rapide, elle arriva après que Réyan se soit présenté et décida de rester en arrière.
— Bonsoir Rodrigue, non, non ne bougez pas, je veux seulement vous parler.
— Allez-vous-en, je vais sauter.
— Je sais. Je sais que vous en êtes capable, s'il vous plaît écoutez-moi.
— J'ai passé ma vie à écouter, vous pouvez me croire j'en ai assez entendu.
— Vous avez vécu un drame, mais vous n'êtes pas responsable, vous… vous étiez, non vous êtes aujourd'hui encore un excellent psychiatre.
— Qui êtes-vous ?
— Je m'appelle Réyan et je suis ravi de faire votre connaissance. Maintenant je vais vous demander de vous taire et de

me laisser terminer. Je sais pour votre femme et votre fille et j'en suis sincèrement désolé, mais vous n'êtes pas responsable. Vous ne pouviez pas savoir. Je sais ce que vous pensez, mais vous vous trompez, c'était votre patient, mais vous ne pouviez pas deviner. Il venait chaque semaine et vous parliez de sa mère qui l'avait battu. Vous vouliez l'aider à se reconstruire et vous aviez bon espoir d'y arriver, cet homme avait droit à une vie normale. Et vous progressiez, depuis quelque temps il disait avoir rencontré quelqu'un, vous y voyiez là un espoir.

— Je… Je l'ai encouragé, je l'ai encouragé putain !!!

— Vous lui avez dit d'aller vers elle, qu'il devait avoir confiance, que tout se passerait bien. Dîtes moi Rodrigue, à quel moment auriez-vous dû savoir qu'il s'agissait de votre femme comment auriez-vous pu le deviner ? Vous ne savez pas la vérité alors que moi si et je vais vous la dire. Cet homme, votre patient, venait vous voir tous les mardis à la même heure. Ce jour-là, nous étions le mardi 15 novembre, cela faisait maintenant 5 ans que vous et votre femme étiez mariés, elle voulait certainement vous faire la surprise alors elle a quitté son travail plus tôt et elle s'est rendue à votre cabinet. Juste en face comme vous le savez il y'a un petit supermarché.

— Elle… Elle avait acheté une boîte de chocolats et une bouteille de vin blanc. Elle adorait le vin…

— C'est là-bas qu'il l'a connu, ça faisait bien une demi-heure qu'il avait quitté votre immeuble, mais avant de rentrer chez lui, il voulut faire ses courses et c'est dans ce magasin qu'il la rencontra pour la première fois. Et quand il l'a vue, il fut submergé, votre femme avait les mêmes cheveux que sa mère et dès cet instant elle devint son fantasme. Lorsqu'elle quitta le supermarché, il décida de la suivre, il ne pouvait pas la laisser partir comme ça. Votre femme est montée vous voir et lui il est resté attendre au bas de l'immeuble. Elle est rentrée entre deux consultations, vous a embrassé, vous a montré ce qu'elle avait acheté et vous a dit…

— Joyeux anniversaire chéri, mais ce n'est pas pour maintenant, il y'a quelqu'un dans la salle d'attente qui a besoin de toi, on se voit ce soir, je vais préparer le repas.

— Oui et elle est repartie. À sa sortie il l'a suivie et c'est comme ça qu'il a su où vous viviez. Et les mardis qui ont suivi c'était de cette femme qu'il vous parlait, de votre femme. Vous n'y êtes pour rien. Contrairement à ce que vous croyez, il ne vous a jamais manipulé, il n'a pas connu Jeanne par votre intermédiaire, il ne savait même pas qu'il s'agissait de votre femme. Oui je sais, c'est arrivé il y'a deux semaines et vous auriez dû être là. Mais vous avez un travail, vous aidez les gens, vous auriez dû être là, mais comme chaque vendredi après-midi vous écoutiez, comme chaque vendredi après-midi vous essayiez de comprendre, comme chaque vendredi après-midi vous tentiez d'arranger la vie de quelqu'un. La vérité Rodrigue, la vérité c'est que oui vous auriez dû être là, mais jamais, jamais vous n'auriez pu être là. Vous n'y êtes pour rien, absolument pour rien.

— Ma femme et ma… ma fille sont mortes. Pourquoi s'en est-il pris à elle aussi ? Elle… elle n'avait que 8 ans.

— Quand Jeanne a ouvert à cet homme et l'a gentiment repoussé après qu'il ait terminé sa déclaration, il n'a pas pu le supporter. Il attendait beaucoup trop de ce moment et malgré tous ses efforts il a perdu le contrôle, car à ses yeux une fois de plus il voyait sa mère en train de le rejeter. Il a poussé la porte et s'en est pris à votre femme. Jeanne s'est bien défendue, peut-être même qu'elle aurait pu prendre le dessus, seulement, quand votre fille alertée par le bruit est descendue voir ce qu'il se passait, elle s'est mise à hurler et l'attention de votre femme a été détournée. Nick a pu saisir la carafe. Votre femme a été tuée sur le coup. Il s'en est pris à votre fille, car il voulait qu'elle se taise, je suis désolé.

— Elle vient de mourir.
— Je sais Rodrigue, elle s'est battue pendant plus de deux semaines. Votre fille était très courageuse.
— Les médecins lui avaient donné trois jours. Mais aujourd'hui elle est partie, aujourd'hui c'est Noël et… et elle est partie… Aujourd'hui, aujourd'hui j'ai tout perdu. J'espérais, je croyais que si… si elle passait Noël, il y'aurait un miracle.
— Descendez Rodrigue, je vous en prie. Je vous en prie, vous connaissez la vérité maintenant, Jeanne et Elsa n'auraient jamais voulu ça pour vous.
— Avez-vous déjà perdu quelqu'un Réyan ?
— Oui, ma mère et ensuite énormément de gens pour lesquels je n'ai rien pu faire. Mais pas vous Rodrigue, vous je ne vous perdrai pas. Descendez, vous devez vivre, des gens ont besoin de vous. Les dépressifs dont vous vous occupez, si vous faites ça, si vous les abandonnez, vous devez avoir conscience que certains d'entre eux passeront le pas et se retrouveront à votre place.
— Je suis désolé pour votre mère et pour ceux que vous n'avez pu aider. Mais ils me manquent tellement Réyan.
— Venez maintenant, venez avec nous, vous ne devez pas passer Noël seul. Je sais que votre estomac est noué, mais mes gâteaux sont vraiment très bons. Descendez, s'il vous plaît. Dès l'ouverture demain matin, nous nous rendrons à l'hôpital et ensemble nous irons voir votre fille.
— J'ai enterré ma femme il y a 15 jours et maintenant ça va être ma fille. Je… D'accord, je descends, merci et je veux bien de votre compagnie demain, mais pour ce qui est de vos gâteaux…
— Vous n'avez pas envie de venir avec moi, vous ne voulez pas vous retrouver au milieu d'un repas de famille entouré de gens compatissants. Je comprends, mais moi je ne veux pas vous laisser seul, laissez-moi couper la poire en deux. Quittons ce toit et allons dans votre bureau, je vais appeler un ami,

un de vos confrères et vous, lui et moi allons passer Noël ensemble. Est-ce que ça vous va ?
— Oui d'accord. Mais cette femme ?
— Je vous présente Élianord, c'est une enquêtrice et aussi ma petite amie, elle va rentrer pour rester avec sa famille.
— Je… Non c'est bon, elle a assisté à tout ça elle peut rester si elle le souhaite.

Alors que Rodrigue descendait du muret, Réyan se tourna vers la jeune femme qui sc trouvait à une vingtaine de mètres en arrière au niveau de la porte qui donnait à l'escalier et l'interpella.
— Élianord, tu veux rester avec nous ?
— Oui bien sûr, bonsoir Rodrigue.
— Tu peux aller chercher Nathan et ramener du gâteau ?
— J'y vais, à tout de suite.
— Vous pouvez la raccompagner, je ne sauterais pas, et puis j'ai besoin d'être seul quelques minutes.
— Très bien, on se retrouve à votre bureau d'accord.
— D'accord.
— Attends Élianord je te raccompagne à la voiture (…) Merci d'être venu, ça ne se passe pas toujours aussi bien.
— Souvent tu as affaire à des suicides ?
— Trop à mon gout, l'humanité est malade Élianord, vraiment malade, les viols, les meurtres, si tu voyais la folie et les ténèbres qui peuvent habiter un homme. Et le suicide, renoncer à vivre c'est vraiment terrible, je te parle des individus censés et en bonne santé physique, je n'excuse pas les autres, mais je peux les comprendre. Rends-toi bien compte Élianord, dans le monde, toutes les 10 secondes une personne met fin à ses jours et toutes les secondes quelqu'un tente de le faire. Il y'a tant de belles choses dans ce monde, comment, alors que l'on se trouve en très bonne santé, que l'on a toute sa tête peut-on vouloir mourir ? Je savais que lui je pouvais le sauver, car au

fond de lui il désirait revoir sa femme et sa fille, il voulait les revoir, mais il ne voulait pas réellement mourir. Il y a des fois, alors que j'arrive à temps, je sais bien que ça ne changera rien, car dès l'instant où je commence à parler, l'individu se tourne vers moi, me regarde et se tue. Pas besoin d'être télépathe, il suffit de regarder ses yeux pour comprendre qu'il n'y a plus rien.
— Je suis désolé que tu traverses ce genre de choses.
— Merci. Une fois j'étais venu avec une fléchette tranquillisante, je savais que je ne pourrais l'empêcher avec des mots. Je l'ai donc endormi, je l'ai mené à l'hôpital prévenu ses proches et j'ai laissé une lettre à son attention. Deux jours après être sorti il s'est malgré tout suicidé.
— Mais tu as continué, tu as continué d'essayer d'en sauver.
— Oui, je ne peux pas les abandonner, si je sais que c'est perdu d'avance, j'y vais quand même et j'essaie, mais je ne les empêche pas. Je les vois se tirer dessus, je les voie sauter, en revanche je les sauve quand ils n'ont pas fini de se vider de leur sang s'ils se sont tranchés les veines ou bien encore s'ils ont tenté de se tuer par une overdose de médicaments. Je ne peux quand même pas les regarder mourir sans rien faire. Je vous attends à son cabinet, il se trouve au troisième étage.
— À tout de suite. Je t'aime Réyan.
— Je t'aime aussi Élianord.

La jeune femme partit chercher Nathan et expliqua à tout le monde ce qu'il se passait, les parents restèrent donc ensemble et jouèrent aux cartes jusqu'à ce que la fatigue et l'alcool l'emportent. Quant à Rodrigue, l'apport de sucre lui fit le plus grand bien. Ensemble ils discutèrent et le réconfortèrent. Cet homme de 38 ans parvint à surmonter son chagrin et fit l'éloge des deux femmes de sa vie. Il se confia et raconta tous ses bons souvenirs. Au petit matin, lui et Réyan se rendirent à l'hôpital et s'occupèrent du corps de la petite fille. Après le repas du midi ils se séparèrent et il était maintenant certain que Rodrigue parviendrait à faire son deuil. Il s'en sortirait et l'aide qu'il apporterait à ses patients le soutiendrait. Réyan lui demanda son numéro et promit de repasser le voir dans quelques jours.

Cette tentative de suicide avortée avait rappelé à Nathan sa vie d'avant ou plutôt la vie à laquelle autrefois il aspirait. Cet asile, celui dans lequel il avait rencontré le jeune Réyan devait être son premier emploi en tant que psychiatre. Nathan était très doué il venait tout juste d'avoir son diplôme et avait obtenu les meilleurs résultats possibles. Grâce à ses notes, il aurait pu choisir de travailler n'importe où, mais il avait écouté son professeur principal qui lui avait conseillé de commencer à exercer dans un asile. Car quelqu'un de passionné et de doué comme il l'était pourrait peut-être, dans un lieu comme celui-ci, opérer quelque miracle. Qui plus est, lui avait-il dit, être au contact de véritables malades mentaux ne pourrait que l'enrichir pour sa future carrière. Il respectait énormément cet enseignant et l'avait donc écouté. Il avait choisi de travailler dans l'asile qui se trouvait le plus proche de chez ses parents et donc de ses amis. Tout était prévu, il devait passer deux ou trois ans là-bas puis son père lui achèterait son propre cabinet. Bien sûr Nathan souhaitait tout faire tout seul, néanmoins il aurait été stupide de refuser l'aide de ses parents, d'autant plus qu'il s'entendait très bien avec eux. Grâce à ce cabinet, il aurait pu venir en aide à tellement d'anonymes, c'était là tout ce qu'il souhaitait pour son avenir. À côté de ça, quand il fit la connaissance de Réyan, il décida alors de tout sacrifier et n'hésita pas une seule seconde à le faire. Bien que ce choix lui fit tout perdre, son passé ainsi que son avenir jamais il ne le regretta, car avoir aidé ce jeune garçon, l'avoir aimé, être devenu sa famille était la chose la plus incroyable, la plus fantastique, qu'il n'aurait pu espérer accomplir. En aidant cet enfant, son enfant, il avait aidé des milliers de personnes. Après avoir maquillé sa mort, ses parents avaient dû déménager pour rendre possible la visite de leur fils. Beaucoup trop de gens dans leur ancien quartier résidentiel connaissaient Nathan et s'il était repassé par là, on l'aurait tout de suite reconnu. Il adorait ce quartier, c'est là-bas qu'il avait grandi et certains de ses meilleurs amis s'y trouvaient encore. Il se tenait d'ailleurs informé de ce qu'entreprenaient et faisaient ses anciens proches, après tout, il avait grandi avec eux et si dans l'ombre il pouvait leur donner un petit coup de main alors il ne se gênait pas pour le faire.

À dire vrai, son seul regret venait de lui apparaître. Ce repas de famille avait été merveilleux, seulement à ses yeux un manque venait de surgir, il avait envie de ce que Réyan et Élianord possédaient à présent. Ce repas de famille lui révéla ce qu'il savait depuis longtemps, jamais il n'aurait sa propre famille. Mais il avait déjà connu l'amour et ce jeune garçon était devenu son fils, le reste importait peu et peut-être qu'un jour il trouverait une femme qui serait prête à vivre cette vie. Ce Rodrigue avait tout perdu et il semblait, après avoir discuté toute la nuit avec lui, qu'il s'en sortirait. Il parviendra à faire son deuil et ira de l'avant. Avoir aidé cet homme lui avait rappelé son passé, mais cela l'avait également aidé quant à son propre avenir. Certes il lui manquait une femme à aimer, mais lui, il avait toujours un fils et il donnerait tout pour lui. Après Noël, nos amis accomplirent une petite mission et revinrent au Canada pour fêter le Nouvel An et le passage dans le XXIème siècle.

Chapitre 23 : La CIA

28 septembre 2000 début de la seconde Intifada qui durera jusqu'en février 2005.

Le temps passa, les missions s'enchaînèrent et le printemps arriva. Rodrigue avait réussi à surmonter cette épreuve et trois mois après ce drame il reçut à son cabinet son premier patient. Les Évols en avaient fini avec leur première phase, la plupart des candidats placés avaient fini par obtenir des postes stratégiques dans différents pays, il était temps d'en finir avec la première pour passer à la seconde étape.

— Très bien Fabrice, nous l'aurons ou nous le tuerons. Les brouilleurs sont en place et maintenant que nous avons retrouvé ce Nathan, on peut donner à nos ennemis un os à ronger.

— Tu es sûr que c'est le mieux à faire Snake ?

— Je fais confiance à ton jugement ainsi qu'à mon intelligence et puis les recherches que l'on a entreprises ont confirmé tes dires. Fabrice, nous ne pouvons pas attaquer les États-Unis sans avoir écarté cet homme, ce Réyan Renou, d'une façon ou d'une autre.

— Très bien, je vais aiguiller la CIA sur les Lorif.

— Que nos hommes en place entrent en action, qu'ils kidnappent Michael Sholtz.

Nos trois amis quant à eux se trouvaient aux Philippines, cela faisait quelques semaines maintenant que la situation y était devenue explosive, deux communautés de guérilla avaient pris les armes : le Front moro islamique de libération et le groupe islamiste Abu Sayyaf. Les actes terroristes que menaient ces deux groupes avaient poussé Réyan et son équipe à se rendre sur place afin de minimiser au maximum les dégâts.

— Michael !!! s'interrompit Ingeniuman, en plein milieu d'une conversation.
— Quoi Michael ? Michael qui ? questionna Nathan
— Michael, le joueur d'échec, on vient de l'endormir de force.
— Tu veux dire qu'on le kidnappe ?
— Oui, je pars en Allemagne sur-le-champ. Les Évols se repointent. Dès qu'Élianord aura déposé les preuves incriminant le président Joseph Estrada je veux que tous les deux vous retourniez au Canada afin de protéger vos parents. Il faudra du temps avant que Joseph Estrada ne soit jugé, mais il finira bien par l'être, nous avons fait ici ce que nous devions et s'il le faut nous reviendrons.
— Ils n'ont pas fait d'erreur jusqu'à présent et s'il existe plusieurs télépathes il doit bien exister plusieurs tacticiens.
— Oui, mais peut-être que c'est le meilleur qu'ils aient trouvé.
— Réyan…
— Je sais, c'est sûrement un piège.
— Et toi tu fonces droit dedans, et c'est parce que tu sais cela dangereux que tu nous écartes. Et ne me dis pas que c'est pour éviter que nos esprits soient sondés, cela fait un petit moment que l'on a pris nos précautions, sans passer par toi, nous n'avons plus accès à rien.
— Mais ils peuvent découvrir à quel point je tiens à vous.
— Réyan, laisse-moi venir avec toi.
— Nathan, fais ce que je te dis, s'il te plaît.
— D'accord, mais fais attention à toi.
— Bien sûr Nathan et si ça peut te rassurer, je suis quasi sûr qu'ils me sous-estiment, je ne suis pas l'un des leurs et eux me traitent comme tel, pour eux je ne suis et je ne peux être qu'un télépathe, un télépathe très doué certes, mais seulement un télépathe.
— Alors que toi tu n'es pas limité à une seule spécificité.
— Ils ne savent pas à qui ils ont affaire et quoi qu'il en soit je ne peux pas laisser tomber cet enfant.

Quand Élianord retrouva Nathan, Réyan avait déjà quitté le pays, elle le contacta et il lui tint le même discours, il ne fallait surtout pas qu'elle vienne en Allemagne.

Michael était maintenu endormi et il n'y avait donc aucun moyen pour Réyan de savoir où il se trouvait. Il se posa à Munich et se rendit aussi vite que possible sur les lieux de l'enlèvement. La police était déjà sur place et lui ne trouva rien de plus qu'eux, il n'y avait rien dans son radar, ni ici, ni sur la route qui l'avait mené là. Le kidnapping s'était déroulé sur le chemin qui séparait l'école de Michael de sa maison. Un témoin avait vu la scène mais son témoignage ne servit à rien, car les trois hommes qui débarquèrent du fourgon pour enlever l'enfant portaient une cagoule quant au numéro qu'il releva sur le véhicule, il s'agissait de fausses plaques d'immatriculation. Réyan resta dans sa voiture, prit son sac et sortit son PDA. Il s'agissait là d'un petit ordinateur portable de sa conception et rien dans le commerce ni où que ce soit ne l'égalait. Il déplia un petit clavier, sortit une antenne et relia le tout.

Ainsi il se connecta à ses serveurs en Islande pour bénéficier de leurs puissances. Il chercha quels satellites surveillaient la zone au moment des faits, il pirata l'un d'eux et en visionnant les enregistrements il put suivre le fourgon. C'est ainsi qu'il passa la frontière à plus de 2900 mètres d'altitude et se retrouva en Autriche. Il dut, à plusieurs reprises, changer de satellite pour ne pas perdre la trace du fourgon et finit par arriver à bon port. Le véhicule en question était garé devant un vieil entrepôt au village de Telfs dans les Alpes Bavaroises. La bâtisse semblait vide, il s'agissait sûrement d'un hangar à déneigeuses qui d'ailleurs avaient fait du très bon travail. Malgré la persistance de la neige dans le décor, les routes étaient parfaitement praticables. Pour Réyan, pour son radar, personne ne se trouvait dans l'entrepôt et manifestement aucun Évols non plus dans les trois kilomètres. Ces hommes étaient pourtant bien descendus ici et à en croire le satellite personne n'était encore ressorti de ce bâtiment. Réyan prit ses précautions et décida d'entrer pour en avoir le cœur net.

Le hangar semblait bien vide et il ne comprit pas ce qu'il vit, au centre, face à lui un homme se tenait seul, debout. Ses yeux le voyaient, mais pour son radar, il n'y avait personne.
— Réyan Renou je suppose ?
— Vous connaissez mon nom. Je n'ai pas su vous trouver, mais vous si.
— En rentrant vous avez eu l'air surpris.
— Oui en effet.
— Vous pensiez qu'il n'y avait personne ici n'est-ce pas ?
— Vous êtes un mentaliste, à travers vos yeux je vois votre savoir, mais je ne peux y accéder, quel est votre spécificité ?
— Nous avions donc raison, les brouilleurs agissent également sur vous.
— Les brouilleurs ?
— Les brouilleurs appartiennent à la catégorie des physiologiques. Nous en avons huit autour de nous. On craignait qu'un seul ne suffise pas contre vous alors on les a tous amenés.
— Ils brouillent les ondes cérébrales…
— Vous comprenez vite, vous savez donc que vos pouvoirs de télépathe reposent sur ces ondes. Ces Évols n'ont pas de facultés à proprement parler, si ce n'est que leurs ondes cérébrales perturbent les nôtres. Vous êtes encerclé Réyan et je voudrais que vous veniez avec nous sans faire d'histoire. Si vous le faites, nous relâcherons l'enfant.

À cet instant plusieurs individus sortirent de l'ombre, d'autres arrivèrent par les entrées et sorties du bâtiment, en tout plus d'une trentaine d'Évols se trouvaient maintenant dans le hangar, Réyan était bel et bien coincé.
— Je vous remercie.
— De quoi ?

— Mes yeux me donnent un accès direct. Il n'y a pas que des mentalistes ici, je sais tout, je sais où ils se cachent. En plus de prendre le pouvoir, vous voulez contrôler les naissances, les hommes ont autant le droit de vivre que vous. Ne me forcez pas à faire ça.
— Faire quoi ? **Feu !!!**

À l'instant où il ordonna, Réyan se déplaça et évita ainsi la fléchette tranquillisante, vouloir le prendre sain et sauf était une grave erreur et lui sachant ce qu'il venait de découvrir, n'avait nullement envie de faire dans la demi-mesure. Alors que tous se ruèrent sur lui, il continua à se déplacer et repéra par leur savoir grâce à ses yeux les 8 brouilleurs. Il saisit son arme et tira, les huit furent touchés en pleine tête. Toutes ses facultés retrouvées, il vida son chargeur sur les plus proches assaillants devant, derrière, sans prendre la peine de regarder et rengaina son arme. Certains de ces hommes disposaient d'une force et d'une vitesse bien supérieures à la normale, des physiologiques certainement, leur don devait consister à contrôler ce qui se passait dans leur corps, ils avaient donc comme Réyan augmenté leur nombre de fibres musculaires. Ingeniuman ne pouvait se permettre de prendre le temps de recharger, ces hommes s'apprêtaient à le saisir. Il évita le premier coup qui visait son visage, contra le suivant et brisa le premier bras qu'il attrapa. Réyan était comme une anguille, certains de ses adversaires étaient rapides, mais pas encore assez pour pouvoir le devancer. Il devait faire vite, il devait aller retrouver Snake et l'empêcher de démarrer la phase deux. Comment les Évols avaient-ils si bien pu se préparer sans qu'il ne s'en rende compte ? Leur QG se trouvait aux Bahamas, il fallait encore se rendre là-bas, il n'y avait plus une seconde à perdre. Réyan ne cessait jamais de se déplacer et fit en sorte, à grands coups de pied et de poings, de s'ouvrir un passage pour sortir du cercle de ses assaillants. Une fois cela fait, il s'adossa à un

des murs du hangar, fit un point sur la situation et décida d'attendre que les onze adversaires restant encore en état de se battre se regroupent face à lui.
— Vraiment très impressionnant, tu n'es pas qu'un télépathe n'est-ce pas ? Tu peux tirer à l'aveugle et mettre dans le mille, tu peux contrer les coups d'hommes plus forts et plus puissants que les meilleurs boxeurs. Tu peux éviter et devancer d'autres hommes dotés d'une vision si développée que l'on peut comparer leurs réflexes à ceux des mouches. Je vais répondre à ta question, je suis un effaceur, le meilleur. Normalement je peux tout effacer, souvenirs, émotions, je peux faire disparaître tout ce qui définit une personnalité. Et normalement je peux parvenir à effacer les barrières mentales, j'arrive à les attaquer. Mais pour toi il n'y a rien à faire, ce combat devait te distraire et me permettre de les effacer et de te supprimer afin que lui puisse prendre le contrôle. Mais je n'y arrive pas, tu combats et tu me rejettes à la fois. Qui es-tu Réyan ?
— Je ne suis pas vraiment un Évols, je t'avais dit de ne pas me forcer à faire ça. Je n'avais pas envie de les tuer. Pour moi vous vous fourvoyez, les hommes ne vous sont pas inférieurs.
— Non, c'est toi qui te trompes, puisque l'on ne peut t'avoir alors on doit te tuer.

Tous sortirent une arme et alors qu'ils s'apprêtaient à viser, Réyan attrapa sa montre et appuya sur un bouton. Une explosion retentit à l'extérieur du bâtiment et le courant se coupa. Le hangar se retrouva dans l'obscurité la plus totale et seuls le bruit et les étincelles que produisait le canon des armes Évols venaient troubler ces ténèbres, ce peloton d'exécution ne tirait que sur du vent. Réyan contrairement à eux n'avait pas besoin de ses yeux. Tout en se déplaçant comme un fantôme il rechargea son pistolet et ne laissa aucune chance à ses ennemis. Il tua tout le monde et ne fit aucune exception. La tempête passée il ne resta plus qu'un carnage, lui-même avait reçu une balle perdue dans l'épaule gauche, elle s'était contentée de traverser et n'avait pas fait beaucoup de dégâts. Il se concentra pour diminuer le saignement et banda son épaule. Michael se trouvait dans une petite remise, les coups de feu l'avaient réveillé, lorsqu'il le sortit du bâtiment et le plaça à la lumière de la lune, les traits enfantins de son visage se tordirent pour laisser place au sourire cruel de Snake :

— Tu es encore plus fort que ce que je pensais, tu viens de tuer certains de mes meilleurs hommes de terrain.

— Laisse Michael tranquille Snake ! Il en a déjà bien trop enduré.

— Rassure-toi, je n'ai pas l'intention de le tuer, je te l'ai déjà dit, un jour j'aurais certainement besoin de lui.

— Alors laisse-le, tu me cherches et bien j'arrive, c'est moi qui vais venir te trouver.

— Je t'attends Réyan, je t'attends.

Et le jeune garçon s'effondra. Ingeniuman le plaça dans sa voiture et le déposa au commissariat d'Innsbruck situé à 25 km de là. C'était la grande ville du coin et la capitale de la province du Tyrol. Il y'avait également un aéroport, mais à cette heure il ne trouva personne pour l'amener à Munich. Voulant faire au plus vite il décida de voler un bimoteur pour franchir les Alpes et se rendre à son jet. Ne pouvant pas se permettre d'atterrir sur l'aéroport international de Munich à une heure si tardive avec un bimoteur volé, il décida de se poser dans un champ à proximité et quitta les lieux avant que les autorités ne s'y présentent. Il parcourut les derniers kilomètres qui le séparaient de l'aéroport en courant. Il avait profité de son vol pour obtenir les autorisations, c'est ainsi qu'une fois arrivé sur place il se présenta comme étant un diplomate et put décoller pour les Bahamas.

— Élianord, je suis dans le jet, je me rends aux Bahamas, Snake se trouve là-bas, j'entre les nouvelles données dans le serveur, j'ai pu ramener Michael, il est sain et sauf.
— Et toi ça va ?
— Oui, très bien, juste une petite égratignure à l'épaule.
— Mouais, juste une petite égratignure hein ? Je te retrouve aux Bahamas, affirma Élianord.
— Non !!! Surtout pas !
— Mais je ne te laisse pas le choix.
— Élie !!!
— Ingeniuman !!!
— Bon déjà, dis à Nathan de bien surveiller vos parents. D'après ce que j'ai pu apprendre et les fils que j'ai pu suivre, les Évols n'ont pas l'intention de s'en prendre à eux, mais on ne sait jamais, il ne faut pas oublier qu'ils savent pour ta famille et c'est pour ça que je voudrais que tu restes avec lui.
— Nathan sait ce qu'il fait, toi, tu vas avoir besoin de mon aide.
— Non Élie, je suis désolé, mais tu vas surtout me gêner, s'il te plaît restes avec ta famille et veilles sur eux. S'il te plaît.
— Très bien, mais fais bien attention à toi.

Réyan se posa sur l'île de New Providence et se rendit à Nassau, la capitale des Bahamas. Si Snake l'attendait, il ne serait pas déçu. Le bâtiment qui leur servait de QG était un grand hôtel de luxe pour touristes. Il s'agissait là d'une simple couverture, mais c'était très pratique. Il y'avait tellement de passage que personne n'avait idée de surveiller les allées et venues. Aucun touriste ni qui que ce soit d'ailleurs ne soupçonnait que le dernier étage était composé de bureaux et non pas de suites royales. Quant aux serveurs ils se trouvaient en sous-sol séparés des machines à laver par une simple cloison. Leur bruit étant camouflé par celui des appareils domestiques.

Beaucoup de civils se trouvaient sur les lieux et Réyan ne repéra qu'un seul Évols. Il savait, grâce aux individus physiologiques qu'il avait combattus en Autriche, que Snake avait envoyé la plupart des Évols sur le continent américain dans l'attente des ses instructions pour la phase 2. Bien entendu il y'avait une part de doute qui persistait, car comme pour les hommes normaux il arrivait à passer d'Évols en Évols malheureusement il ne pouvait pas le faire dès qu'il s'agissait d'un mentaliste. Quelque chose le bloquait, il se retrouvait face à un mur infranchissable. Et d'après ce qu'il voyait dans le savoir de ceux à qui il avait accès, beaucoup d'hommes et de femmes appartenant à cette organisation faisaient partie de cette catégorie. Il ne possédait donc pas toutes les pièces du puzzle ce qui signifiait que certaines informations lui échappaient encore. Il se devait donc de rester vigilant. Il en avait quand même beaucoup appris et il savait maintenant qu'il existait trois catégories :

- La première étant les mentalistes, avec comme spécialités : les télépathes, les effaceurs et les contrôleurs.

- La seconde étant les physiologiques : les renifleurs, les brouilleurs, les espions (très bonne audition), les mastodontes (capables de développer leurs fibres musculaires) et les docs (contrairement aux mastodontes ils ne peuvent rien développer dans leur corps, mais ils peuvent très bien le réguler : contrôler le rythme cardiaque, couper la sensation de douleur, contracter un muscle spécifique pour atténuer un saignement, etc.)

- La troisième étant les calculateurs : analyste, tacticien, génie en mathématique, en informatique, etc. Bref tous les Évols disposant d'une intelligence surdéveloppée.

Réyan entra dans le hall et passa l'accueil. Le réceptionniste en place n'était qu'un remplaçant et ce n'était pas la première fois qu'il travaillait ici. Manifestement il n'était pas rare qu'il prenne la place de l'Évols qui occupait ce poste. Snake leur avait à tous donné l'ordre de quitter l'île au moment où il avait mis en place l'opération qui devait mettre Réyan de côté. Il prit l'ascenseur et monta au dernier étage. Il y'avait là plus de 300 m². Ne pouvant pas se fier à ses sens il vérifia chaque bureau et se servit au maximum de ses yeux avant de se rendre dans celui du fond, celui de ce Snake.

— Tu vois Réyan, je t'ai attendu. Je n'ai pas d'arme sur moi, tu peux baisser la tienne et t'asseoir.

— Je vais m'asseoir, mais je vais continuer à te pointer. Je ne peux accéder à ton savoir, c'est vrai, mais maintenant que je t'ai en face de moi je me doute bien que ce n'est pas ton propre corps n'est-ce pas ? Ils te connaissent sous ce visage, mais je pense que ce n'est pas le tien.

— Bien sûr que non, je ne serais pas là sinon. Je ne prendrais pas ce risque. À dire vrai j'ai passé tellement d'années dans ce corps que c'est comme si c'était le mien.

— Pourquoi fais-tu ça ?

— Quelle différence ressens-tu par rapport aux autres fois ?

— Ce n'est pas le corps d'un humain, je n'ai pas accès à celui à qui appartient ce corps.

— Bingo, il s'agit du corps d'un télépathe, lui ne lit pas dans les pensées, mais en revanche son don complète très bien le mien.

— Le radar, en fait, toi tu n'es qu'un contrôleur, j'avais pensé que tu étais peut-être un peu plus comme moi.

— Il y'a des contrôleurs qui peuvent simplement être très persuasifs, d'autres qui peuvent convaincre quelqu'un de faire quelque chose, d'autres encore qui arrivent à insinuer une idée, une envie dans l'esprit d'un homme de telle manière à le persuader qu'elle vient de lui. Encore au-dessus il y'a ceux qui arrivent à en faire de véritables marionnettes, et meilleur que ça, il y a moi qui peux prendre contrôle du corps, des sens et de l'esprit.

— Je doute que tu aies demandé l'autorisation à cet homme.
— Non c'est vrai, et je suis désolé pour lui, seulement il ne souffre pas, cet homme est mort, il n'existe plus. Je sais que pour toi je suis un monstre, peut-être que j'en suis un, mais peu importe, bientôt mon rêve se réalisera. Quand j'ai rencontré cet homme, quand j'ai vu ce dont il était capable j'ai tout de suite su ce que je devais faire. À l'époque j'essayais déjà de regrouper les Évols et lorsque j'ai pris possession de lui, je me suis rendu compte que mon don pouvait se mêler véritablement au sien, que son radar pouvait me suivre même si je me connectais à un individu se trouvant à des centaines de kilomètres de là. Grâce à cela je pouvais ainsi toujours savoir ce qu'il y'avait autour de moi. Encore plus fort, avec ce radar je pouvais me connecter et donc prendre possession de tous les individus à portée, alors qu'avant il me fallait forcément un contact visuel. Ou sinon je devais déjà avoir été connecté à un sujet pour pouvoir me retrouver en lui sans même le voir, dans ce cas-là, la notion de distance importe peu.
— Ce que tu as fait là est bien pire à mes yeux que de l'avoir tué. Tu es un grand malade et tu ne me feras pas croire que tu cherches le bien de tous. Si je te tue maintenant, tu perds ce corps et donc cet avantage seulement tu te retrouveras je ne sais pas où et je ne serais pas plus avancé. En revanche je dénoncerai tous les hommes que tu as placés et ton plan tombera à l'eau. Tu as pris beaucoup de risques pour m'avoir et bien que tu aies échoué en Autriche, tu es là, seul et manifestement tu n'as donné encore aucun ordre. Je dirais que tu attends quelque chose et tu me racontes tout ça pour gagner du temps. Des Évols doivent débarquer ici ? Non, j'ai piégé l'ascenseur et si c'était le cas ils seraient déjà là. Un sniper ? Derrière toi rien à part la plage et derrière moi et sur les côtés tout pleins de cloisons. Pourquoi gagnes-tu du temps Snake ?
— Tu sais ça a été très difficile de le retrouver.
— Retrouver qui ?

— Retrouver un homme alors que l'on ne connaît que son prénom et un petit peu son visage sachant pertinemment que toutes les traces de son passé ont dû être effacées, ce n'est vraiment pas facile. D'abord on passe par un physionomiste capable, juste avec un visage, de donner quelques origines possibles. Bon après on pouvait deviner tout seul qu'il ne s'agissait pas d'un Chinois ni d'un Africain. Mais bon cela étant fait, Fabrice a réuni ses meilleurs télépathes, les a mis au secret, ils se sont dispersés en Europe et en Amérique du Nord et ont fait, en gros, du porte-à-porte afin de trouver quelqu'un qui connaissait ce visage et le prénom qui s'y associe.
— Quel prénom ?
— Tu sais très bien.
— Peut-être, mais je ne vais pas faire la bêtise de te le dire en premier.
— Je te parle de Nathan, Nathan Lorif.
— Comment as-tu appris ce nom ? Je ne m'inquiète pas pour lui il sait se défendre.
— Tu dis ça parce que tu sais que personne ne va l'attaquer.
— Tu veux me faire chanter ? Tu veux toujours que je te rejoigne ? Jamais je ne ferai ça.
— Je sais Réyan. Il a fallu 5 mois à Fabrice pour retrouver cet homme j'ai donc eu 5 mois à ma disposition pour tout préparer. Oui je gagne du temps, tu as été trop rapide en Autriche. Il y'a toujours un moyen Réyan, toujours. Une barrière érigée si dure soit-elle, peut être détruite.
— Nathan…
— Oui, Nathan… Fabrice n'a pu franchir tes barrières seulement dans celles-ci, il y avait vu cet homme. Pour te briser, c'est lui que nous devons briser. Il n'y avait que Fabrice, ses télépathes et moi qui connaissions le véritable plan, j'ai fait croire aux autres ce que je voulais que tu croies. C'est l'heure Réyan j'ai gagné.

À cet instant au Canada, une équipe d'agents de la CIA défonça la porte des Lorif et réveilla ainsi toute la maison, Nathan fut le premier à débouler dans le salon. Croyant à une attaque des Évols il ouvrit le feu et se mit à couvert avant que les intrus ne répliquent. Voyant le nombre des assaillants, il comprit qu'il ne pouvait pas tenir le salon, il fit demi-tour, prit l'escalier et monta à l'étage. C'est au premier que se trouvaient les chambres et Élianord avait regroupé leurs parents dans l'une d'entre elles. Nathan la rejoint et l'informa de tout ce qu'il avait pu voir au rez-de-chaussée. Comment Réyan avait-il pu manquer ça ? Savoir ça n'avait aucune importance pour le moment, ils étaient seuls et devaient s'en sortir seuls. Nathan avait pu compter neuf hommes armés de fusils d'assauts.

— Surtout restez calme, fit Élianord à leurs parents, pouvons-nous compter sur l'aide de Réyan ?

— J'ai réussi à obtenir un contact visuel direct avec l'un des assaillants, ils ont des casques, mais j'ai clairement pu voir ses yeux. Réyan est avec nous, il est donc passé dans cet homme et s'il le peut, il nous aidera. Pour le moment on doit se débrouiller. Nous sommes coincés à l'étage et ils sont déjà dans l'escalier.

— Nous avons quelques grenades avec nous.

— Oui, avant de faire une boucherie, jette en une aveuglante ça les ralentira.

Aux Bahamas à des milliers de kilomètres de là, un homme posé perdit pour la première fois depuis bien des années son calme olympien et tira dans la cuisse de celui qui était responsable du malheur de sa famille.

— Ne bouge surtout pas, si je vois ne serait-ce qu'un sourcil bouger tu t'en prends une seconde dans l'autre cuisse et si jamais tu quittes ce corps alors tu le perdras définitivement. La CIA, tu as manipulé la CIA.

— Je te l’ai dit, ça fait 5 mois que je prépare ça, je ne sais pas tout de tes facultés et si j’avais demandé à des Évols de faire ça tu l’aurais certainement deviné en Autriche.
— La ferme !!!

Réyan saisit son téléphone et composa le numéro personnel du directeur de la CIA.
— Allo, répondit celui-ci.
— Lumineux Jack à l’appareil, se présenta Réyan.
— Ce numéro…
— Aucun de vos numéros ne m’est inconnu, affirma Réyan.
— Je vous écoute.
— En ce moment même vous vous trouvez dans le centre de commandement, vous suivez une opération qui est en cours au Canada, une équipe vient de pénétrer dans une maison avec pour consigne de tuer tout le monde à l’intérieur, c’est vous qui avez donné cet ordre.
— Bien sûr, il s’agit de dangereux, de très dangereux terroristes, cela fait des années que nous sommes à leur trousse on…
— Je vous arrête, coupa Ingeniuman. On vous a manipulé, annulez l’attaque immédiatement.
— Je savais que tu avais des entrées, j’en étais sûr, je te l’ai dit tu as perdu, intervint Snake.
— Tu as bougé…

Et Snake reçut une seconde balle, pendant qu’il hurlait, le directeur s’apprêta à donner l’ordre de tout stopper, tout juste ouvra-t-il sa bouche que sa raison changea et ce fut ces mots qui sortirent de ses lèvres : « Ils ont ouvert le feu les premiers, on ne doit pas hésiter, ils n’ont rien à nous apprendre je les veux mort. On doit faire comprendre que l’on ne s’en prend pas aux États-Unis impunément, les gens présents dans cette maison sont responsables de la mort de plusieurs dizaines de citoyens américains. » Un contrôleur était présent dans cette salle et c'était lui maintenant qui dictait la conduite des opérations. Réyan prit son sac et sorti son PDA afin de pirater les communications de cette équipe pour lui-même donner le code d'annulation. Il devait faire vite ses amis étaient en danger. Maintenant à court de grenades flash, ils venaient d'envoyer leur première grenade explosive. Dans la chambre, malgré l'orage qui grondait, les Lorif et les Pascal travaillaient ensemble à relier des draps pour en faire une corde. Les grenades explosives avaient fait quelques victimes et les assaillants étaient maintenant coincés dans les débris de l'escalier. Les agents changèrent de tactique et choisirent de passer par l'extérieur, ils déployèrent une échelle et comme de toute manière tout le voisinage était déjà réveillé ils bombardèrent à leur tour tout le premier étage de gaz lacrymogène. Dans quelques minutes nos amis seraient asphyxiés. Il fallait agir rapidement. Réyan assistait à la scène, impuissant, il fallait qu'ils tiennent encore, il aurait bientôt terminé. Élianord et Nathan se mirent aux fenêtres et ouvrirent le feu au mieux de leurs possibilités afin de créer une petite diversion. Pendant ce temps-là, les parents d'Élianord et de Nathan installèrent la corde dans la chambre qui se trouvait à l'opposé. Bien entendu toutes les ouvertures étaient surveillées et en réalité il s'agissait là de la véritable diversion. Les agents présents dans le jardin se divisèrent en deux groupes afin de cibler ces deux objectifs. Nathan jeta ses deux dernières grenades dans l'escalier ce qui eut pour effet de libérer un passage. Élianord suivie de leurs parents l'empruntèrent, pendant que Nathan continuait de tirer. Lorsqu'ils arrivèrent en bas il partit à son tour alors que les assaillants venaient de placer l'échelle. Suite aux nombreuses explosions le salon était méconnaissable, on pouvait apercevoir sur le sol quelque trace de sang encore visible. C'était là leur seule ouverture ils n'avaient pas le droit de la manquer. Élianord et Nathan renouvelèrent leurs chargeurs et se jetèrent au-dehors en direction du véhicule familial. Leur

sortie ne passa pas inaperçue et nos deux amis durent tirer à tour de bras. Leurs deux diversions avaient permis de séparer les agents de la CIA en deux groupes distincts, l'un deux s'était placé en face des fenêtres Est dans lesquelles se trouvaient les deux tireurs et l'autre avait pris position à l'opposé de la maison côté Ouest au bas de la corde artisanale et mettait en place l'échelle. L'entrée de la maison se trouvait maintenant au milieu du dispositif ce qui avait donc permis d'ouvrir un couloir pour qu'ils puissent passer. Certes, à leur sortie les deux équipes n'avaient pu répliquer, car elles risquaient de faire un tir fratricide. Pour pallier à ce problème l'un des deux groupes changea rapidement de place et quelques secondes avant d'entendre dans leurs oreillettes le code d'annulation dicté par Réyan ainsi que l'ordre de les laisser partir certains des membres ouvrirent le feu. Élianord touchée au bras démarra la voiture et partit en trombe, ses parents étaient choqués, mais blessés que très légèrement.
— Na… Nathan…

Au même instant au quartier général des Évols, Réyan relâcha son arme et pendant que celle ci tombait, ses barrières s'effondrèrent.
— Voilà ce que je voulais, je n'ai besoin que d'une seconde. Tu es à moi Réyan Renou, dire que tu as failli réussir, je t'avais malgré tout sous-estimé. Tes dons vont m'être d'une très grande utilité.

Snake quitta son corps et entra dans celui de Réyan. Nathan et ses parents s'en étaient beaucoup moins bien sortis, c'étaient eux qui fermaient la marche quand la CIA avait ouvert le feu. Nathan et ses parents qu'il poussait avaient fait office de bouclier humain. Nathan avait reçu trois balles, deux dans le postérieur et une autre dans l'épaule, sa mère, elle, touchée à l'arrière du crâne était morte sur le coup et son corps reposait encore dans le jardin. Sous le choc, et l'adrénaline

aidant Nathan n'avait presque rien senti. Il n'était focalisé que sur ses parents, il releva son père du sol qui lui en avait reçu trois dans le dos et le jeta dans le véhicule. Confus, blessé, déboussolé, il avait essayé de relever sa mère alors que les agents suite à l'ordre reçu avaient cessé le feu. Malgré les appels continus d'Élianord qui le poussait à la laisser et à monter dans la voiture, Nathan n'avait pu s'empêcher, après avoir déposé son père, de profiter de l'accalmie pour se rendre vers sa mère et c'est quand il la souleva, quand il vit la cervelle répandue sur la pelouse qu'il réalisa. Bien incapable de la porter à cause de ses blessures il fut obligé de l'abandonner sur la pelouse. Ce n'était pas grave, il ne fallait pas y penser son père avait besoin de lui. C'était une voiture à cinq places, les Pascale, alors que Nathan arrivait, étaient passés devant afin de lui laisser la banquette pour qu'il puisse s'occuper de son père. Nathan n'avait aucun instrument avec lui, il comprima les blessures comme il le put et à mesure que les minutes s'écoulaient le sang se déversait.
— Fi… Fiston je ne sens plus rien, je suis très fier de toi, de ce que tu as fait. Je vais mourir n'est-ce pas ?
— Non Papa, tu n'as presque rien.
— Tu… Tu mens très mal. Je dois te dire que ta mère et moi n'avons jamais regretté… Comme je te l'avais dit à l'époque, t'avoir aidé, t'avoir soutenu a été la chose la plus importante que l'on ait faite de notre vie. Réyan fait partie de la famille et je l'aime comme un petit-fils.
— Je suis désolé Papa, vraiment désolé.
— Ne le sois pas fiston, ne le sois pas… Je… Je t'aime. fit-il dans son dernier soupir.

Après sa mère c'était son père maintenant qui mourrait dans ses bras, Nathan était anéanti, détruit, son traumatisme avait bouleversé Réyan au plus profond de son être. Celui à qui il devait sa personnalité, sa cohérence venait de perdre en un instant tout son amour, toute sa passion. Les barrières mentales qu'il avait mis tant d'années à bâtir venaient de s'effondrer alors que la personne qui avait permis leur édification sombrait dans les ténèbres. Snake avait réussi ce qu'il voulait, il s'était créé une brèche. Fabrice et ses télépathes avaient sillonné les routes pendant des mois entiers et l'un d'eux après 5 mois passés au Canada était finalement tombé sur la famille Lorif. Fabrice avait tout de suite été mis au courant et par l'intermédiaire de son gars, grâce à un contact visuel direct, il était passé dans les Lorif ainsi que dans les Pascale et avait appris tout ce qu'ils savaient. À sa façon il était capable comme Réyan de passer de personne en personne, de suivre un lien. Néanmoins lui était beaucoup plus limité, pour y parvenir il avait besoin d'un contact visuel direct. Contrairement à Ingeniuman, il ne pouvait pas passer par les souvenirs.

Grâce aux informations ainsi glanées, les Évols avaient été au courant des facultés d'Ingeniuman. Avant de partir pour aider l'humanité Nathan tenait toujours ses parents au courant des progrès qu'accomplissait Réyan et des facultés qu'il développait. Snake avait déjà sélectionné son équipe qui devait attirer et affaiblir Réyan en Autriche. Il se doutait, par ce qu'il venait d'apprendre, que ses hommes partaient au casse-pipe s'il les laissait sans informations quant aux facultés d'Ingeniuman. Cela était un sacrifice nécessaire, car s'il leur avait dit, Réyan aurait su que les Évols le connaissaient et il aurait immédiatement pensé à ses amis. Snake avait donc mis l'effectif nécessaire à ses plans, suffisamment pour ne pas éveiller les soupçons de sa cible et juste ce qu'il fallait pour ne pas éveiller ceux de ses hommes. Pour ce qui était des Lorif et des Pascale, il aurait pu choisir d'envoyer les télépathes qui étaient dans le secret seulement ce n'étaient pas des agents de terrain et Snake soupçonnait que malgré leurs nombres, ils ne seraient pas de taille face à cette Élianord et à ce Nathan. La meilleure solution était donc de passer par des professionnels, des soldats entraînés. Manipuler la CIA s'avéra très facile, il avait suffi de leur faire croire à l'aide de fausses preuves que les gens présents dans cette maison étaient responsables d'une dizaine d'actions menées contre les États-Unis. Son plan avait pourtant bien failli échouer, si Réyan avait directement piraté les communications personne n'aurait été touché. Après être entré et avoir lutté contre l'esprit d'Ingeniuman, il lui fallut plus de cinq heures pour prendre pleinement le contrôle de son hôte.

Et voilà que Réyan se releva, son regard n'était plus le même. Autrefois, profonds, bienveillants et pleins de vie, ses yeux affichaient maintenant une froideur sans nom. Snake était maintenant aux commandes et l'on put reconnaître son sourire.

À suivre :

INGENIUMAN

Tome II : Origines

Table des matières